〈著〉春日みかげ
〈イラスト〉猫月ユキ
鎌倉
源氏物語
俺の妹が暴走して源氏が
族滅されそうなので全力で回避する

クセ者揃いの救世主!?
遮那王四天王、兄上のために！
いざ、見参!!
5人いるけど…。
源義経《みなもとのよしつね》
頼朝の異母妹。極度のお兄ちゃん大好きっ子。
戦意が高く天才的な戦術家だが、
思い込みが激しいこともしばしばある。
源頼朝《みなもとのよりとも》
源氏の御曹司で関東武士の旗頭。
内心は臆病なイケメン青年。
周囲の野蛮な関東武士に
嫌気が差している。

――遮那王四天王、
これより富士川を渡って
平家の陣へ突撃！
命を惜しむな、兄上のために！
佐藤姉妹
佐藤継信《さとうつぐのぶ》・佐藤忠信《さとうただのぶ》
遮那王四天王。双子の姉妹で妖狐。
義経の家来で、陰陽師。見分けがつかない。
義経の人生を見守っており、
常に気にかけている。
伊勢三郎《いせさぶろう》
遮那王四天王。
伊勢の鈴鹿出身の元盗賊。
かなりの恥ずかしがり屋だが、
躊躇せずに火付けなどを行う。
義経に拾われて同行する。
那須与一《なすのよいち》
遮那王四天王。11人兄弟の末子。
元々の名は余一。義経が改名をする。
弓の名人で、自己評価がかなり低い。
影のある性格。
武蔵坊弁慶《むさしぼうべんけい》
遮那王四天王の筆頭。
最も古参の義経の家来。
ショタ好きの破戒僧。
義経をこよなく愛する。
義経の姉貴分を自称。

「待てやあっ！
一騎打ちをやると言ってるだろうがよーっ！
逃げんじゃねーっ！」
木曽義仲《きそよしなか》(源義仲《みなもとのよしなか》)
頼朝の従兄弟。
北陸で活躍する源氏の武士。
山で鍛えており、かなりのマッチョ。
性格は豪快で単純。
息子を頼朝の娘と婚約させる。

規格外！
義経流一騎打ち!!
この首欲しけりゃ、
九郎をしっかり捕まえて――!!
「逃げていませんっ！
九郎には自在に跳びはねられる
空間が必要なんですっ！
ここは狭すぎますっ！」

「――兄上に勝利の栄光を！
源氏の家族が再び共に
生きられる世を！
いざ！」

日本史上最高の奇襲戦!
ここに開幕!!
源氏の命運は
この一戦にあり——!

目次

Kamakura Genji Monogatari

ダッシュエックス文庫

鎌倉源氏物語
俺の妹が暴走して源氏が族滅されそうなので全力で回避する

春日みかげ

初段

源頼朝冥界下り

Kamakura Genji Monogatari

やあみんな。僕の名は源《みなもとの》　頼朝《よりとも》。若き源氏《げんじ》の棟梁《とうりょう》だ。

血筋と顔だけは立派だけれど、中身はひよこ並みの小心者さ。

時は治承《じしょう》四年十月。処《ところ》は駿河国《するがのくに》富士川《ふじかわ》。

今、僕は「源氏最強南無《なむ》八幡大菩薩《はちまんだいぼさつ》」「関東連合仏血義理《かんとうれんごうぶっちぎり》」「盛者必衰平家族滅《しょうじゃひっすいへいけぞくめつ》」と禍々《まがまが》しい幟《のぼり》を立てて口々に「ヒャッハー」と騒いでいる鬼みたいな荒くれ者の坂東《ばんどう》武士たち数万人に担《かつ》がれ、邪悪な関東軍の総大将として戦場に引っ張り出されている。

合戦《かっせん》の相手は、都からやってきた平家の皆さんだ。さすがは殿上人《てんじょうびと》たち。雅《みや》びていて、皆風流だった。こんな人外化生《けしょう》連中との戦《いくさ》に巻き込んじゃって、申し訳ないなあ。

僕は幼い頃、「儂《わし》は前《さき》の戦で自分の父親や弟たちも片っ端から斬り殺してやったのじゃフハハハハ！　次は平家をブッ殺すぞ！」と都で挙兵して大暴れした父さんや、「平家のタマを獲《と》るならこの悪源太《あくげんた》にマカセロや、オヤジイイイ！　ついでに親父に頭を下げねぇ源氏のクソ親族どもも殺して回ろうぜヒャッハー！」と口にも出せないような外道《げどう》な振る舞いに及んでいた兄さんたちに巻き込まれて、源氏と平家の合戦に無理矢理参加させられたんだ。まだ子供だったのに……うう。

結果は、暴れるばかりでまったく頭を使わない源氏の完敗で、父さんも兄さんも戦死した。都で好き放題に暴れられたから本望だぜ！　と最後まで楽しそうだったらしい。

でも僕は、馬に乗って都から逃げる途中で疲れ果てて居眠りしてしまい、父さんたちに置き去りにされて平家に捕まってしまった。源氏の嫡男《ちゃくなん》とも思えぬ情けない初陣《ういじん》だったなあ。

ところが、平家の棟梁の平　清盛《たいらのきよもり》さんはとても慈悲深い人で、捕縛されてガタガタ震えながら死を待っていた幼い僕を「おお、かわいい子じゃのう。亡き弟に似ておる」とお目こぼししてくれた。僕は、死刑を免《まぬか》れて伊豆《いず》に流刑《るけい》ということで命だけは許されたのだった。

以来約二十年、僕は伊豆に引きこもって日夜、法華経《ほけきょう》を書写して（地獄に堕《お》ちていそうな）父や兄の冥福《めいふく》を祈り、晴耕雨読《せいこううどく》の引きこもり生活を続けていたというのに。やっと政子《まさこ》さんという美しい奥さんを娶《めと》ることもできたというのに。僕はただ、一生伊豆で猪《いのしし》や猿たちと一緒に温泉に浸《つ》かりながらまったり生きていこうと思っていただけなのに。ああ、それなのに。

「佐殿《すけどの》～！」

「御《おん》大将ッ！」

「富士川の向かい岸にガン首揃《そろ》えている平家の連中を族滅《ぞくめつ》してやりましょうやあ〜！」

「あやつら、貴族みてえに着飾りやがって、ムカつく連中じゃのう！」

「ひっひっひ。かわいい甥《おい》っ子よ。こういう修羅場《しゅらば》はこの新宮十郎叔父《しんぐうじゅうろうおじ》さんに任せときな。恩賞は駿河一国で遠慮しておいてやるぜ？　あ、尾張三河《おわりみかわ》もつけてくれるか？」

「婿《むこ》殿！　この北条時政《ほうじょうときまさ》は平氏《へいし》じゃが、娘の政子をくれてやった婿殿に賭けたんじゃあ〜っ！　この博打に敗れれば、儂ら北条家は族滅じゃあ！　なにがなんでも勝ってもらわにゃならん！　わかっとるのう？　おう？」

　どうしてこんな極悪な顔つきをしたおぞましい坂東武士や胡散臭《うさんくさ》い山師どもに「総大将」として担がれて、命の恩人である平清盛さんの平家一族と戦う羽目に？

「……なぜ……なぜこんなことに……」

　そう。源氏には、新宮十郎行家という貧乏神みたいな叔父さんがいる。顔も挙動もねずみそっくりだ。この叔父さんがある日、「以仁王《もちひとおう》の令旨《りようじ》」とかいうよくわからない手紙を持って伊豆に山伏《やまぶし》姿で現れて、「ほーらこの令旨を見な？　以仁王様が専横《せんおう》をきわめて法皇《ほうおう》様を脅《おびや》かしている平家を討てと仰《おつしや》っている。今こそ源氏復興の旗揚げをして平家をやっつけるんだよ、頼朝。おめえはよ、若いけど源氏の棟梁なんだからさ。都に戻ればよ、美女はよりどりみどりだしよう、美味《うま》いものが食えるぜえ〜」と甥の僕に平家への叛逆謀叛《はんぎやくむほん》を勧めてきたのだ。

当然、僕は困惑した。以仁王って誰だよ？　僕は伊豆で温泉に浸かりながら政子さんと新婚生活を楽しみたいだけなのに？　だいいち幼い頃から二十年近くも引きこもってきた、政子さんのヒモの僕にいったいなにができるっていうんだ。馬にも上手《うま》く乗れないのに。合戦中に馬の上で居眠りして遭難するような奴だよ？

要は、この新宮十郎叔父さんは詐欺師《さぎし》で、以仁王という皇室の偉い人を口八丁でたぶらかしてその名義を借り、都から追われた全国の田舎《いなか》源氏に「打倒平家」を説いて回っていた厄介な人なのだ。木曾《きそ》やら甲斐《かい》やらあちこちに声をかけていたけれど、特に「旗頭《はたがしら》」として目をつけられたのが伊豆に幽閉《ゆうへい》されている「源氏宗家の嫡男御曹司《おんぞうし》」つまり僕だったわけで……その僕の後見人になれば立身出世できるという打算から、叔父さんは伊豆に居座ってしまった。

僕は「戦とか復讐とかそういうの苦手なので」と叔父さんを追い返そうとしたけど、政子さんのお父さんの北条時政が「これは北条家が伸《の》るか反《そ》るかの大博打じゃのう！　わしゃあ乗ったあ～っ！　族滅か！　天下か！　坂東武士の血がたぎるのう！」と勝手に叔父さんの謀叛話に乗ってしまって、僕が知らないうちに石橋山《いしばしやま》で挙兵。

で、僕たちは案の定、平家軍にボッコボコにやられて、伊豆から船に乗って泣きながら安房《あわ》まで逃げるという悲惨な目に遭《あ》ったんだけど、下総《しもうさ》とか上総《かずさ》とか武蔵《むさし》から「あ～合戦やるんすか？　俺らも入れてくださいよ！　源氏バンザイ！」「俺ら坂東武士の大将はやっぱ源氏ですぜ！」「八幡太郎義家《はちまんたろうよしいえ》様のご恩、忘れちゃいねえ！」「貴族風を吹かしてやがる平家なんぞ族滅じゃあ！」「西国《さいごく》のうらなり連中に関東のシマは荒らさせませんぜ！」と戦がしたくてノリノリの野蛮な坂東武士たち数万人が続々と集まってしまった。

僕は「イヤだ誰にも会いたくない！　キミたちみたいな礼儀知らずは帰ってくれ！」と慌《あわ》てて彼らを追い返そうとした。すると「こんなに窮乏《きゅうぼう》しているのに、俺らを頭《ず》が高いと一喝して追い返そうなんてスゲー度胸っすよ、さすがは頼朝サン！」「やっぱ源氏の御大将はパネェっす！　俺らみてーな田舎武士とは格が違うっすよ、格が！」「確かに俺らは少々礼儀知らずっすけどね～、これからは源氏の御大将に忠実にお仕《つか》えするっすよ！」「一緒にお父上の仇《かたき》である平家を滅ぼしましょうやあ！」となにか勘違いされて、ますます慕《した》われてしまい……。

気がつけば凶暴な彼らを率いて、都から来た平家本隊の大軍と富士川で戦うことに。

なにしろ僕は血筋だけは「源氏宗家の嫡男、正統な源氏の棟梁」という折り紙付きだし、見た目だけは父さん似の男前で凜々《りり》しい源氏の若武者っぽいし、口さえ開かなければ僕ほど「武士の棟梁」らしい男もいないのだ。中身はひよこ同然のハリボテなんだけどね……趣味は温泉に浸かることと温泉卵を食べることと畑を耕すことと神社仏閣巡りと法華経の書写だからね……。

ああ、早く帰りたい。血腥《ちなまぐさ》い合戦なんて二度とごめんだ。僕は、温泉でまったりしたい。

「おっ？　武者震いしてんのか、頼朝よう？　この叔父さんに任せときな。ひっひっひ」

あっ。叔父さんにドンッと背中を叩かれてしまった……まずいよ！　僕は乗馬が下手《へた》なんだ！　ら、落馬するうう～！　ごろ、ごろ。ドサッ。

う、ううむ……頭をしたたか打った……まさかここで死ぬの、僕？　む、無念……。

※

「おお頼朝。ここは冥界《めいかい》じゃ。本来、ここは死んだ人間の魂が行き着く先だが、お前は半死半生で魂だけが一時的に抜けてきたのじゃ。お前にはまだ寿命がある。死んではおらぬ」

あ、あれ？　ここはどこ？　この川は、三途《さんず》の川……？　ああっ、僕の命の恩人の平清盛さんじゃないですか？　あなたは京だか福原《ふくはら》だかにおられるのでは？　おかしいな？

「頼朝よ。実は儂は、もう死んでおるのよ。福原の宋船《そうせん》から入ってきた伝染病に感染してしもうて、高熱を出してさっき急死したばかりよ。都の平家一門は総大将の儂の死を隠しておるが、来年の頭には公表せねばならぬだろうよ」

「ええっ？　亡くなられたんですか？　おいたわしや……すいませんすいません！　なんだか関東の怖い人たちが勝手に盛り上がって、僕を神輿《みこし》に打倒平家とか息巻いてますけれど、清盛様が亡くなられたのなら打倒平家とか源氏の復讐劇とかもう意味ないですよね！　すぐ解散してもらいますから！　あなたに命を救っていただいたご恩は忘れていません！　こんな僕が平家さんと戦うなんて有り得ないですよねー！」

「それは無理じゃ頼朝。平家に復讐を誓う源氏の一族と、都の貴族たちと手切れして自立したがっておる坂東武士どもは、平家を滅ぼして鎌倉《かまくら》に新たな武士の都を築くまで決して立ち止まらぬ。お前は彼らに神輿として担がれ続ける、用済みになるまで」

「ええ？　僕は用済みになるんですかあ？　それじゃ源氏はどうなっちゃうんです？」

「見よ。この冥界からは、儂が死んだ後の未来の世界がちらちらと覗《のぞ》ける。儂は、死んでみてはじめて未来を見通せるようになったのじゃ。お前にも見せてやろう。霊体となった儂にはもうなにもできぬが、生きておるお前が予《あらかじ》め未来を知れば、平家族滅と源氏族滅の運命を回避できるかもしれん」

「平家族滅？　源氏族滅？　両家共倒れになるんですかっ？　なんて酷《ひど》い未来だあ!?」

清盛さんの霊体は、僕に源平《げんぺい》の「未来」の映像をちらちらと断片的に見せてくれた。

僕自身は「戦は絶対に嫌だよ」と鎌倉に引きこもって京に行こうとしないのだけれど、奥州《おうしゅう》平泉《ひらいずみ》の藤原《ふじわら》氏のもとで養われてきた妹の九郎義経《くろうよしつね》がやってきて、これまた僕の弟の源範頼《のりより》と一緒に兵を西へ進め、戦に継ぐ戦を繰り広げる。

範頼は気の優しい子で戦も下手なんだけれど、なぜか女の子の義経のほうがやたら好戦的で戦に強く、勝って勝って勝ちまくる。相手が誰であろうがまったくお構いなし。「勝てば官軍ですよ兄上！」と爽《さわ》やかに微笑みながら敵軍を完膚《かんぷ》なきまでに殲滅《せんめつ》してしまうという、ちょっと今までの日本の歴史で見たことのないような戦争の天災、いや天才なのだった。

「く、九郎義経。まだ会ったことがない妹ですが、かわいいのに強いんですねえ。身体も華奢《きゃしゃ》で小柄だし腕力も弱いのに、身軽で騎馬が上手だなあ。いったい何者なんですか、この子は？」

「幼い頃から父の仇を討つために鞍馬寺《くらまでら》で天狗《てんぐ》から武術と兵法を学び、さらに奥州に入って蝦夷《えぞ》の騎馬戦術を身につけたという変わり者でな。まともな日本の武士とは毛色が違う。儂が死んだ後の日本は、西国の平家、北信越《ほくしんえつ》を制覇する木曾源氏の義仲《よしなか》、そして関東を支配する源氏嫡流のお前の三者がせめぎ合う分裂状態になるが、戦上手な義経が義仲と平家を手当たり次第に攻め滅ぼして、兄のお前が日本の覇者となるのだ、頼朝よ」

「そんなあ。大恩ある平家さんを滅ぼすだなんて？　それに木曾義仲くんは源氏の一族でしょ？　またまたおなじみの源氏の身内殺し癖《へき》が発動するのっ？　ああっもう！　どうして源氏って、平家みたいに一族同士仲良くできないんだろう？　争ってばかりじゃないか～！　父さんなんて、お祖父《じい》さまを斬るしさ！」

「分散して争い合うのもまた、武士の一族としては正解なのかもしれんぞ。平家は仲が良すぎたために、みんなが壇ノ浦《だんのうら》に集まってしまい、義経に敗れて族滅されるのじゃ」

「じゃあ日本は僕が支配することに？　いやいやいやいや。僕にはそんな責任重大な役職なんて無理です……伊豆に犬を飼いながら温泉でまったり過ごすというのが僕の夢で……そうか。戦好きの妹と人の好《い》い弟に全てを任せて隠居すればいいのかな？」

「いや。頼朝よ、見よ。お前の妹の義経も弟の範頼も――平家滅亡後、鎌倉を追われて殺される。お前自身も、兄妹を失い気落ちして落馬して死に、お前の息子たちも北条家の刺客《しかく》に殺されたり互いに殺し合ったりして、源氏の将軍は三代で滅びる。平家のみならず、源氏の嫡流も族滅の憂《う》き目に遭うのじゃ」

「え、えええええええっ!?」

まさか僕が妹と弟を殺すのか? そんなこと、僕がするはずないじゃないか! ちらりちらりと未来の映像を清盛さんに見せてもらった。僕自身が殺すのではなく、血の気《け》が多い坂東武士たちが、僕のきょうだいと子供、つまり源氏の嫡流を片っ端から始末してしまうのだ。

僕はしょせん二十年流人《るにん》暮らしをしてきた、政子さんのヒモ。もともと所領も持ってないし、郎党もほとんどいない。北条家にも坂東武士たちにも頭があがらない。

平家を滅ぼした後、北条家をはじめとする坂東武士たちがめいめい激しい権力抗争を繰り広げて政敵を族滅していく。源氏もその抗争の渦中に巻き込まれて滅びてしまうのだ。

なにしろ坂東武士どもは、都人《みやこびと》とは違う。とても同じ人間だとは思えない、血の気の多い凶暴な連中だ。なにかあったらすぐに「族滅してやる」だからなあ。伊豆に流されて二十年、いまだに僕には彼らの生き様が理解できないよ。僕は元来、京育ちの貴公子だからね。

「合戦の手柄を独占する義経は、都で朝廷を支配する『大天狗』後白河《ごしらかわ》法皇に寵愛《ちょうあい》され、坂東武士にとって目の上のたんこぶとなる。法皇は、鎌倉から出てこないお前と、ずっと西国で戦っている義経の兄妹関係をあの手この手で引き裂く。鎌倉に追われた義経が亡命先の奥州平泉で討たれて死んだ瞬間に、源氏嫡流の族滅は確定するのじゃ――義経の兄への想いと戦の才能は希有《けう》なもの。ゆめ義経を手放すでないぞ、頼朝よ。源氏一族の殺し合いと族滅の運命を拒《こば》むのであれば」

「わ、わかりました清盛さん。どうして僕にそこまで親切にしてくれるんですか？」

「なに、儂は商売人故《ゆえ》にな。これは取引よ。頼朝よ、どうか平家の族滅を阻止してくれんか。盛者必衰は世の理《ことわり》。平家の天下は儂の代で終わりでよい。日本は生者のお前にくれてやる。だが、平家を滅ぼさずに西国に生き残らせてもらいたいのじゃ」

「……源氏の仇敵《きゅうてき》である平家を生き残らせれば、凶暴な坂東武士も内輪の権力争いに没頭できない。故に僕も、妹や弟を殺されずに済む……つまり源氏嫡流の族滅は、平家族滅回避によって同時に回避できる。そういうことですね？　ありがとうございます、清盛さん！　なんて親切な人なんだ……！　ああ、源氏の棟梁があなただったら……ううっ」

「いや。わしは家族が好きすぎていかん。平家一門を甘やかしすぎてダメにしてしまった。今の平家は、一部を除けば貴族かぶれのふぬけが大半よ。お前の父のほうが武士の棟梁としては優れていたぞ、頼朝よ。なにしろ大勢の子を日本各地にもうけて、源氏の血筋を拡散しまくったからのう。だからこそ源氏は、平家にあれだけ負けたのに各地で続々と蜂起《ほうき》できるのじゃ」

「……ああ……それは僕には無理です……政子さんは浮気を絶対に許さない怖い奥さんで……

浮気なんてしたら、相手の女の子は政子さんに簀巻《すま》きにされて大涌谷《おおわくだに》に放り込まれてしまいます。あ、そうか。政子さんとの間にしか子供をもうけられないから、源氏嫡流は三代であっさり断絶するのか!? 僕はなにからなにまで武家の棟梁失格だああ〜!」

「政子殿もおかわいそうな運命よ。夫のそなたも二人の息子も、実家の北条家絡みで不慮《ふりょ》の死を遂《と》げてしまうのだからな。政子殿のためにも、なんとかして浮気を公認させて子を一人でも多くもうけられよ。そして源氏の族滅を回避せよ」

「……その、政子さんに浮気を公認してもらう方の任務はたぶん達成不可能ですが、とにかくやってみます。ありがとうございます! そうだ。みんなに未来を教えれば、簡単に運命を変えられますよね?」

「いや頼朝、それはできん。そなたが知った未来の情報を直接他人に伝えることは世の理に反する故、不可能なのじゃ。そなたが生者であるために制限がかけられておる。こうして未来をそなたにかいま見せることも、本来は許されておらぬのでな」

え、えええ? それじゃあ、僕一人で未来を変えなければならないのか? 僕みたいな戦下手で気が弱い男に、できるだろうか?

「でも、どうして清盛さんは平家一門の誰かではなく、僕に未来を変えよと託してくれたんです?」

「なにを見てきた? 源平の運命は頼朝、そなたが握っておるではないか。それに、お前は亡きわが弟に似ておるのでな。ゆめ、後白河法皇の策謀に注意せよ。あのお方こそ、武家に天下を渡すまいと源氏と平家を相争わせ続けている大天狗にして策士なのじゃ。この儂をもってしても、ついにあの法皇を御《ぎょ》することはできなんだ。儂はそなたをいつも見守っておるぞ――おるぞ――おるぞ――」

僕が見ていた奇妙な夢は、そこで終わった。僕は、未来を知ってしまったらしい。

二段目

九郎義経登場

Kamakura Genji Monogatari

「おお頼朝《よりとも》。突然落馬して失神しちまったもんだから、心配したぜえ。富士川《ふじかわ》を挟んだ向かいの平家《へいけ》にもおめーの落馬がバレちまってるぜ、やべーぜ！」

「婿《むこ》殿〜っ！　なにを勝手に失神しとるんじゃあ、ワレぇ？　源氏《げんじ》の棟梁《とうりょう》らしく平家にガン飛ばしてきゃつらを失神させせんといかんところじゃろうがあ！　北条《ほうじょう》家を潰《つぶ》すつもりかあ？」

あれ。清盛《きよもり》さんと三途《さんず》の川で仲良く未来を覗《のぞ》いていたのは、夢？

僕はやっぱり富士川にいて、相変わらず胡散臭《うさんくさ》い叔父《おじ》さんと凶悪な坂東《ばんどう》武士たちに担《かつ》がれて、平家と合戦《かっせん》中？　これが現実？　せっかく失神したのに、なにも解決していない！

ああっ、もうずっと失神していたかった！

「まずいっすよ、うちの大将。いきなり馬から落ちて気を失うとかよー」

「源氏の御《おん》大将とは思えねえ……まさか佐《すけ》殿ってよ〜、馬術の素人《しろうと》なんじゃねえーの〜？」

「石橋山《いしばしやま》でも平家軍に半殺しにされて洞窟に隠れてガタガタ震えてたって噂《うわさ》、マジ？」

ま、まずいよ。坂東武士の皆さんが、僕の実力に気づきはじめている。僕の武士としての能力がひよこ程度だとバレたら、どんな目に遭《あ》わされるか……彼らはとことん武闘派で、自分より強い相手にしか靡《なび》かないんだ。

「婿殿。お味方は動揺しておるぞ、如何《いかが》するのじゃ～っ！　かくなる上は婿殿ご自身が富士川を渡って平家に一番槍をつける他はなし！　武勇を皆に知らしめなされよ！」

舅《しゅうと》殿の北条時政《ときまさ》も焦《あせ》って、無理難題を押しつけてきた。なにしろ北条家は石橋山で嫡男《ちゃくなん》を討ち死にさせているし、政子《まさこ》さんの実家だしで、頭があがらないんだよなあ……。

清盛さんに見せられた未来では、北条家が源氏や政敵の御家人《ごけにん》を族滅《ぞくめつ》に追い込んで鎌倉《かまくら》幕府を奪い取るんだけれど、舅殿は僕にさんざん投資して北条家族滅と隣り合わせの危ない橋を渡っているわけで、頭ごなしに「黙れ、僕は源氏の棟梁だぞ。控えろ」とも言いづらい。

で、でも、流れが激しい今の富士川を渡るなんて僕には無理だ。どうする？　どうすれば「源《みなもとの》頼朝の格」を下げずにこの場を切り抜けられる？　名案が浮かばない。

「なんと。佐殿が馬から転げなされたことよ」

「父親が平家打倒に立ち上がった際も、馬上で居眠りして捕虜になった不覚人よ」

「やはりわれら平家の敵ではないわ、早々に蹴散らしてしまいましょうぞ」

川を隔《へだ》てた平家の兵たちも口々に僕を嗤《わら》っている。流民《るみん》生活二十年、嗤われるのはもう慣れっこだが、僕のやらかしを見た坂東武士たちの士気がみるみる落ちている！

これはまずい。戦では士気が重要なんだ。まあ源氏は士気だけは高いけど頭を使わないので平家にしてやられることが多いんだけどね……「平家をボコってやりましょうやあ！」と勝手に盛り上がっている士気の高さだけが頼みの関東勢に見限られたら……僕は破滅だ！

「婿殿！　行きなされ、川を渡りなされ！　すでに賽《さい》は投げられたのじゃ〜っ！」

「ががが頑張れよ頼朝。俺っちは叔父としておめーの一騎駆けを温かく見守ってやるぜ！　さーてと、そろそろ信濃《しなの》の木曾義仲《きそよしなか》のもとに出張に行ってくっかな〜♪」

新宮十郎《しんぐうじゅうろう》叔父さんはもう逃げ支度をはじめているし、舅殿はブチ切れてるし。溺《おぼ》れることを覚悟して行くしかないのか⁉　ああ、僕に父さんや兄さんたちのような一騎当千の武力と度胸と蛮勇があったらなあ〜。

目を閉じて「えーい！　こうなったらもうやけっぱちだ！　南無八幡大菩薩《なむはちまんだいぼさつ》！」と富士川に馬ごと飛び込み……いや、やっぱりちょっと待って！　無理無理無理無理！　みんな、戦《いくさ》ではもっと頭を使わないと！「合戦とは町に火を掛けてヒャッハーと暴れて敵の首を切り飛ばして女を押し倒してそこいらから財宝を略奪して酒を飲んで宴会すること也」と蛮族みたいな真似をやって平家に敗れた父さんや兄さんたちと同じじゃないか！　対する清盛さんは常に知恵を駆使していたから、悪逆非道な源氏の蛮族軍団に勝てたんだよ？

「婿殿、はようせんか〜っ！　川に飛び込めーっ！」

うわあ。もうダメだあ。た、助けて……！

舅殿に押し出されて川へ落とされかけていた僕を救ってくれた者は、そう。

「お待たせ致しました兄上！　私はあなたの妹、九郎義経《くろうよしつね》、幼名は牛若丸《うしわかまる》、またの名を遮那王《しゃなおう》と申します！　遮那王四天王、これより富士川を渡って平家の陣へ突撃！　命を惜しむな、兄上のために！」

母親違いの僕の妹、源九郎義経。さっき未来で見たばかりだ。ほんものの妹は、驚くほどに小柄で華奢《きゃしゃ》で、そして実年齢よりもずっと童顔だった。源氏嫡流独特の凛々《りり》しい顔立ちだが、僕よりもずっと端整な美形顔だ。たぶん、母親の常盤御前《ときわごぜん》に似たからだろう。

常盤御前は、京の都で拉致《らち》した一万人の美女の中から父さん自身が厳正な「審査」を行って選び出した「一万人に一人の美女」だという。道理でその娘の義経も美しいはずだ……って、いったいなにをやっているんだ父さん、ほんとうに暴君だよ……。

ともかく、まだ見ぬ兄の僕を慕《した》ってくれていた義経は、奥州《おうしゅう》から僅《わず》かな手勢だけを連れて馬でこの富士川まで駆けてきたのだ。奥州馬は大柄で凄《すさ》まじい速度を誇る。義経は軽いから、馬の脚にも負担にならない。たった数騎を率いてあっという間に富士川を渡りきって、無謀にも平家の大軍が待ち受ける本陣へと突進していた。

敵も味方も「誰？」「まさか」と呆気《あっけ》にとられているうちに、無謀な義経主従の突撃を喰らった平家本陣は大混乱に陥《おちい》っていた。

義経……な、なんという蛮勇の持ち主なんだ……!? ほんとうに女の子なのか？ 僕なんかよりも遥《はる》かに源氏の血が濃い！ 今は亡き悪源太《あくげんた》兄さん並みの無謀な勇猛さだ！

「源頼朝が妹、九郎義経ここにあり！ 父上の仇《かたき》、平家を打倒するために奥州から参りました！ 遮那王四天王、鏑矢《かぶらや》を！ 与一《よいち》、お願い！」

「……遮那王四天王、那須《なすの》与一。鏑矢を打ち込ませて頂くっすよ。ほいっ」

「遮那王四天王筆頭。義経ちゃんの一の子分。武蔵坊弁慶《むさしぼうべんけい》、見参！ 平家覆滅《ふくめつ》～！ 全員薙刀《なぎなた》の餌食《えじき》にしてあげる～」

「……遮那王四天王、鈴鹿《すずか》の伊勢三郎《いせさぶろう》でござる。火付けならお手の物。チビって言ったら毒を撒《ま》いて殺すでござるよ？」

「「遮那王四天王、佐藤《さとう》姉妹見参。見た目は人間だが中身は狐《きつね》。得意の幻術『千本桜』をもって平家諸将を攪乱《かくらん》つかまつる」」

四天王が五人いる気がする上に、うち二人は人間ですらなく狐の妖怪？ 義経にまともな武士の郎党がいないことはわかった。そもそも全員女の子だし。

与一は、前髪を伸ばして目を隠している謎の娘武者。無表情のまま黙々と矢を放ち続けているが、その名を聞いたことがない。しかし弓矢の腕は恐ろしいほどの精緻《せいち》さで、ことごとく敵兵の急所に見事に命中させている。

弁慶はどこから見てもうら若き尼僧。しかし「あっははははは！ ついに平家退治のはじまりね義経ちゃん！　痛快痛快！」と笑いながら薙刀を振り回して容赦なく平家の兵を討ち取っていくその凄まじい殺生《せっしょう》ぶりは、完全に破戒僧《はかいそう》だ。幼い義経とは好対照で、背が高く胸もお尻も大きい。父さんだったら間違いなく閨《ねや》に連れていくだろうなあ。

伊勢三郎は……明らかに盗賊の娘。義経よりさらに小柄だ。まだ子供なのでは？　陣屋《じんや》に火を放ったり落とし穴を掘ったり井戸に毒を入れたりと、やっていることも盗賊そのものだ。義経とはどういう縁なんだろう？

そして謎の双子の佐藤姉妹は、狐耳の持ち主だった。木の葉を飛ばしたり蝶を飛ばしたり桜の花びらを飛ばしたりと、妖《あや》しい幻術を得意としている。これまた名を聞いたことがないが、奥州の妖怪なのかもしれない。白河《しらかわ》の関《せき》から向こうは、人外魔境の地だからね……。

佐藤姉妹の幻術なのか、それとも現実だったのか。

大乱戦がはじまるや否や、驚いた水鳥の大群が一斉に川岸から飛び立つ羽音が、戦場に響き渡った。

その水鳥の羽音が、僕が果敢《かかん》に「源氏軍全軍突撃」の号令を出して坂東武士たちを富士川へ突入させた音に聞こえたらしい。

平家の諸将も兵たちも勝手に大混乱に陥り、「うわあああああ」「源氏の全軍が富士川を押し渡ってきたああああ」「奇襲だああああ」「頼朝の計略にはまったあああああ！」「馬から落ちて失神したのはわれらを油断させる演技か！　頼朝め、なんという恐ろしい知謀の持ち主なんだ！」と口々に悲鳴を上げて、一斉に戦場から逃げはじめていた。

そうだよね。まさか、奥州からいきなりポッと出てきた義経がほんの数騎の手勢だけを連れて総大将に無断で平家本陣へ突撃しただなんて、誰も思いもよらないよね……。

味方の坂東武士たちも、「誰だあいつらは？」「みんな女の子だぞ？」「訳がわからねえけど、一番槍の手柄を取られて悔しいぜえ」と目を疑っている。

いつも本拠地の鎌倉で内政や外交などの面倒な仕事をてきぱきと処理してくれている、頼れる僕の片腕的存在である姫武者の梶原景時《かじわらかげとき》は、

「殿。あれは何者です。勝手に殿の妹を名乗って、無断で先駆けの手柄を横取りするなど僭越《せんえつ》ですよ。軍法に照らして処罰するべきです！」

と、義経の暴走を見てかんかんに怒っていた。この人、無法な荒くれ者だらけの坂東武士には貴重な「実務のできる人」なんだけれど、性分なのか、やたら規律に細かいんだよな……でも、僕は梶原景時にも頭があがらないので「ま、まあまあ。いいじゃないか。お味方大勝利なんだし」と苦笑しながら景時をなだめた。

実は梶原景時は、もともとは平家に仕《つか》えていた。

京で平家に敗れてから流人生活二十年という艱難辛苦《かんなんしんく》の果てに、周囲に持ち上げられて決起させられた石橋山でまたまた平家にボコボコに負けて二十年ぶり二度目の落ち武者になった僕は、僅かな家臣とともに洞窟に籠《こ》もって「寒い。お腹《なか》すいた。僕には戦の才能がないんだあ。

ああ、こんどこそ死罪だ」とガタガタ震えていた。

洞窟に踏み込んできて、そんな哀《あわ》れな僕を発見した梶原景時は、どういうわけか僕の青ざめた顔を一目見るなり「わ、わたくしにお任せください。佐殿をお護《まも》り致します！」と突然味方になってくれて、「この洞窟には落ち武者はおりません。嘘だと思うのでしたらわたくしを斬ってから洞窟に入りなさい！」と僕を捜索していた平家の軍勢を一喝して追い払ってくれた。石橋山で大敗した僕たちが安房《あわ》へと脱出できたのも、梶原景時のおかげだ。

政子さんとか梶原景時とか義経とか。女人《にょにん》にいつも救われる。そんな人生です。

気がつけば、富士川の合戦は源氏大勝利で終わっていた。謎の義経主従の無謀な奇襲をきっかけに大量の水鳥が川から飛び上がった羽音が、平家の大軍勢を震えあがらせて西国《さいごく》へと退却させてしまったのだ。

「うわっはははは！　婿殿の落馬は、平家を油断させる演技じゃったかあ！　さすがはわが婿殿、それでこそ源氏の総大将よ！　狡猾《こうかつ》じゃのう！」

「この行家《ゆきいえ》叔父さんは信じていたぜえ、頼朝！　平家の本隊を相手に勝ちを収めたお前は、今や坂東武士全ての希望だぜえ！　あ、駿河《するが》は叔父さんにくれるよな？」

「いや、僕はただ……まあいいや……みんな、よく戦ってくれた。でもここで調子に乗って駿河で略奪を開始しちゃダメだよ。勝って兜《かぶと》の緒《お》を締めるんだ。油断大敵だよ？」

　なにしろ、彼らは戦が本業なのか略奪乱取りが本業なのかわからない連中だからなあ。全部総大将の僕の責任になるんだから、駿河の民に恨まれないよう規律を正しておかないとね。

「ほっほー、あらあらあら。今こそ平家を追撃しますかねえ～。この『相模《さがみ》の毒蝮《どくまむし》』和田義盛《わだよしもり》が逃げる平家の連中を皆殺しにしてさしあげますよお、佐殿～」

「あ、いや。ここは『見《けん》』の一手だよ、みんな。急いで上洛《じようらく》する必要はない。平家を東国から追い払った今こそ、鎌倉を固く守って関東で新しい国造りを進める好機だよ？」

　上洛なんて冗談じゃない。僕はもう絶対に合戦に参加しないぞ。平家を滅ぼしてしまったら源氏も族滅だし、それ以前に僕はとことん戦に向いていない。たぶん戦場に立つごとに落馬する。清盛さんに見せられた未来よりもずっと早く死んでしまう……ぶるぶる。

「ほっほー。ここで鎌倉を地固めとは？　佐殿は慎重居士《しんちようこじ》ですなあ～、ほっほー」

「和田のアニキ。二十年もの間、伊豆《いず》で隠忍自重していた殿のことじゃけえ。なにしろ殿は平家の軍勢の前で落馬して恥をかく演技までして、この勝利を掴み取られたお方。われらには窺《うかが》い知れぬ二十年越しの壮大な戦略を胸に秘めておられるに違いないわ！」

「そうじゃ、そうじゃ。平家の大軍をボコった殿に、俺らは一生ついていきますぜ！」

「やっぱパネえっすよ頼朝サンは！　切り札の奇襲部隊を俺らにも隠していただなんて、まったくすげーぜ！　敵を欺《あざむ》くにはまず味方から！　どこまで頭がいいんだあ！」

「そうと決まれば鎌倉を本拠に据えての関東八州制覇、やってやろうぜえええ！」

「まずは殿に従わねえ常陸《ひたち》の佐竹《さたけ》を殺そうぜ、佐竹を！」

梶原景時が「……坂東武士どもの手前そういうことにしておきますが、義経たちは殿の許可も得ずに勝手に暴れたのですから、軍功には数えません。不敬ですよ。いいですね」と釘を刺してくる。彼女は僕の命の恩人だし、秀才の景時抜きでは鎌倉の町造りは不可能なので、ダメだとは言いにくい……それに、義経に合戦を続けさせると、清盛さんが見せてくれた源氏族滅の未来が実現してしまうんだよな。だったら、義経はできるかぎり戦わせないほうがいいだろう。むしろ、僕と一緒に鎌倉でまったり過ごしてもらおう！

戦が終わり、僕が「平家はまだまだ強大だぞ。ここは敢《あ》えて追わない。みんな、鎌倉に戻ろう」と坂東武士たちにかたく平家追撃を禁じた直後。

陣中で、義経との対面がついに実現した。

僕はすでに清盛さんに見せてもらった未来で彼女の顔を見知っていたが、義経は生き別れていた兄の僕を生まれてはじめて見たのだ。そんな義経は僕の顔を見るなり、心臓が止まる！という勢いで驚き、感動で打ち震え、泣きながら僕の腕の中に飛び込んできた。

「ああ……兄上……！　お会いしとうございました！　九郎は、父上の顔を知りませぬ。都の合戦で源氏が平家に敗れたため、生まれてすぐに母上から引き離されて鞍馬山《くらまやま》に幽閉《ゆうへい》された九郎は、『源氏の姫武者として兄上とともに戦い父上の仇平家を討つ』と誓って鞍馬山の天狗《てんぐ》のもとで修行を重ねて参りました！　鞍馬山を降りてからは、奥州平泉《ひらいずみ》にてさらなる武者修行を続けてきました！　ひとえに、まだ見ぬ源氏の棟梁たる兄上をわが武でお支えするためです！　やっと、やっとお会いできました……！　ううっ……さすがは兄上です。まるで殿上人《てんじょうびと》のような高貴なお顔。なんという素敵なお方……九郎が幼い頃より夢見てきた理想の兄上よりも、ほんものの兄上は万倍も素敵です！」

「う、うん。顔だけは、まあ、褒《ほ》められるけどね……僕はずっと伊豆に配流《はいる》されていて、実の妹を助けることもできなかった。今まで苦労をかけたね九郎。なんちゃって」

「はっ？　今のはもしかして、駄洒落《だじゃれ》ですか？　駄洒落も神懸《かみが》かっていますね、兄上！」

これは僕の持ちネタの滑り芸だよ。目を潤《うる》ませて真剣に賞賛されると恥ずかしい……も、もう義経の前で駄洒落を言うのはやめよう。

「そんな小柄な身体で姫武者を志《こころざ》すなんて、九郎こそ立派だよ。さすがは源氏嫡流の姫だ」

「ありがたきお言葉。九郎は、この日が来ることをずっと心待ちにしてとことん武芸の腕を磨いてきましたっ！　とりわけ奥州仕込みの騎馬兵の扱いには自信があります。これより、この九郎を兄上の犬として飼っていただいて、好き放題に酷使してくださいませ！」

「いや、義経は犬じゃなくて僕の妹だからね？」

どこまで兄を慕っているんだ、この子は。そうか。生まれてすぐに両親を奪われて、ずっと家族に飢えていたんだな……必ず義経の運命を変える、決して死なせたりはしない、と僕は義経の小さな頭を撫でながら誓った。小顔だけれど、この子、おでこが広いな。僕よりもずっと利発そうな顔をしている。

「はうう。も、もっと頭を撫でてください、兄上……」

「え？　こ、こう？」

「あっ、ありがたき幸せ！　ほわわ～……では早速平家追討を命じてください、兄上！　平家はわが父の仇！　しかも、まだ幼かった兄上を伊豆に流罪《るざい》にした連中です！　この九郎がやっつけて参ります！　私には頼れる仲間たち遮那王四天王がついております。平家を滅ぼすのはお茶の子ですよ！」

具体的な戦ぶりは三途の川では確かめられなかったが、義経は清盛さんが認めた戦争の天才。さっきの富士川での無謀な戦いぶりを見るに、どうもこの子は独断での奇襲攻撃が得意らしい。打倒平氏《へいし》のため、そして兄の僕のために、討ち死に上等で少数での奇襲を果敢に敢行してしまうようだ。命を惜しまないというか、生き急いでいるなあ。

「いやいや義経、しばらく鎌倉でまったりしようよ。近頃はどこも飢饉《ききん》で兵糧《ひょうろう》が足りてないんだ。今はじっくり次の戦の準備を整える時なんだよ」

「なるほど、兵糧がなくては戦はできませんからね。さすがは兄上です！」

それにしても、義経は母親譲りの黒髪美人だ。源氏嫡流は（性格の粗暴さはさておき）皆美形揃いなんだけれど、義経の美しさは飛び抜けている。しかも、一族での仁義なき殺し合いが

お家芸の源氏とは思えない家族愛の持ち主で、僕を兄として異様なほどに慕ってくれている。

僕はずっと流人生活で親兄弟と無縁だったけれど、こんな妹がいてくれたなんて。いやあ、血を分けた家族と仲良く過ごせるって、嬉しいものだなあ。

僕に懐《なつ》いてくれる義経と抱き合いながら、僕も思わずほっこりした。京の都を遠く離れた異郷の伊豆で恐ろしい坂東武士たちに囲まれてきた二十年だったからなあ。ちょっと女の子のお尻を追いかけただけで、その祖父や父親に「流人如《ごと》きにうちの娘をやるか死ねい！」と兵を送られて殺されそうになる、そんな殺伐《さつばつ》とした土地だからね。

「そうだ、兄上。幸せすぎて忘れていました。わが遮那王四天王を改めてご紹介しますね！」

「あーどもー。那須与一っす。弓矢を御家芸とする那須家の十一番目の子供っす……この人、戦以外はなんにもできないダメなご主君なので、自分たちがついていないと心配で放っておけねえっす。人を疑うことを知らないというか、騙《だま》されやすい御仁《ごじん》なんすよ。奥州にも金売吉次《かねうりきちじ》に売られてきたし」

「あたしは武蔵坊弁慶。叡山《えいざん》での僧侶生活に嫌気がさして、京でかわいい男の子はいねえがー！　と暴れていたら幼き日の牛若丸ちゃんと出会ってしまって、彼女が実は女の子だと知ってからは『死ぬまでずっと一緒だよ』と親友の絆《きずな》を結ばせてもらってまーす！　義経ちゃんって、兄上の前だと十倍増しでさらにかわいい～！」

「……拙者《せっしゃ》は、伊勢三郎と申すケチな盗賊でござる。姫とは義姉妹の盃《さかずき》を交わした仲。姫は源氏のご出身でありながら泥棒や妖怪や破戒僧にも分け隔てなく接してくれる純朴な方。拙者は生涯——そう、死ぬまでそんな姫についていく所存。ちなみに特技は火付けと泥棒と人攫《さら》いでござる。あと、チビって言ったら毒を撒いて殺すでござるよ？」

「『われら佐藤姉妹は、奥州平泉の藤原氏を陰から支えてきた大妖怪。われらは、白河の関以南の人間どもには心を許さぬ。ただ、家族の愛情を求めて止《や》まない義経のみを敬愛するもの也。義経に害を為すものは許さぬ故、そう心得よ』」

全員、なんだかえらく訳ありな感じの女の子たちだった。しかしいざ戦となれば義経の手足の如く動いて見事な連携を見せてくれる。

「皆、義経をよろしく頼むよ。今日みたいな無茶はあまりやらせないようにね？」

「「「「承知！」」」」

四天王の面通しを終えた義経は、なおも「兵糧が貯まったら上洛して平家をやっつけましょうね、兄上？　私、頑張ります！」とやる気満々。好戦的だなあ、困ったなあ……と頭を抱えていると、舅殿と叔父さんがやってきた。

二人とも「佐殿の妹とは。邪魔な娘が来たものだ」と苦々しげだ。うう、胃が痛い。

「婿殿。婿殿を支えておるのはあくまでもわが北条家でござるぞ、おわかりであろうな？　政子に『婿殿は妹君の家来と逢《あ》い引きしておる』と伝えれば、血の雨が降るのじゃぞ!?」

「舅殿。やめてください。想像しただけで恐怖で死にそうになります」

確かに、弁慶はちょっと気になるかも……ああっ、やっぱり僕にも源氏伝統の女好きの血が流れているんだなあ～！　そういえば二十年の流人生活の間、僕が唯一命を懸けて冒険したことといえば「バレたら殺されるけど、恋した女の子のもとに通う」。これだけだったものなあ。

まずい。義経に気取《けど》られたら「兄上はスケベなんですか」と呆れられる。あ、あくまで凛々しく兄らしく。

「頼朝よお。妹と仲良くするのはいいがよ、この平家戦を仕切っているのは叔父さんだぜ？　以仁王《もちひとおう》の令旨《りょうじ》を持ってきてやったろ？　だからよ、鎌倉に引っ込むってんなら、叔父さんに駿河をくれないかなあ～？　おめーの代わりに駿河を守ってやんよ！」

「十郎叔父さんは、木曾へ行くんじゃなかったんですか？」

正直、この欲深でこすっからい叔父さんが鎌倉にいると厄介ごとばかり起こすので、木曾の義仲くんのところに出張してほしいんだけど。

義経は「やっぱり早く上洛させてください兄上」とまた主戦論を唱えるし、舅殿は「なぜ鎌倉に巣ごもりするのじゃ、天下を奪う好機を逸するのか」と不満顔だし、叔父さんは信用ならないしで、さあ、どうやって上洛を断念させるかな……？

ここは一発、大風呂敷を広げてみんなを誤魔化《ごまか》すしかないね。僕には戦に役に立つ特技はなにもないんだけれど、窮地を逃れるためにハッタリを噛ます才能だけはあるんだよね。二十年も流人生活をしてきたからなあ。

「こほん。みんな、僕の考えを聞いてくれ。僕たちは鎌倉を固めて、東国に武士だけの新政権を造る！　京の貴族からも平家からも干渉されない、自由な武士の国をね！　かつて平将門《たいらのまさかど》公が築こうとした関東独立王国を、僕たち源氏と坂東武士が築きあげるという賭けに出るんだ！」

お、おおおおお、将門公の遺志《いし》を婿殿が！　と舅殿の北条時政が真に受けてくれた。この人、「博打」とか「賭け」とか言われるとすぐに「乗《と》った！」って叫んでくれるんだよな。生粋《きっすい》の勝負師というか。そもそも流人の僕に娘を嫁がせてくれたのも博打だからね。

義経は「か、関東独立王国ですか!?　鎌倉を奥州平泉のような黄金の都に？　さすがです兄上！　九郎は感動しています！」と感極まって泣きだしていた。ごめん、適当なこと言ってるだけなんだ。でも、これも義経のためだから。

「というわけで平家との戦いは、木曾義仲くんにお任せしたいと思う。十郎叔父さん、義仲くんに平家追討を依頼してきてくれないかな？」

「俺があ〜？　おお、そうかあ。鎌倉新政権の外交は叔父さんに一任するってことか。わかったわかった。そこまで甥《おい》っ子に頼られちゃあ、やるしかねえなあ〜。その代わり、叔父さんが義仲と一緒に一足先に上洛して法皇に取り入って検非違使《けびいし》とかに任命されちゃっても怒るなよ頼朝？　ひっひっひっ」

別に怒らないので頼みますからもうこれ以上僕たち源氏を引っかき回さないでください、叔父さん。清盛さんが見せてくれた未来で義経と僕の関係が破綻《はたん》したのも、叔父さんが例の調子で余計なことばかりしたからでしたよ。義仲くんのところでお幸せに〜。

「それでは鎌倉に参りましょう、兄上！　あ、あのう、鎌倉でも頭を撫でてくれますか？」

「うん。義経がいい子にしていたらね」

「はいっ！　いい子にしますっ！　ぜひ兄上に一度、そ、添い寝してほしいんですが……い、いいですか？」

「ああ。添い寝くらいなら。義経はまだ子供なんだなあ」

「いいえ、もう元服していますよう。見た目は幼いですけれど」

「……ほう。戦上手な妹殿に出陣を命じるかと思うたが、共に鎌倉で過ごす道を選んだか婿殿。てっきり今後は源氏一族が北条家を脅《おびや》かすと思うたが、よいぞよいぞ。ただ……兄妹で仲良くするのもよいが、わが娘ながら政子の嫉妬《しっと》深さはちと異常じゃ。妙な誤解を生まぬよう、用心せいよ？」

まさか。さすがの政子さんも、兄と妹の仲にまで嫉妬はしないでしょう？　た、たぶん……。

三段目　巣ごもり修善寺温泉

西国《さいごく》へ引き上げた平家《へいけ》を放置して関東に巣ごもると決めた僕だったが、富士川《ふじかわ》で闘志に火がついた坂東《ばんどう》武士たちは「佐《すけ》殿は生ぬるいわ。ワシらの殺《や》る気をどうしてくれるんじゃい！」「おう。平家には肩すかしを喰ろうたわ。血を見んことには収まらんのう！」と騒ぎ立て、あっという間に関東を舞台に血で血を洗う内部抗争へと突入してしまった。平家が東国から去ったために、関東で内部抗争をやる以外に戦う術《すべ》がなくなったのだ。

きみたちって、一瞬たりとも仲良くできないのかな……？

血に飢えた坂東武士たちに狙われた今回の被害者は、常陸《ひたち》の佐竹義政《さたけよしまさ》さんだ。

佐竹家は新羅三郎義光《しんらさぶろうよしみつ》の系譜に連なるれっきとした源氏《げんじ》の一族なんだけれど、とにかく暴れたい坂東武士連合には関係ない。

「ワシらの背後で常陸を牛耳《ぎゅうじ》っとる佐竹のタマを獲《と》らんことには、おちおち平家と戦っとれんわ！　佐竹は富士川にも参陣せんかったしのう！」

佐竹との抗争を強硬に主張したのは、「上総《かずさ》の荒ぶる狂犬」こと上総介広常《かずさのかみひろつね》。僕が房総《ぼうそう》半島に逃げてきた時に、二万の軍勢を率いて「共に平家を殺《や》りましょうやあ！」と押しかけてきた文字通りの困った人だ。もう戦《いくさ》は懲《こ》り懲《ご》りだったので面会を拒否して「帰れ！」と追い返そうとしたら、「さすがは源氏の御《おん》大将！　二万の大軍を率いる儂《わし》を一喝するとは、佐殿はほんもの の大将じゃあ！」となにか勘違いされて、かえって懐《なつ》かれてしまった。その結果、僕は富士川で平家と戦わされる羽目に。

平家との戦いすら僕の本意ではなかったのに、こんどは僕を大将に担《かつ》いで地元で縄張り争いをしている佐竹さんをブッ殺そうだなんて。この人、ほんとうに狂犬だな……。

ちなみに清盛《きよもり》さんが見せてくれた未来では、後に上総介広常は互いの土地を賭けた双六《すごろく》に興じている最中に「殿に対し下馬もせず頭も下げないなんて無礼ですよ。謀叛《むほん》でも企《たくら》んでいるんですか」と双六相手の梶原景時《かじわらかげとき》に突然刺殺されます。景時さん、怖いです。しかも殺した後で「ああ、上総介に謀叛の企みはありませんでした。ちょっとした勘違いでした」って。涼しい顔して、なにを考えているのかな梶原景時は。ぼ、僕が命じたんじゃないよ？　関東って、なんという仁義なき世界なんだ……とりあえず未来を見た僕は、景時に「上総介を無断で殺さないようにね」と言い含めておいたけど、だいじょうぶかな。

「おお、上総介の言う通りじゃ。佐殿、佐竹はおどれが坂東源氏の総大将に相応《ふさわ》しいと思うとりますけえ。それに佐竹はワシら千葉《ちば》一家とも長年抗争しちょりますけえ、お互いに目の上のこぶじゃけえ」

平氏《へいし》出身だからか、なぜか西国訛《なま》りが強い「千葉の暴走星」千葉常胤《つねたね》も、上総介に賛同して佐竹のタマを獲《と》るべしと強硬に主張してきた。坂東武士たちの神輿《みこし》に過ぎない僕はもう断り切れない。富士川に続き、いやいやながら出兵するしかなかった。

「よいかの？　若殿が関東の足場を固めるためには、佐竹を殺るしかありませんのじゃ」

相模《さがみ》の名門三浦《みうら》家を率いる「静かなる長老」三浦義澄爺《よしずみじい》さんも、佐竹を殺れと言ってきかない。

ちなみにこの一見物静かな長老は、僕が落馬して死んだ直後に「時が来た」とばかりにそれまで僕の右腕として片っ端から御家人《ごけにん》を粛清して回っていた梶原景時を追い詰めて、梶原一族を族滅《ぞくめつ》させます。とても怖いご老人です。

「ほっほー、あらあら。佐竹を殺るならこの和田義盛《わだよしもり》にお任せしてもらえますか、佐殿～」

大の合戦《かっせん》中毒で、富士川でも誰よりもやる気満々だった「相模《さがみ》の毒蝮《どくまむし》」和田義盛も、親戚の三浦家と組んで仇敵《きゅうてき》の梶原一族を族滅させた後、北条《ほうじょう》家との全面抗争に突入したあげく、三浦家に裏切られて族滅されます。

そしてその三浦家も、和田家の族滅後、用済みとばかりに北条家に潰《つぶ》されて族滅。

……この、めったやたらと飛び出す「族滅」という言葉はなにごとなんだ。仲間同士で、慈悲はないのかな？　この人たち、風雅な都人《みやこびと》とは明らかに別種の人類だ。ほんものの蛮族だよ。

未来なんて知らなければよかったあ！

そんなこんなで、坂東武士たちに担がれて常陸入りした僕は、佐竹義政さんと話し合って血を流さずに事態を収拾しようとした。園部川《そのべがわ》にかかる大矢橋《おおやばし》に上総介と佐竹さんの会見の場を設けて、「今後は打倒平家のために仲良くしましょう」と互いに義兄弟の盃《さかずき》を交わさせてシャンシャンと手打ちにするはずだったんだけど……。

「佐竹の若僧、ワリャアアアア！　ここで会ったが百年目じゃあああ！」

「おどれ上総介。儂をハメおったたか！　佐竹一族を敵に回してとことんやりあうつもりかあ！」

「おうよ！　わしゃあ上総の狂犬じゃけんのう～！　手打ちなんぞ誰がやるかあ！」

その和睦《わぼく》会見の席上で、「上総の狂犬」上総介が佐竹義政さんをやおら刺殺。仁義なさ過ぎ。

あとはもう、滅茶苦茶だった。

激怒した佐竹一族は「やりおったなあ！　一族が族滅されるまで大将の仇討《かたきう》ち合戦継続じゃい！」といっそう激しく抵抗するし、上総介や千葉さんたちも「佐竹一家を族滅するまで鎌倉《かまくら》には帰らん！」とブチ切れて暴れ回るしで、常陸一帯はこの世の地獄と化した。東国にもひたひたと飢饉《ききん》の足音が迫ってきているのに、この人たちはいったいなにをしているのかな？

……この凄惨《せいさん》な合戦中に捕らわれた佐竹家の若い家臣に、岩瀬与一太郎《いわせよいちたろう》くんという、坂東武士には珍しいほどの善人がいて、「今は平家と戦わないといけないのに源氏同士で殺し合うなんて絶対にダメですよ」とやっと僕が聞きたかった正論を吐いてくれた。彼のこの言葉を機に泥沼になっている佐竹家との抗争をこんどこそ切り上げられると僕は内心喜んだが、上総介は「なにを生ぬるいことを言うとるんじゃいワレは！　佐殿に逆らった佐竹のガキどもは問答無用で族滅じゃい！」と岩瀬くんまで斬ろうとした。鬼かな？

「ああもう。なにを言っているんだ上総介さんは！　ダメだよ、太郎くんを斬っちゃ！　源氏同士で戦うなんて愚の骨頂だ、太郎くんは僕の御家人にする！　みんな、鎌倉に帰るよ！　隠忍自重を身上としてきた僕も、さすがにもう黙っていられないよ！」

「……それでは早速帰国を手配致します。常陸には見張り兵を残しておけばよろしいでしょう」

常陸であたら時間と兵糧《ひょうろう》を浪費していることに「無駄な戦です。無駄無駄無駄無駄」と苛々《いらいら》していた梶原景時が、ようやく僕の気持ちを汲《く》んでくれて停戦を宣言してくれたのだった。

※

鎌倉はいい。三方を険しい山に囲まれて、残る一方は由比ヶ浜《ゆいがはま》の海。まさしく「天然の要害」。守るに易《やす》く、攻めるに難《かた》い。これほど引きこもって暮らすに適した土地はないよ。

鎌倉に戻った僕は、源氏の氏神《うじがみ》を祀《まつ》る鶴岡八幡宮《つるがおかはちまんぐう》の移転改築を口実に、鎌倉の町造りに専念することにした。八幡宮へと至る広大な若宮大路《わかみやおおじ》を整備し、京の都のような機能的な町を築きあげる。これで三年くらいは鎌倉から一歩も出ずに引きこもっていられるはずだ。

だが真っ正直者で思ったことを口にしてしまう妹の義経《よしつね》が、鎌倉に戻ってきた面々に、

「信じられません。佐竹さんを和睦の席で騙《だま》し討ちにするなんて卑怯《ひきょう》です！」

と直言して上総介を怒らせてしまったため、異常に短気な上総介は、

「なんじゃとおおお？　佐殿の妹とはいえ許せん！」

と義経を闇討《やみう》ちにせんと動きはじめた。

義経が坂東武士を敵に回してしまう原因は、どうもこの素直すぎる性格にもあるらしい。義経は穏和な兄を崇拝するあまり、彼ら坂東武士がみんな蛮族に見えているらしい。いやまあ実際蛮族なんだけど……。

ついに、規律に煩《うるさ》い梶原景時まで「殿は源氏の棟梁《とうりよう》。義経殿は庶子《しよし》に過ぎません。そろそろけじめをきっちりとつけておかねば、後々の災いとなります」と義経を警戒しはじめたので、未来を知っている僕は先手を打った。

「梶原景時。舅《しゆうと》殿。僕は連戦で身体を壊したので、伊豆《いず》でしばらく休みますね。常陸でいろいろあってちょっと人間不信です。鎌倉になにかあったら連絡をください」

と書き置きを残し、義経とその一党（遮那王《しやなおう》四天王）だけを連れて、早々に伊豆の修善寺《しゆぜんじ》温泉へ家族旅行に出かけたのだ。

荒ぶる狂犬・上総介の怒りが収まるまで、物騒な鎌倉を一時離脱しよう。

かぽーん。

いやあ。やっぱり魂の疲れを洗い落とすなら、修善寺に限る。風光明媚《ふうこうめいび》な伊豆の露天温泉は最高だなあ。二十年も伊豆でぬくぬくと流人《るにん》無職生活を続けてきた僕だ。合戦場に出るよりも、温泉に浸《つ》かっているほうが百倍も僕らしい。ああ、猪《いのしし》までこのお湯に呼ばれて入ってきた。退屈だけど気楽だった流人時代を思い出して、ほっこりするなあ……。

「うわあ、これが伊豆が誇る温泉ですかあ。あ、兄上と家族風呂だなんて、夢みたいです！　も、もうちょっとくっついていいですか、兄上？」

うん。妹も幸せそうだ。しばらく鎌倉で留守番をさせていたから、寂《さび》しかったんだろう。しかし義経はもうちょっと食べないと背が伸びないな。胸も薄くて少年みたいだし、趣味は乗馬と合戦だし、このままじゃ嫁のやり手が見つからないなあ。

「って、義経⁉　どうして男湯に？　言っただろう？　茂みを隔《へだ》てた西側が女湯、こっちは男湯なんだってば！　義経たちは女湯に入るという約束だっただろう？」

「ご、ごめんなさい。で、でも、兄と妹なんですから、いいじゃないですか。ほら、先客の猪さんも構わんよと言ってくださっていますし」

「ぶもっ！」

ええ？　猪と会話できるのか、義経は？　まあ、狐《きつね》の妖怪を従者に連れているくらいだし、鎌倉でも神社の境内《けいだい》で鳩と喋《しゃべ》っていたっけ。さすがは大自然で育った野生児だな。

「兄妹とはいえ男と女。けじめはつけようね。お互いに武士なんだし」

「そ、そんな水臭《みずくさ》いこと言わないでください兄上〜！　ご、ご迷惑ですか？　九郎《くろう》とは家族風呂に入りたくないと？　ぐすっ……」

「ああ、いや。泣くなよ義経……よ、よしよし。わかったよ、特別に混浴を許可するよ。ただし、僕の奥さんの政子《まさこ》さんには秘密だよ？　政子さんはちょっとアレなくらい嫉妬《しっと》深いんだ。まさかとは思うけど、邪推されちゃかなわないからね」

「あっ、ありがとうございます！　兄上はほんとうにお優しいお方ですね！　みんな〜！　兄上のお許しが出たよ、早速男湯に突撃して〜！」

「「「「遮那王四天王、ただいま見参！　混浴させていただきます！」」」」

いや。弁慶《べんけい》たちにまでは許可していない……隠せ。弁慶、きみの身体は目の毒すぎる。肌を隠せ！　こんなおとなしそうな顔をしていても、武士にあるまじきヘタレ男でも、僕の身体には源氏嫡流《ちゃくりゅう》の呪われた女好きの血が流れているんだ！

せっかく「ウワキシタラマサコサンニコロサレル、ウワキシタラマサコサンニコロサレル」と毎日呪文を唱えて節制しているのに！

しかも政子さんは今、妊娠中なんだ。すなわち、ちょっとした浮気も第二夫人を持つことも全部禁止されている僕は、長らく禁欲生活を強《し》いられていて……こんな時には呪文を唱えるんだ呪文を。ウワキシタラマサコサンニコロサレル！

「与一《よいち》っす。お背中をお流しするっす、殿。殿方と混浴なんて、十年ぶりっす。与一には十人の兄上がいて、昔はよく兄上たちの背中を流させられたっす」

「義経ちゃんと血を分けた殿方だもんね、殿は！　くう～、義経ちゃんが男になったらこんな感じなのか～！　肌がもちもちで白くて美しい！　あーでももうちょっと幼くないと、あたしの煩悩《ぼんのう》を発火させるのは難しいかなあ～？」

「……せ、拙者《せっしゃ》は、殿方に肌を晒《さら》すのは苦手故《ゆえ》、湯の中に水遁《すいとん》させていただくでござる……ごぼごぼごぼ」

「われら佐藤《さとう》姉妹は狐妖怪故、人間の殿方に羞恥心《しゅうちしん》などない。が、人間の殿方など全員下郎。神聖なわが肌を見ることは許さぬが、汝《なんじ》は義経の兄ならばこそ、特別に許可してやろうぞ」

一番羞恥心が必要なさそうな子供の伊勢《いせ》三郎だけが恥ずかしがっているというのも妙な話だが、僕はといえば羞恥心と煩悩《ぼんのう》に二重に襲われて弱っていた。まだ心が童女のように幼い義経にはよくわかっていないらしい。年頃の妹の裸を見せられることすら気まずいのに、弁慶や佐藤姉妹の豊満な女体を生で見せられたら僕の身体に流れる「心の中の光源氏《ひかるげんじ》」の血が目覚めてしまう。

「源氏物語」って、源氏の一族の男どもがどうしようもない女好きという宿痾《しゅくあ》を抱えていることを見事に描ききった名作だよね。坂東武士は誰も読んだことがないみたいだけれどさ。誰か知ってる？　と尋《たず》ねてみても、「源氏物語？　なんですそれ、血湧き肉躍《おど》る合戦絵巻っすか？」

「やっぱ平家をブッ殺す物語っすか？　主役は為朝《ためとも》っすか義家《よしいえ》っすか」だもんなあ。

「懐かしいですね、源氏物語！　この弁慶は叡山《えいざん》で読んでましたよー。貴公子の源氏が次々と貴族の女の子を口説いて押し倒していく姿はそれはもう。あたしもこんな風に幼い少年を拐《かどわ》かして押し倒したい！　と京の都で少年の刀狩りを開始してしまい……義経ちゃんと出会って『女の子同士の友情に生きる』という光の道に導かれていなかったら、今頃あたしは外道破戒《げどうはかい》僧《そう》になっていました。とほほ」

弁慶も、心に光源氏を飼っている宿痾の持ち主なんだな。叡山で煩悩を振り払うはずが、源氏物語を読んだりして外道になりかけていたわけか。

でも、みんな一癖《ひとくせ》も二癖もあるとはいえ、乙女なんだなあ。源氏物語をかなり読み込んでいるらしい。坂東武士とは大違いだ、貴族趣味持ちの僕と話が合うなあ。嬉しいよ。

「光源氏の運命の女性はやっぱり、幼い紫《むらさき》の上《うえ》ですよね兄上！　自分の妹のように幼い子供を攫《さら》ってきて屋敷に囲って、『お兄さま』と呼ばせながらある夜いきなり押し倒して……そして、自分好みの女性として好き放題に教育……この九郎も、兄上に攫われて妻として飼われてみたいです！　はああ。九郎は、紫の上になりたい……！」

義経。いくら光源氏でも実の妹に手を出したりしないからね。そもそも男が女を押し倒して何をするのか、義経はよくわかってない。弁慶がちゃんと教育してくれないとまずいよね。

「この弁慶は、六条御息所《ろくじょうのみやすどころ》を推《お》しています！　浮気相手の女人《にょにん》のもとに生き霊になったり死霊になったりして襲いかかり、恋敵《こいがたき》をばっさばっさと倒しまくるその恋心の強さ、煩悩の深さに共感しますねー！」

……ダメだこの人は。煩悩が深すぎる。六条御息所ってちょっと政子さんっぽくて怖くて読み飛ばすんですけれど。浮気中にいきなり物《もの》の怪《け》になって襲ってくるから、心臓に悪いよ。

「与一は、末摘花《すえつむはな》推しっす。光源氏に一度抱かれたっきり放置されているのに、ひたすら彼を待ち続ける影が薄くて幸が薄くて余り物なところが、いいっすね」

い、いや、与一は美人だと思うよ？　いつも前髪で目を隠しているけれど、こうして髪を上げて顔を晒した与一は意外にも美しい瞳の持ち主だった。兄が十人もいるという家庭環境がよくなかったのだな。

「……ごぼごぼごぼ……拙者は葵上《あおいのうえ》推しでござる……恥ずかしくて夫の源氏に素直になれないままあっけなく死んでいく女心……よくわかるでござるよ……」

僕には伊勢三郎がよくわからないよ。子供なのにやけに渋いところを衝《つ》いてくるな。

「われら佐藤姉妹は人間の男女間の恋などに興味はないが、自分の義理の母親を押し倒して妊娠させて己《おのれ》の子を帝位につける光源氏の業《ごう》の深さは良きものだな。その因果《いんが》が祟《たた》って、嫁を寝取られ間男に種を仕込まれ、血の繋《つな》がらぬ不義の子を己の息子として育てさせられてしまうとは。愚かよな。まさしく源氏、まさしく人間。楽しませてくれる」

まあ、京の貴族社会では浮気とか間男とか当たり前だしね。清盛さんだって、実は当時の上《じょう》皇《こう》の隠し子だから破格の出世を遂《と》げたって言われているし。それでも誰もあまり気にしていないのが平家の鷹揚《おうよう》でいいところだなあ。家族愛に溢《あふ》れている一族だよ。それにひきかえ源氏は……すみませんでした佐竹さん、供養《くよう》するから成仏してください……。

そうか。政子さんが異常に嫉妬深いのって、もしかして源氏物語を読んで（あの人は東国には珍しい読書家だから）、「源氏の殿方は異常な女好きだ」と思い込んでいるせいかもしれない。いや事実そうなんだけどね。僕の父さんの女好きは、常軌を逸していたな。

でも……こうして女の子たちと源氏物語についてまったり語り合えるなんて。人殺しと抗争に明け暮れている坂東武士どもに囲まれての殺伐《さつばつ》とした日々とは大違いだ。この細《ささ》やかな幸せは、肉体の煩悩に勝るね。妹の義経がいてくれるから、「心の中の光源氏」を鎮《しず》められているんだろうけど。妹に恥ずかしいところを見せたくはないからね。

「しかし義経はどうして兄の僕にそれほどこだわるんだい。会ったことなかったよね？　僕の母さんは尾張《おわり》の熱田神宮《あつたじんぐう》の女性で、義経の母さんは京一番の美女として有名だった常盤御前《ときわごぜん》。年齢も離れているし。父さんや兄さんが平家と都で戦って討ち死にしたのは、まだ義経が生まれるか生まれないかの頃だったよ？」

「そ、それは。兄上と私が血を分けた兄妹であることもさることながら、兄上は源氏の嫡男にして棟梁ですから。源氏を再興して父の仇討ちを果たせるお方は、兄上しかおられません。そもそも長男ではなかったのに源氏の棟梁として担がれるなんて、その時点で兄上は選ばれし源氏の棟梁です！　平清盛《たいらのきよもり》も、兄上を殺せませんでしたし！　兄上の人徳に打たれたに違いありません！」

　まーた義経ちゃんのお兄ちゃん自慢がはじまったー、と弁慶が苦笑する。さんざん「私の兄上がどれだけ素晴らしいお方か」という話を京時代からずっと聞かされてきたらしい。

「いやー。僕の母さんが熱田神宮出身で身分が高かったから、たまたま僕が嫡男ということにされただけで……僕は馬術も下手《へた》だし弓も下手だし、武士に向いていない男だよ。悪源太《あくげんた》兄さんのほうがずっと強かったよ。兄さんはほんとうに化け物みたいだったなあ」

「はいっ！　悪源太兄さんはまだ十代の若さでカチコミに行って、木曾義仲《きそよしなか》殿のお父上を見事に討ち果たしたと聞いています！　源氏同士で殺し合うのはいけないと思いますが、すっごく強い武士だったんですね！」

　まあ、とんでもなく強かったけど、外道だったよね……悪源太兄さんさえ生きていてくれたら、平家打倒なんて剣呑《けんのん》な仕事は全部兄さんにやってもらえたのになあ。

「兄上もほんとうはお強いんでしょう？　平家に目を付けられたら危険だったので、武士としての実力を隠しているんですよね？　九郎にはわかっていますよ、うふふっ」

「いや僕はほんとに弱いよ。合戦中に落馬するし居眠りするし。こうして温泉に浸かって源氏物語について語り合っているほうが僕には向いているよ」

「ふふ。あれは平家を油断させるための策略ですよね？　なにもかもわかっていますから、九郎の前では弱いふりなんてしなくていいですよ、兄上♪　弁慶たちにもいつか見せてあげたいです。源氏一族最強の知謀と武力を駆使して父の仇を見事に討ち取る兄上の天晴《あっぱ》れな勇姿を！　九、九郎は想像しただけで胸がときめいて、鼻血が出そうです……はあ、はあ……」

　いやいや義経。僕はね、未来で落馬して死ぬような情けない男なんだよ？　清盛さんに見せられたから間違いない。できれば今後馬に乗るのは極力避けたいくらいだ。

「殿？　父親の顔を知らず、幼くしてお母さまとも引き離された義経ちゃんは、ただひたすらに兄に再会して共に平家と戦う日がいつか来ることだけを生きる希望にして、ずっと厳しい武術修行に明け暮れていたの～。長らく会えなかったから、ちょっとばかり殿を美化しちゃってるかもしれないけれど、それだけ義経ちゃんにとって殿は大切でかけがえのない家族だったわけ！　鎌倉の町造りが完成したら、純真な義経ちゃんの期待に応《こた》えてあげてねっ！」

　弁慶はほんとうに義経が好きなんだなあ。でも、入浴中に不意に立ち上がらないでね。

※

　武蔵坊《むさしぼう》弁慶は、熊野《くまの》水軍の棟梁の庶子だったという。

　だが弁慶の母は、棟梁にとっては一晩だけの遊び相手。生まれた子供ともども、父親に振り

向かれることもなかった。幼い弁慶は生活に苦しむ母を楽にしてあげたいと思いたち、出家して叡山へと入った。もっとも、叡山は女人禁制の山なので男装して性別を偽《いつわ》り稚児《ちご》になりおおせたのだという。

豪快な印象が強い弁慶だが、幼い頃から知恵が回る子だったようだ。

父親の身勝手さや母親の哀《かな》しさをさんざん見てきた弁慶は、現世の苦しみから逃れるため、解脱《げだつ》して高僧になろうと志していた。

だが、叡山の僧侶たちは弁慶が女の子だと知って「この山は女人禁制だぞ。なんと不浄な」と追い出しにかかった。叡山にも居場所を失った弁慶は「どうしてあたしが不浄なのさ！」と荒れた。叡山の山法師《やまほうし》たちと大ゲンカしたり、播磨《はりま》の書写山《しょしゃざん》へ追いやられてそこでも騒動を起こしたりと、完全に破戒僧になってしまった。

弁慶は切れた。やめた。もう高僧になんてならない。だいいち叡山の連中って、みんなお稚児趣味に走っていたじゃないの。あいつらのどこが高僧なのさ。女人が不浄だというのなら、あたしも叡山の坊主たちがやっているように幼いお稚児さんを愛《め》でる生臭《なまぐさ》坊主になってやる！

というわけで弁慶は、夜の京の町に出没しては「かわいいお稚児さんはいねえがー」と少年を襲って刀を奪い取ることに。なぜ刀を奪うのかよくわからないが、女人がいない叡山で育ったため、男女の交わりというものが具体的にどういうものか知らなかったからだそうだ。なんとなく刀を見るとときめくのだという。刀剣愛好家とでも言うのか。

　そんな弁慶が、鞍馬山《くらまやま》に幽閉《ゆうへい》されていた幼き日の義経、遮那王こと牛若丸《うしわかまる》と京で出会った日は、偶然にも弁慶が「お稚児さんから千本目の刀を奪い取る記念日」だった。

　弁慶は、都の貴族が「美女千人斬り」を自慢していると耳にして、「それじゃあたしはお稚児さんの刀千本盗《ど》りだ！　千本集めれば完璧な破戒僧になれる！」と願を掛けていたらしい。

　牛若丸はこの夜、鞍馬山から抜けて町を彷徨《うろつ》くために敢《あ》えて男装していた。

　かくして、「そこの美童、お姉さんに刀を置いていけー！」と薙刀《なぎなた》を振りかざして迫る弁慶と、笛を吹きながらぴょんぴょんと器用に跳びはねる小柄な義経との一騎打ちが繰り広げられ、勝者は――。

「はあ、はあ……な、なんてすばしっこい小僧なんだ……！　も、もうダメ。お腹《なか》がすいて力がでない……えーい。あたしの負けだっ、煮るなり焼くなり好きにしろ！」

　小柄な身体からは想像もつかない無尽蔵《むじんぞう》の体力と凄まじい敏捷《びんしょう》さを誇り、弁慶の激しい薙刀攻撃をことごとく躱《かわ》し続けた義経となった。疲労困憊《こんぱい》しきった弁慶は、橋の上に突っ伏してしまった。義経のほうはけろりとしていて、汗一つかいていない。完勝だった。

「ご、ごめんなさい！　私、実は女の子なんです。どんどん攻撃されるのでなかなか言いだせなくて……なんで刀なんか集めてるんです？　あっ、おにぎり食べますか？」

「ええっ？　あなた、女の子なのっ？　つ、強すぎる!?　まるで天狗《てんぐ》みたいな身軽さ!?　もしかしてあなたは、京で噂《うわさ》になっている源氏の落とし子……」

「は、はい。源義朝《みなもとのよしとも》の娘、牛若丸こと遮那王と申します。鞍馬山の天狗さんに稽古をつけてもらっているので身軽なんですよ。日夜頑張って修行しています、打倒平家のために！　あ、平家さんには秘密でお願いしますね？」

「……でも。源氏ってもう滅びたんじゃ……？」

「いえ。まだ見ぬ兄上が、源頼朝というお方が伊豆におられるそうです。私は女の子ですが、この身軽さを活かしていずれひとかどの武将になって、兄上のもとにはせ参じて共に平家と戦うんです！　そして、兄上に『偉いな牛若は』と頭を撫でてもらうんです……そ、それが私の生涯の夢……です。えへへ。父上とはもう会えませんが、私には血を分けた兄上がいるんです。兄上に褒《ほ》めてもらうためなら、死んでも悔いはないです！」

生まれる前から家族運のない弁慶は、すれている。「会ったこともない兄上に夢見過ぎじゃないの？　『女が武器なんか取るな』って疎《うと》まれるかもしれないわよ？　武士って見栄っ張りで嫉妬深いんだよ？　女の子が戦に強ければ強いほど嫉妬されて疎まれそう」と思わず口にした。途端に義経は「そそそそんなこと絶対にありませんっ！　兄上は源氏の棟梁で、私がたった一人敬愛する家族なんです！　絶対に、兄上は私を愛してくださるはず……絶対に……うぅっ……ぐすっ……」と目を真っ赤にして猛抗議した。

戦えばあれほど強い義経が、兄に愛されるかどうかわからないと言われただけで、激しく動揺してついには「うわあああん」と泣きだしていた。すっかり童女に戻っている。精神と肉体のバランスがまったく取れていない。まるで武芸の修行に持てる全力を投入して、その代償として精神の成長が童女のまま止まってしまったかのようだった。

この子は家族をことごとく平家に奪われて、まだ見ぬ兄さんの幻にすがってかろうじて耐えて生きているんだな、でも幼い頃から鞍馬山に幽閉されてきたこの子はあまりにも純真無垢《むく》すぎる。殺伐とした世間にこのままこの子を解き放てば、どんな辛い目に遭《あ》うかわからない……

修羅《しゅら》の世に捨て置いたら、この子はきっと長くは生きられない。

誰かが、世間の汚さから、この子を庇《かば》ってあげないといけない。

持ち前の利発さでそう予感した弁慶は、この時に誓ったのである。

これからなにがあっても。義経を友として、姉貴分として支えていこうと。

※

弁慶だけではない。義経が赤子の如《ごと》く兄を慕《した》う純粋な愛情には、この佐藤姉妹も妖怪ながらつい涙してしまった、このお方を幸せにして差し上げたいと思わされてしまった、と佐藤さん姉妹がしんみりと頷《うなず》く。

伊勢三郎が、佐藤姉妹は人間に母を殺されて雨乞いに用いる鼓《つづみ》の皮にされてしまった哀しき過去の持ち主でござる、その鼓を叩いた姫が姉妹の母への鎮魂の想いを込めて美しく鳴り響かせた音色に感激して姫の守護者になったのでござる、と教えてくれた。

一族の余り物の与一といい、叡山で荒れていた弁慶といい、幼くして盗賊になってしまった伊勢三郎といい、そうか、彼女たちには寄り添える家族がいないのか……だから、家族を平家に奪われて独りぼっちで生きてきた義経にこれほどまでに惹《ひ》かれてしまうのだな。家臣ではなく、家族として。白河の関以南の人間に恨みを抱く佐藤姉妹も、義経が密かに母を恋《こ》いる想いを鼓の音色から聞き取って、心を動かされたのか。

僕も約二十年、家族から引き離されて孤独な流人生活を送っていた。家族愛に飢えていた彼女たちの気持ちはよくわかる。

義経は、よき家族たちに巡り会えたのだな。だから、鞍馬山や奥州《おうしゅう》を彷徨《さまよ》いながらも今なお童女のようにあどけない魂のままで生きていられるのか。彼女たちに感謝しなければ。

「び、美化などしていません。九郎はただただ妹として兄上をお慕いしております！　もしも兄上がお優しすぎるあまり戦を嫌うのでしたら、この九郎が代わりに平家をやっつけて参りますから、ご安心を！　九郎は、佐竹さんの時みたいに、相手を和睦の席で騙し討ちにするような真似は致しません！　堂々と平家を戦場で打ち破ってご覧にいれます！　あっ、敵本陣への奇襲攻撃はやりますけれど、それはあくまでも戦場での兵法ですので！」

富士川での義経の常識外れの奇襲は凄《すさ》まじかった。というか、そもそも武士としての常識が自然児として生きてきた義経にはまるでない。天衣無縫《てんいむほう》すぎるのだろう。規律に細かい梶原景時が激怒して戦功として記録しないわけだ。

そう。いずれ空気を読めない破天荒《はてんこう》な義経は、命よりも面子《メンツ》を重視する坂東武士たちに疎まれて破滅することになる。女の子がほぼ独力で平家を滅ぼすことになるんだから。

義経を戦場に立たせたくない。平家との戦いは避けよう。どうしても逃げられない時には、兄である僕が総大将として戦おう。清盛さんに教わった未来を、変えなければ。義経とその仲間たちのために。

なにしろ僕が未来を変えない限り、この場にいる義経一党のうち、源平《げんぺい》合戦終了早々に引退して故郷へ戻った与一以外の全員が討ち死にする。弁慶は奥州に追い詰められた義経を護《まも》るために全身に矢を浴びて立ち往生《おうじょう》し、伊勢三郎も佐藤姉妹も義経を護ろうと戦って次々と斃《たお》れていく。そして、最後には義経も……。

「兄上がお望みでしたら、兄上を脅《おびや》かす敵は、全て九郎が倒します！　安心して温泉に浸かってくださいね？　あ、あと、こ、今夜は添い寝してくれたら、嬉しい……です……」

お安い御用だよ、と微笑みながら僕は義経の頭を撫でていた。

（清盛さん。僕はこれから、妹を護るために生きます。どうせ自分は孤独なんだと思い込んでずっと周囲に流されてばかりだったけれど、僕の生きる目的はここに定まりました）

この修善寺の温泉で、僕はやっと義経とほんものの兄妹になれたような気がした。

四段目

唯一絶対正妻、北条政子

Kamakura Genji Monogatari

僕が配流《はいる》された伊豆《いず》には、「伊東《いとう》家」「北条《ほうじょう》家」という二大豪族がいた。

伊豆で流人《るにん》生活を約二十年過ごしていた僕は、生涯を法華経《ほけきょう》の写経に費やして禁欲的に生きるつもりだったんだけれど、そこは源氏《げんじ》の血の哀《かな》しさ。ある日とうとう伊東家の姫に恋をして、日が暮れると同時に彼女のもとへこっそりと通うことにした。

だが、僕は平家《へいけ》に監視されている流人。平　清盛《たいらのきよもり》さんのご機嫌次第では、いつ死罪になってもおかしくない危険な立場だ。

僕の通い婚を知った伊東家の棟梁《とうりょう》の爺《じい》さんは「ワレこらァ！　ウチの孫娘になにを手ぇつけとんじゃ源氏の流人の分際でこらァ！　平家に目ぇつけられたら伊東家は終わりなんじゃい！　殺すぞワレ！」と大激怒して、僕をブチ殺そうと逢《あ》い引き先の屋敷に刺客《しかく》を続々と送り込んできた。ああ、この情け容赦のなさが坂東《ばんどう》武士なんだなあ。

命を狙われた僕はほうほうのていで夜の山道を馬で奔《はし》り、徹夜で逃げ続けて九死に一生を得たものの、伊東家の姫は「お祖父《じい》さまとシノギを削って私のために殺《や》り合う度胸がありませんのね」と僕に失望して他の男に嫁《とつ》いでしまい、僕の初恋は失恋に終わったのだった。

僕は激しく落ち込み、昼も夜も蛭ヶ小島《ひるがこじま》の掘っ立て小屋に引きこもってますます法華経の写経にのめり込んだ。もう恋などすまい。どうせ流人の僕が、妻《めと》を娶れるわけもないし。外に出て迂闊《うかつ》に女の子に出会ってしまったら、また同じことになる。法華経よ、僕の身体に流れる「女好き」という源氏の血の因果《いんが》を清めたまえ。南無《なむ》南無。

ところが、伊東家と激しい縄張り争いをしていた北条家の当主、北条時政《ときまさ》がそんな僕に声をかけてくれた。北条家はそもそも平氏《へいし》の一族だし、北条家のお屋敷に招待された時には「こんどこそ殺されるのかな？　毒かな、それとも槍かな刀かな？」と死を覚悟したのだけれど。

ところが北条時政はなにか勘違いしたらしく、

「聞きましたぞ。伊東んところの姫に手ぇ出そうとしてタマ獲《と》られそうになったそうじゃな、佐殿《すけどの》。おどれはひ弱い御曹司《おんぞうし》だと思うちょったが、命懸《が》けでおなごを抱きに行くとはさすがは父親譲りの女好きじゃのう。見直したわい！　ささ、今夜は飲み明かそうぞ」

と、流人に過ぎない僕を妙に歓待してくれた。領地を巡る伊東と北条の抗争はこの頃、激化の一途を辿《たど》っていたので、伊東の敵は北条の味方、うちの陣営に取り込んでおけば「お礼参りじゃい！」と伊東を殺《や》りに行く鉄砲玉になるかもしれん、くらいに考えていたのだろう。そんなこと、貴公子の僕はやらないけどね……。

そして、この酒の席ではじめて出会ったのが、時政の娘――北条政子《まさこ》さんだったのだ。

政子さんは粗暴な坂東武士の姫とは思えぬ知的で風雅な美少女で、その瞳の輝きの強烈さは平安王朝の貴族もかくやと思えるほどだった。趣味は読書と薙刀《なぎなた》だという。文武両道だ。

「政子は外見も美しいが頭が良く、なんでもできる才女でのう。しかし気が強く口が悪い。男に生まれておれば関東の王にでもなれたものを」

と時政が愚痴をこぼすほどの完璧美人だった。

こんないかつい親父の娘さんがどうしてこんなに清楚《せいそ》な美人なのか、と僕は生命の神秘をかいま見た気がした。

だが、男を見る視線が常に冷たく厳しい政子さんは、僕を見るなり、

「あら父上。恋に命を懸けて夜這《よば》いをかけたなんてなにかの間違いよ。この殿方は優柔不断で、なにかあれば逃げるばかりの人よ。妾《わらわ》には一目でわかるわ。あなたにそんな度胸はないわ、そうでしょう頼朝《よりとも》殿？　あなたは、父親や兄を平家に殺されても復讐しようとする勇気すら持てないダメ人間よ。親の仇《かたき》も取らずに伊豆の片田舎《かたいなか》で現地の女漁《あさ》りに精を出すだなんて、あなたは人間というよりは豚だわ。ぶ、た。うふふっ」

と、容赦のない言葉を上から目線で語ってきた。実際、座りもせずに立ったまま僕を見下ろしているし。なななんという罵詈雑言《ばりぞうごん》。酷《ひど》いや！　京の都にはこんな高慢で遠慮のない女性はいなかった。時政が「男に生まれておれば」と嘆息《たんそく》するのもわかる。

「こ、こら政子。源氏の御曹司に口が過ぎるぞ。すまんのう佐殿。娘に悪気はない。生まれな

がらにして傲慢《ごうまん》なのじゃ。こういう性格なので政子はなかなか嫁げんのじゃ」

「へぇえ。生まれながらにして……政子さんが羨《うらや》ましいなあ。僕も一度くらい、思ったことを口にしてみたい。やりたいことを思う存分やってみたいなあ……」

「あら、怒らないの？　あなたってほんとうにダメな殿方ね？　普通の坂東武士は、妾に酷評されると『おなごが偉そうなことを言うな』と激怒するわよ？　なにをへらへら笑っているわけ？　もう、ほんとうに情けない男ね！　妾のほうが苛々《いらいら》してきたじゃない！」

「いやあ。政子さんの言う通りですから。僕は父上や兄上の仇を討つ勇気もなく、血が苦手で自決することもできず、女の子のお尻を追いかけて命を狙われたら、ほうほうのていで逃げだすことしかできないダメ男ですから……でも、仕方がないんです。都は平家が牛耳《ぎゅうじ》っているし、僕には頼れる家族も郎党もいませんし、そもそも馬にすら満足に乗れない僕が源氏の嫡男《ちゃくなん》だなんてなにかの間違いですから。たまたま父上が源氏の棟梁で、母親の血筋が良かっただけなんです。僕よりも源氏の棟梁に相応《ふさわ》しい武士はいくらでもいますよ。僕は……小屋に引きこもって写経しかできない無価値な男です。流人が妻なんて娶れるはずがなかったのに。僕は豚にも劣ります……」

言っているうちに自分が情けなくなってきて、涙が溢《あふ》れてきた。伊豆に流されて以来、ずっと本心を隠して、おっかない坂東武士たちに愛想笑いを浮かべながら生きながらえてきた僕なのに、政子さんの前ではなぜか本心をぽろぽろと口にしてしまう。どうせ本心を隠していてもこの利発な女性はぜんぶまるっとお見通しだ、と直感したからかもしれない。

政子さんは「あ、呆《あき》れるわね。こ、こんなに情けなくて格好悪い武士ははじめて見たわ。み、源頼朝……こんなダメ男を匿《かくま》ってもいいことはないわよ父上？」と戸惑ったように呟《つぶや》いて、ぷいっとその場から去ってしまった。

「ほほう。やるのう、佐殿。今の男の涙は政子にガツンと効きましたぞ」

「はあ？　な、なんですか時政さん？」

「敢《あ》えて毒舌《どくぜつ》の政子に言いたい放題言わせておいて、恥も外聞もなく泣いてみせるとは、見事に裏をかきましたな。あれは、母性本能をくすぐられて当惑しておる顔でしたぞ。男まさりの政子が女の顔を見せるとは……さすが、京の貴公子は手練手管《てれんてくだ》を用いますなあ」

「あの、いや、僕は別に……」

「しかし佐殿。政子は北条家の大事な娘。北条がこの修羅《しゅら》の地の関東でのし上がるために、強い武人の嫁にくれてやらにゃあならん。政子は嫌がっとるが、近々、山本《やまもと》ちゅう伊豆の豪族に娶らせようと思うとる。政子に手を出して傷物にしたらどうなるか、わかっとるじゃろうな？　タダでは済みませんぞ。指を詰める程度じゃあ、ケジメは付けられんぞ」

ハイワカリマシタ、と僕は震えながら頷《うなず》き、どうにかこうにか北条屋敷から生きて出ることができたのだった。いやあ、政子さんは素敵だなあ。美しいだけじゃなくて利発だし、あの遠慮のない毒舌が逆に信頼できる女人《にょにん》だ。僕の血筋になんの幻想も見ていないし、決して僕に嘘をつかない人だ。あんな女性が伊豆にいただなんて。

って、いけないいけない。政子さんに恋してはいけない。伊東家に続いて北条家からも命を狙われることになってしまう。そうなればもう伊豆では生きていられない。

またしだ。またしても女難だ。源氏の呪われた女好きの血のせいだ。


ところが――。

当の政子さんが、山本さんのお屋敷に嫁入りするその夜、馬に乗って山本邸から単身で脱走。それだけでも八方破れなのだが、こともあろうに脱走した政子さんは、そのまま僕のもとに押しかけてきたのだった。

「うわあああああっ!? どうして政子さんがここに? その花嫁衣装はいったい? ちょ、ちょっと待ってください! 今宵《こよい》は山本なんとかさんと祝言《しゅうげん》を挙げるはずじゃあ?」

「……はあ、はあ、はあ……身勝手な父上の命令であんなありふれた田舎者の坂東武士に嫁がされるなんて、妾は絶対に嫌なの。私は北条家の令嬢、北条政子。仮に男に生まれていれば関東を、いいえ、日本をも統《す》べられる才女なのよ? 口惜《くちお》しいじゃないの」

「わかってます。わかってますから、どうかお引き取りを! 山本さんと時政さんに僕が殺されます! これじゃまるで僕が政子さんを強奪したみたいじゃないですか～! 流人が花嫁泥棒だなんて、言い逃れできませんよ!?」

「ええ、そうよ頼朝。あなたが妾を強奪したのよ」

「ひいっ？　ぼぼぼ僕はこの部屋に籠《こ》もって写経をして耐えていましたよ？　政子さんを攫《さら》いに行ってはいけないと歯ぎしりしながら……」

「ふん。案の定ねえ。あなたはそうやって立ち上がろうとしないダメ男だけれど、坂東武士を引きつける源氏嫡流という血筋だけはある。坂東武士どもが欲《ほっ》して止《や》まない血筋が。そして、妾には天下を統べる才気と気概《きがい》がある。二人が夫婦になれば怖いものはないわ。東国はもともとは源氏の国よ。あなたと北条が手を組めば、関東は平家からも朝廷からも独立できる。あなたを坂東武士の棟梁として。そして北条家はあなたの後見役となるのよ。あの欲深い父上にはそう述べて、説得してみせるわ」

　え、えええええ!?　ぼ、僕と政子さんが夫婦にっ？　しかもなんだかドス黒い政略結婚？

「で、でも、それは口実よ。ほ、ほんとうは――」

「……ほんとうは？」

「あ、あなた、妾に惚《ほ》れているのでしょう？　妾が欲しいのでしょう？　もう、流人小屋で一人きりで過ごす日々に耐え切れないのでしょう？　それなのに、今夜も自分の本心を押し殺して写経を続けて我慢して……ほんとうに、ダメな人。そ、そんなあなたがあまりにも哀《あわ》れだから、わ、妾が一世一代の慈悲を施《ほどこ》してあげる。夫婦になってあげるわ。あなたの目を見れば本心がわかるのよ。坂東武士どもが妾を見る時の野獣のような目つきとは違う。まるで――」

まるで──その先、政子さんがなにを呟いたのかは覚えていない。

その夜、僕と政子さんは時政に無断で夫婦になっていた。

夜が明けると同時に、蛭ヶ小島の流人小屋を北条家の家臣団が包囲して「出てこんかいワレ～！」「頼朝おおおお！　お嬢を返すんじゃい！」と威嚇《いかく》してきた。僕は「もう終わりだ……」と口から泡を吹いて失神しかけたが、政子さんはまったく慌《あわ》てず騒がず。例の冷たい笑顔で「妾を北条家の政子と知っての狼藉《ろうぜき》か、愚か者どもめが！」と家臣たちを一喝し、呼び出した時政と二人きりで談判し、強引に父親を説得して正式に僕を婿《むこ》にしてしまったのだった。

時政は三度の飯よりも博打《ばくち》が好きなので、最後の止《とど》めに「これは北条家に関東を盗《と》らせる賭けよ。奇貨居《きかお》くべしと言うでしょう。源氏嫡流の後見役になりなさい父上。先物買いよ」と吹き込んだそうだ。

しかし、タダで結婚できるほど世の中は甘くない。この騒動の後、よりにもよってあの疫病《やくびょう》神《がみ》の新宮十郎叔父《しんぐうじゅうろうおじ》さんが「以仁王《もちひとおう》の令旨《りょうじ》」を持ち込んできた。

そう、平家打倒を命じる物騒な令旨だ。出世欲に取り憑《つ》かれた叔父さんのこの陰謀のせいで、日本中の源氏が一斉に蜂起《ほうき》して、全国が大戦乱の渦に巻き込まれた。

僕は、舅《しゅうと》殿となった北条時政に「政子を婿殿に嫁がせた以上、もう後戻りはできん！　北条家が滅びるかどうかの大博打じゃ、毒を喰らわば皿までじゃい！」と担《かつ》がれて、政子さんを奪われて激怒していた山本さんを理不尽にも討ち果たし（すみません供養《くよう》しますから）、その勢いで伊豆に「打倒平家」の源氏の白旗《しらはた》を掲《かか》げて挙兵する羽目になってしまったのだった。

まあ、「うちの孫娘から北条の娘に乗り換えおったか～！　この殺潰《ごくつぶ》し、田舎源氏めがあ！　死ねい！」と激怒した伊東家の爺さんたちにボコボコにされて、安房《あわ》へ涙目で敗走したんだけどね……。

ところが、なぜか敗残の将と化した僕のもとに続々と集まってきて膨《ふく》れあがった坂東武士軍団が富士川《ふじかわ》で平家の軍勢に勝ってしまって、今に至るわけだけど。

※

今、その政子さんが、伊豆修善寺《しゅぜんじ》の家族風呂に義経《よしつね》一党と一緒にまったり浸《つ》かっていた僕のもとへといきなり押しかけてきた。

薙刀を構えた、政子さん専属の女官部隊を引き連れて。

「ひーっ？　ま、政子さんっ？　どうしてここにっ？」

「くすくす。置き手紙を読んだわよお。人間不信だから妹と温泉に籠もるだなんて、こざかしいことをしてくれるじゃないの、旦那様～？　妾は身重の体だったのよ、お腹《なか》の子になにかあったらどうしてくれるつもりだったのかしら？」

「そそそそれはっ……こんな強行軍をしちゃって、お腹の子はだいじょうぶなのかい？」

「問題ないわ。もう産んだもの。ほら、この赤ちゃんよ。あなたと妾の二人目の子供で、はじめての男の子。源氏のお世継ぎ、万寿《まんじゅ》よ。猿みたいな顔でしょう?」

「おぎゃー、おぎゃー」

ええっ、男の子? もう生まれていたのか?

万寿か。政子さんに似た美形の赤ちゃんだな。でも、この子も清盛さんが見せてくれた未来では、落馬して死んだ僕を継いで将軍になったのもつかの間、坂東武士どもと対立してこの修善寺に幽閉され、北条家が放った刺客に暗殺されてしまうんだ……父である僕が、鎌倉《かまくら》幕府の体制を整え終わる前に急死してしまったせいで……なんという悲劇的な運命の子なんだ。

ううっ。僕は、父親として万寿を救わなければ。もちろん、万寿が死ねば母親の政子さんも深い心の傷を負う。政子さんは言葉は冷徹なんだけれど、心根は愛情深い女性だからね。万寿も、その弟も、二人とも暗殺されてしまうんだよな。政子さんと僕の子供の血筋は、坂東武士たちの仁義なき権力抗争に巻き込まれて途絶えてしまうんだ。

「それよりも旦那様? 実の妹と一緒に温泉に入っているだけでも問題があるのに、その訳のわからない女たちはいったいなに? 酒池肉林《しゅちにくりん》? 妾がいない隙《すき》に乱行《らんぎょう》の限りを尽くしていたわけえ? やっぱり妹とあなたはそういういけない関係だったのね! 妾の悪い予感は大当たりだわ! 薙刀部隊! 全員、この場で引っ捕らえて」

「違う、違います! 義経の家臣は、皆僕の妹みたいなもので……決して、決して政子さんが邪推しているような関係ではありませんから！　いくら僕が源氏代々の浮気性を受け継いでいるからって、血を分けた大事な妹と男女の仲になるわけないでしょう？　そそそれに、ぼぼ僕は生涯政子さん一筋ですよ？」

「嘘臭《くさ》いわねえ。源氏の血が流れているあなたが生涯浮気しないなんて絶対に有り得ないわ。口を開けば兄上大好き兄上大好きとあなたのことしか喋《しゃべ》らない義経ももちろん怪《あや》しいし、その弁慶《べんけい》とかいう女のその豊満な肉体はいったいなにっ？　悪かったわね、胸が小さくて！　これでも万寿を産んで増量しているのよっ!?　弁慶、あなたは妾の旦那様にその羨ましい……じゃなかった、嫌らしい巨乳を見せつけた罪で死罪だわ！」

「えー。なにを言っているのさ、この人？　殿、伊豆の姫ってみんなこんな六条御息所《ろくじょうのみやすどころ》みたいな病《や》んでる女ばかりなの？　それはそれで恋にイカれてるオンナって感じでイケてるけれど、勝手に死罪にされちゃ困るわよあたしは！　義経ちゃんと生涯ズッ友《トモ》だよって誓い合ってるんだから！」

まずいよ。弁慶たちが大暴れして政子さん率いる薙刀部隊との乱闘になれば、修善寺は血の海になってしまう。なんとかしてこの場を治めなければ！　でもどうやって？　口では政子さんには絶対に勝てないし、この混浴現場を見られた以上激怒されるのも当然！

こんな殺伐《さつばつ》とした修羅場の空気を一変させてくれたのは、意外にも、天真爛漫《てんしんらんまん》な義経だった。

「かっ、かわいいいいいっ!?　こここここの子が、兄上の赤ちゃんなのですかっ？　まままま政子殿、くく九郎《くろう》にも赤ちゃんをだだ抱っこさせてもももらえませんか？　かわいいかわいいかわいい！　くんかくんか。はわわ。つむじからいい匂《にお》いがします～！」

義経がこれほどに大の子供好きだったとは。義経自身子供みたいなものなのに。同類なので惹《ひ》かれ合うのだろうか。万寿も義経に抱っこされた途端、上機嫌になった。

政子さんが「あ、あんまり振り回さないでくれる？　危ないから」と冷や冷やしながら義経に声をかける。万寿が心配で、怒っている余裕がなくなったらしい。ありがとう義経。

ところが。

「はううう……九郎も兄上の赤ちゃんを産みたいです……政子殿が羨ましいです。あ、いつも兄上がお世話になっております。兄上を夫に選んでいただき、ありがとうございます！　ほんとは私が兄上のお嫁さんになる予定だったんですけど、まあいいです！　兄妹の血の交わりは永遠ですからっ！　いずれ私も産めますよね！」

「って、なぜ妹のあなたが旦那様の赤ちゃんを？　旦那様？　やっぱり、妹とそういう不義の関係だったのねえ!?　しかもこんな、なにも知らない幼い子供と……あの光源氏《ひかるげんじ》ですら、血が繋《つな》がった自分の妹に手を出したりはしなかったわよ？　あなたって最低の外道《げどう》だわ！」

や、やっぱりね。天衣無縫《てんいむほう》な義経に、「政子さんのご機嫌を取る」なんて空気を読んだ真似ができるわけがなかったのだ。かえって事態が悪化していく……。

「誤解です政子さん！　義経は子作りの方法とかなにも知らないので！」

「えー？　知らないのは九郎のせいじゃありませんよ。弁慶もちっとも教えてくれないんですよねー。赤ちゃんは畑から生えてくるか、川から桃に入って流れてくるか、それとも鳥さんが届けてくれるんでしたっけ、兄上？」

「実はどれも全部違うんだ、義経」

「えええ？　それじゃあ、いったい赤ちゃんはどこから？　そういえば政子殿のお腹は以前まで膨らんでいましたが……今はぺたんこに戻っていますよね？　これって」

はあああっ？　九郎はわかってしまいました、大人の階段を上ってしまいました！　と義経が青ざめて震えはじめる。いやああっ義経ちゃんが汚れちゃう！　と弁慶が泣いているのはなぜだ。

「……ま、ま、政子殿は、大きな卵をお産みになったのですね？　その卵を温めていると、やがって赤ちゃんが卵の殻《から》を割って孵化《ふか》するんですね！　そう、桃太郎が桃から生まれるように！　なるほど！　桃太郎のおとぎ話は、赤ちゃん誕生の謎を明かしてくれるものだったんですねー！　政子殿？　どうやってその細い腰から卵を産むんですか？」

「卵なんか産まないわよっ！　ど、どうやらほんとうにお子さまのようね、この子は……旦那様？　こんな純真な妹を源氏伝統の色好みの悪の道に引きずり込んだら、この政子が許さないから。いいわね？　妾《わらわ》は、武士の男どもが女をよりどりみどりとっかえひっかえ妾《めかけ》としてかき集める野蛮な習慣が大嫌いなのっ！　源氏物語に出てくる女性たちが、どれほど光源氏に浮気されて傷つけられてきたことか……夫婦とは、一夫一妻であるべきでしょう？　誠意ある殿方ならば、ほんとうに愛する女性はこの世にただ一人のはずでしょう？」

そう。政子さんは、京の人間にはまるで理解できない独特の主張を唱えている。

それは、「一夫一妻制」。

自分の血を後世に残すという義務を背負っている公家《くげ》や武士には有り得ない制度だ。貴族はもちろん、源氏も平家も一人でも多くの子供を遺《のこ》すために、複数の女性を妾《めかけ》として持っている。うちの父さんなんかは純粋に女好きだったので大喜びで各地に現地妻を囲っていたけれど、別に女好きじゃなくても妾さんをどんどん抱えてばんばん子供を増やす、それが公家や武家のたしなみなのだ。

なにしろこの戦乱の世だ。疫病《えきびょう》と合戦《かっせん》という二重の厄災によって、いくら子供を作っても次々と死んじゃうからね。「血統」を重視する公家や武士にとって、子作りは絶対遵守《じゅんしゅ》せねばならない義務。源氏嫡流ともなればなおさらだ。

だけど、源氏物語を幼い頃から読んだりして男の身勝手さに憤《いきどお》ったのか、それとも生まれつきの性分なのか、政子さんはそれが我慢ならないらしい。生涯妾《わらわ》だけを愛せ、他の女には決して心を移すな、と新婚初夜の時から誓わされたなあ。ああ、愛が重い……「政子さんも好きに浮気していいから僕も浮気していいかなあ？」と一度冗談を言ったら、「あなたはもう妾《わらわ》を愛していないのね？　じゃあ死になさい。あなたを刺し殺して妾も死ぬから！」と包丁を振りかざされて危なかった。

　源氏嫡流が三代で途絶える遠因が、この政子さんの一夫一妻主義による深刻な子供不足にあることは確かだ。

　源氏将軍を巻き込んで執拗《しつよう》に権力抗争する坂東武士たちが直接の原因なんだけどさ。

「よく覚えておきなさい。もしもあなたが義経や弁慶と浮気したら、妾は浮気相手を地の果てまで追い回すわよ旦那様？　貴族の娘みたいにうじうじと丑《うし》の刻《こく》参りをやって呪ったりはしないわ。薙刀部隊を率いて問答無用で武力行使するわよ。いいわね？」

「……はい。わかっています。ただ、義経にはあんまり焼き餅《もち》焼かないでくれるかな政子さん？　義経はね、生まれてすぐに家族と引き離されて、ずっと寂《さび》しかったんだよ。物心つくまでは父さんたちと一緒だった僕よりもね。兄と妹は結婚したりしない、と人の世の常識をちゃんと教えておくからさ」

「ふ、ふん。旦那様がそこまで言うのなら、妾も薙刀部隊はとりあえず引っ込めてあげるけれど。でも、父上が大切な鎌倉も万寿も放りだして伊豆で遊んでいる旦那様に激怒して、『北条家のおかげでここまで来られたのに婿殿はそれほど妹が大事なのかあ！』と伊豆の実家に引きこもっちゃったのだけれど？　あなたがいないせいで、戦《いくさ》がなくて退屈している御家人たちも本性を出して暴れはじめているし、いったいどうするのお？」

「し、舅殿が実家に？　ま、まずい！　すぐに土下座しに行かなくちゃ！　義経、少しだけ修善寺で待っていてくれ！　万寿の顔を舅殿に見せてご機嫌を直してもらう！」

「わかりました、兄上。いろいろと大変なんですね～さすがは源氏の棟梁です！　九郎にできることがありましたら、なんでもご命令くださいね！　平家討伐でも赤ちゃんの乳母《めのと》でもなんでもやります！」

いやまあ義経。少しばかりおとなしくしていてくれればそれでいいから。口を開いたら爆弾発言だからなあ、義経は。素直すぎるというか。そもそも乳母は無理。

政子さんと舅殿と妹の間で板挟みになってしまった僕は、「北条家と源氏、いずれも欠けない未来を築くにはどうすればいいのか」とこの日から真剣に考えるようになった。

このまま流れに任せていれば、政敵の御家人たちと争い族滅《ぞくめつ》していく北条家が結果的に源氏をも滅ぼしてしまい、政子さんは夫どころか子も孫も皆失うことになる。さりとて、政子さんを怒らせずに第二夫人第三夫人を娶って子供を増やすのは無理だろうしね。義経と北条家の共存か……ただ平家との戦を避けるだけじゃ無理かもしれないな。

どうすれば北条家の男たちに鎌倉幕府乗っ取りの野心を抱かせずに、源氏の一家臣として仕《つか》えてもらえるのだろう？

五段目
義経の試練

Kamakura Genji Monogatari

ちょうど舅《しゅうと》殿は伊豆《いず》に籠《こ》もって博打《ばくち》に興じていたので、修善寺《しゅぜんじ》からはすぐだった。

「僕と義経《よしつね》たちの間にいかがわしい関係などありません。誤解です、舅殿。どうか僕と一緒に鎌倉《かまくら》へお戻りください。ほら。万寿《まんじゅ》もお祖父《じい》さまのお帰りをお待ちしておりますよ」

「ばぶー」

とさんざん弁明して、やっと舅殿の機嫌も直った。おっかない舅殿も、さすがに生まれたばかりの孫には弱いらしい。

ただし、

「婿《むこ》殿。鎌倉に戻る条件は、源氏《げんじ》一族の特別扱いを認めぬことじゃ。坂東《ばんどう》武士はのう、婿殿が源氏の棟梁《とうりょう》だからこそ忠節を誓っておるのじゃ。妹の義経殿といえど、他の御家人《ごけにん》と同等に扱いなされよ。さもなくば血の気《け》が多い御家人どもがどうなるか——源氏一族が戦《いくさ》の功績も所領も独占するのではないかと疑念を抱いておる者も多いのじゃぞ」

ときつ～く念を押されて、承諾《しょうだく》せざるを得なかった。実際、上総介《かずさのすけ》は非礼な義経を討つと公言しているしね……。

そんなこんなで、残念ながら僕と義経の修善寺休暇は終わりを告げ、御家人たちが揉《も》めに揉めているという鎌倉に舅殿や政子《まさこ》さんたちと共に渋々帰還したんだけれど。

政所《まんどころ》に到着するなり、涼しい顔をした梶原景時《かじわらかげとき》が「殿ご不在の間に、上総介が刺殺されました」としれっと報告してきた。

「上総介さんが!?　かかか景時？　上総介を殺しちゃダメだよと念押ししておいたはずだけれど!?」

「わたくしが殺したのではありません。上総介が殿の妹君である義経殿を討つと騒いでいたことを憂慮《ゆうりよ》した畠山重忠《はたけやましげただ》が、双六《すごろく》の最中に上総介を誅殺《ちゆうさつ》したのです」

「ええ？　畠山さんって坂東武士にしては珍しく真面目《まじめ》で品行方正な人だよね？」

「上総介は誰に対しても頭《ず》が高い男。いずれは恨みを買って命を落とす定めだったのでしょう。上総介を糾弾《きゆうだん》する者は複数に及んでいましたから。畠山はお咎《とが》めなしでよろしいですね？　詮《せん》議《ぎ》の結果、畠山の上総介刺殺は殿への忠義心からのものと認められました」

「あ、ああ。うん。そ、そうだね……義経を討とうだなんてダメだよね。せっかく修善寺に義経を連れ出したのに、上総介さんはまだそんなことを言っていたのかあ……」

「上総介は、二万の援兵を提供して殿の窮地《きゆうち》を救った自分は殿と同列だと思い込んでおりましたから、誅殺もやむを得ません。殿に従わぬ者は誰であろうと誅されると、御家人たちも思い知ったことでしょう」

なんてことだ。僕が清盛《きよもり》さんから見せてもらった未来とは実行犯が違っている。結局、梶原景時に釘を刺しても上総介広常《ひろつね》を救うことはできなかった。運命は、僕が干渉したところで結局は定められた結末に収束してしまうのだろうか。ならば義経の運命は？　源氏の運命は？

ちなみに、忠義一筋の畠山重忠も北条《ほうじょう》家との権力抗争の果てに族滅《ぞくめつ》される。またしても族滅か。畠山家の場合は一応家名だけは残るんだけど、足利《あしかが》家に乗っ取られちゃうんだよね。

鎌倉を迂闊《うかつ》に留守にしちゃダメだな。僕が目を離すとすぐに御家人同士が血で血を洗う抗争劇に突入してしまう。

これからの坂東武士は、鎌倉殿つまり僕に仕《つか》える御家人同士として仲良くしてもらわないと困る。もう今まで通りに「族滅じゃい！」「望むところじゃい！」と殺し合わせていちゃダメだ。私闘を禁じる法を定めないとなあ……。

「ところで殿。移転工事中だった鶴岡八幡宮《つるがおかはちまんぐう》が完成致しました。上棟式《じょうとうしき》を開こうという話になっております」

「え、完成しちゃったの？　まずいなあ、鎌倉の工事が着々と進んでいく……わ、わかった。それじゃあ、早速手配を進めてくれ」

「はい。かしこまりました」

※

北条時政《ときまさ》は、愛娘《まなむすめ》の政子を頼朝《よりとも》に嫁《とつ》がせるまでは、都の平家の顔色を窺《うかが》いながら伊豆で悠々自適の武家稼業にいそしんでいた男だ。博打は好きだが、伊豆の片田舎《かたいなか》から天下を望むような大それた野心はなかった。そもそも北条家は平氏《へいし》の出である。

だが、政子が頼朝に惚《ほ》れて駆け落ちした結果、期せずして源氏の棟梁の舅になってしまった以上、「かくなる上は平家を敵に回しての、伸《の》るか反《そ》るかの大博打に打って出てくれるわ！」と腹を据えて「族滅かそれとも天下か」という際《きわ》どい橋を渡り続けている。旗揚げ戦で大敗して虎の子の長男を戦死させるなど代償は高くついたが、どうにかこうにか鎌倉に坂東武士の新都を開いて確固たる勢力を関東に築くところまで来た。

しかし、奥州藤原《おうしゅうふじわら》氏のもとからいきなり頼朝の妹・九郎《くろう》義経が押しかけてきたことで、時政の計算が狂った。伊豆に約二十年も幽閉《ゆうへい》されていた頼朝には頼れる一族郎党がおらず、妻政子の実家である北条家のみが頼みのはず。頼朝が関東を制覇すれば、北条家は関東の実質上の支配者になれる。その予定だったのが、源氏の義経がいきなり湧いてきた。

義経は、奥州では「都から来た源氏の姫」として人気者だったという。つまり奥州藤原氏に後押しされている。しかも、姫武者なのに富士川《ふじかわ》での奇襲を見る限り戦にやたら強い。頼朝が戦下手《へた》のヘタレなのとは正反対である。その頼朝も、妹の義経には異様に甘い。

もしも義経が鎌倉で実力を持ってしまえば、北条家の存在感はどんどん薄くなり、あげく関東は奥州藤原氏に呑み込まれることにもなりかねない。

（上総介あたりの気性の荒い坂東武士を適当に煽《あお》っておけば、義経もおとなしくなるだろうと思っておったが、その上総介が殺されてしまうとはのう。婿殿の意を無視しての佐竹《さたけ》殺しといい、ちとやりすぎじゃったからのう、あの上総の狂犬は。いくら弱肉強食の関東といえど、あいう仁義を知らん凶暴なだけの男は長生きできん）

平家との戦いを頼朝に禁じられている鎌倉の御家人たちは今、戦意を沸騰させているのに出陣できないため、些細《ささい》なことで内部抗争を開始しかねない危険な精神状態にある。

これ以上御家人たちが荒れれば、鎌倉は平家との決戦を前に内部崩壊してしまう。

義経をおとなしくさせるにしても、荒事は避けねばならない。あのやたら慎重な上に妹に甘い婿殿のことだ、義経にまたもや危機が及んでいると察知すれば再び修善寺に避難しかねない。

今回はっきりしたが、婿殿不在の鎌倉は無法地帯も同然になってしまう。鎌倉の主導権を巡って御家人同士が血で血を洗う抗争を続けて、ことごとくが斃《たお》れかねない。

時政が伊豆へ引っ込んで、慌てた頼朝を迎えに来させたのも、実は修善寺から動かない頼朝を鎌倉へ連れ戻すための芝居だったのだ。

「ふむ。そうじゃ、鶴岡八幡宮の上棟式を用いるか。荒事抜きでも、九郎義経に分をわきまえさせる方法はあるではないか」

北条時政は、ただちに頼朝の「秘書」的な存在である梶原景時を呼び出していた。

※

暴力と血の抗争に明け暮れる運命を背負う坂東武士になることを認められている者は、武家出身といえどもほとんどが男だ。姫武者は滅多《めった》にいない。よほど人材が枯渇《こかつ》した場合のみに認められるのだ。源氏壊滅によって自《みずか》ら平家と戦う姫武者として生きる道を選んだ義経は、その珍しい例外の一人である。

梶原景時も、関東でも珍しい姫武者だった。本来は和歌と読書を好む風雅な姫君で、戦などまるで知らなかったが、梶原家の嫡男《ちゃくなん》だった兄が若くして斃れたために心ならずも姫武者にならざるを得なかった悲劇的な女性である。しかもこの時、生涯独身を誓わされている。女系の家督《かとく》継承は本来許されぬ、わが遺児の景季《かげすえ》を養子に迎えていずれ家督を譲れ、と兄が遺言したためだった。これは、風流な宮廷絵巻の世界に憧《あこが》れてきた景時にとっては不本意であり痛恨の一事だった。

梶原家は代々源氏に仕えていたが、頼朝の父・源　義朝《みなもとのよしとも》が平家に敗れて討ち取られたため、家督を継いだ景時もやむを得ず平家に従わざるを得なかった。なにごとも合戦《かっせん》と暴力で片を付ける坂東武士たちの中にあって、実務能力や調整能力そして高い教養を誇る梶原景時は関東の平家派にとって重宝する存在だったが、心は常に「代々の主君」である源氏にあった。

北条家に担《かつ》がれた頼朝が石橋山《いしばしやま》で挙兵して大敗した時、景時はボロボロになった頼朝が震えながら隠れていた洞窟へと入り、見るも哀《あわ》れな頼朝の姿を発見してしまった。

この時だった――幼くして家族を平家に奪われ、約二十年も伊豆に流され、やっと立ち上がったと思いきや早々に大敗して戦死しなければならないというあまりにも惨《みじ》めな頼朝の震える顔を見た瞬間に、梶原景時は「姫武者として生きると決めたからには、決して堕《お》ちるまい」と決めていたはずの恋に堕ちていた。劇的なまでの一目惚《ひとめぼ》れだった。

源氏嫡流という高貴な血筋を引き、本来ならば栄耀栄華《えいようえいが》に満ちた生涯を約束されながらこれほどに悲惨な運命に苦しめられている頼朝を見て、にわかに今まで抑えてきた母性本能に目覚めたと言っていい。

（このお方は、武家の棟梁に生まれながら哀《かな》しいほどにお優しく、お弱い。誰よりもご不幸で、ご武運もない。天がこのお方を護《まも》らないのならば、わたくしが護って差し上げなければ）

母性本能に衝《つ》き動かされたように頬《ほお》を紅潮させた景時は瞬時にそう決断し、頼朝をわざと見逃して安房《あわ》への逃亡を助けたのである。

以来、頼朝の片腕と言える存在となった景時は、ひたすら頼朝のために地味で目立たない仕事を寝る間も惜しんでこなしている。頼朝と現世で夫婦になれる道をすでに断たれている彼女の願いはただ一つ、せめてこの乱世で頼朝とその子供たちを無事に生き残らせることだった。そのためならばどのような悪行にも手を染めてみせる、と景時は静かに思い定めていた。子を持てぬ景時にとって、頼朝は恋する殿方であると同時に愛《いと》しい息子にも等しい存在だった。

頼朝の妹を名乗り鎌倉にやってきた義経は、そんな景時にとっては警戒すべき存在だ。義経は、頼朝と自分を同族であり同格であると信じ切っている。景時が思い描く「頼朝が頂点に立ち全ての御家人が平等に家臣として頼朝に忠義を誓う鎌倉新政権」構想の中で、頼朝の寵愛《ちようあい》を独占している今の義経は「存在していてはならない」者だった。頼朝が義経を寵愛する限り、今後も上総介のように鎌倉新政権のあり方に不満を抱く御家人が続出するだろう。

故に、自分を呼び出した北条時政の「提案」に、梶原景時は無言のうちに「諾《だく》」と同意していた。梶原景時は野心家の北条時政をも（殿を神輿《みこし》に担いで鎌倉を仕切ろうとしているに違いない）と警戒しているが、今は呉越同舟《ごえつどうしゆう》。目下の問題は義経であった。

※

鶴岡八幡宮の上棟式がはじまった。

ああ。新都鎌倉の完成がこれでまた一歩近づいてしまった。まずいよ。鎌倉の工事が終わってしまったら、西へ兵を進めて平家と決戦じゃい！　と御家人たちに迫られるんだ。

　なんとかして工事を追加発注して引き延ばさないと……そう、百年でも終わらない大工事を……なにかいい方法はないかな？　でも鎌倉って山と海に挟まれていて土地が狭いからなあ。

「婿殿。つつがなく式は進んでおりますぞ。良きかな、良きかな」

　舅殿の機嫌は直ったようで、一安心だ。

　ところが、八幡宮の工事を担当した大工に馬を賜《たまわ》るという段階になって、事件が起きた。

　大工へ賜る馬を曳《ひ》いていく役目を、御家人の畠山重忠と共に、義経が命じられてしまったのだ。いやいやいや！　義経は僕の妹だよ？　源氏嫡流のれっきとした身内だよ？　満座の席で御家人と同じ扱いをするなんて、酷《ひど》いよ！　義経が傷つくじゃないか！「兄上は私を愛しておられないんですね」と義経が泣いたらどうする？　誰が勝手に決めたんだ、この人選!?

「婿殿。源氏のお身内も御家人と同じ扱いをすると約束しましたな？　今さら約を違《たが》えるおつもりではありませんでしょうな、おう？」

　舅殿か。舅殿の企《たくら》みなのか。そりゃ上総介に命を狙われるよりはマシだけれど、義経が傷ついてしまう！　ううっ。梶原景時。止めてくれ。なんとかしてくれ。

「……殿は源氏の棟梁。妹君であろうと、殿に従わぬ者は誅します。御家人たちを引き締めるために必要なことなのです」

　ダメだ、景時も舅殿と同意見だ！　どうすればいいんだ……！

　ところが。

「はいっ、わかりましたっ！　兄上からはじめて、お仕事を命じられました！　九郎は、九郎は嬉しいです！　ささ、畠山殿。共に馬を引いて参りましょう！　やったーあ！」

「お、おう。いいのか義経殿？」

義経は――恐ろしいまでに鈍感だった――！　世間の風の冷たさも御家人たちの冷めた視線も舅殿の企みも、まるで義経には通じていない！　そ、そうか。「僕の命令ならなんでもやる」、それが義経の願いだった。まさかこんな恥をかかせる虐《いじ》めのような命令にまで、嬉々《きき》として従うなんて。そもそも恥をかかされていることにすら気づいていない。

どこまで世間知らずなんだ、義経。僕は「よかった義経が傷つかないで」と安心する一方で、ますます妹の未来が不安になってしまった。この子は、他人にいいように利用されて人生を踏みにじられてしまう定めから逃れられないのではないのか。兄の僕が庇護《ひご》してあげなければ。

「きゃあああ！　今日は一段とかわいーい、義経ちゃーん♪」

「……小柄な姫が、巨大な馬に引きずられている……笑える」

弁慶《べんけい》たち義経一党も、こういう面々だしね。みんな武士出身じゃないから、武家の常識とか持っていないんだな。なにしろ全員女の子なんだもんなあ……武士の出は与一《よいち》くらいか。でも与一は十一番目の子でしかも女の子だから、武士としては躾《しつ》けられてないっぽいし。

御家人たちは「さすがは佐《すけ》殿、いやさ鎌倉殿」「妹君といえど御家人と同等に扱うとは、なんと公平なお方だ」「心を鬼にして、俺たち坂東武士のためにここまでやってくれるとは、泣けてくるぜえぇ！」「これからは鎌倉殿のもとで一致団結して平家と戦わなくちゃあな！」となにやら盛り上がっているが、義経に「妹といえど御家人に過ぎぬ」と教え込むつもりだった舅殿は「この恥辱《ちじょく》を与えられた意味がまるで通じておらぬだと？」と青ざめて震えていた。

規律に煩《うるさ》い梶原景時もまた、

「……なんとも厄介ですね、あの武家の常識が通じない姫君は……誰にも躾けられません」

と、ため息をついている。

さんざん鎌倉を揺るがした上総介の常陸《ひたち》での暴走以来「御家人の統制」を自らの任務に定めた梶原景時にとって、義経は面倒な存在として認知されてしまったかもしれない。

どうしたものかな。

だがこの時、鎌倉での義経の些細《ささい》な事件など吹き飛ばしてしまう大変な事態が西国《さいごく》で起きていたのだ。

そう。ずっと伏せられていた平清盛《たいらのきよもり》の病死が、都で正式に発表されたのである。

すでに清盛さんの死を知っていた僕は、前もって新宮十郎叔父《しんぐうじゅうろうおじ》さんに「西へ行って平家との和睦《わぼく》をまとめてきておいてくれないかな」と依頼しておいたので、本来ならばこの訃報《ふほう》を機に平家と源氏との和睦が成立する、はずだったのだが――。

「すまねえええ頼朝おおお〜！　墨俣《すのまた》で平家と戦って、ボッコボコにやられちまったあ〜！

全部お前のためを思ってのことだったんだぜえ？　和睦する前にせめて尾張《おわり》までは源氏のシマにしておかなくちゃ交渉が不利になるだろうと思ってよう。尾張で源氏が睨《にら》みを利《き》かせてたよう、都の平家もビビって下手《したて》に出てくると思ったんだよ。だからこの十郎行家《ゆきいえ》叔父さんは、敢えて平家の大軍相手に果敢に戦ってやったんだぜえ〜？」

鎌倉の御所に、ズタボロになった落ち武者の十郎叔父さんが逃げ込んできた。

この人、僕に了承を得ることもせず勝手に尾張を占領して「この尾張は俺のもんだー！　頼朝にも平家にも尾張はくれてやらねえもんねー！　頼朝も平家も、戦に勝ちたければこの俺様を高く買って頭を下げるこったな、ギャハハハハ！」と高笑いしていたところを富士川での恥を雪《すす》ぐと燃えていた平家軍に攻め込まれて、墨俣でさんざんに打ち破られてきたらしい。

僕はもう、激しい目眩《めまい》に襲われて座っていられなくなった。

僕にまつわるだいたいの不幸って、この叔父さんが運んできているじゃないか。いずれ義経と僕の関係を破壊して義経を都落ちさせる戦犯も叔父さんだし。

「お、叔父さん？　なにを勝手に平家と戦をしているんですか？　僕は叔父さんに、平家との和睦交渉を依頼したはずですが？　戦えだなんて一言も頼んでないじゃないですか。そもそも父上の仇《かたき》の清盛さんが死んだんだから、もう平家と源氏が戦う意味なんてないでしょう」

「ああでも俺はよー、清盛が死んでいたなんてぜんぜん知らなくてよー。だいいち平家の連中は、清盛が遺言で『頼朝の首をわが墓に供《そな》えよ』と言い残したって言ってたぜえ？　平家はわざわざ生かしてやったのに武装蜂起《ほうき》したおめーを『人の心がないのか』と怒ってるんだぜえ〜」

清盛さんはそんな遺言をしていないよ。平家がそこまで僕に激怒しているのも、叔父さんが勝手に尾張を占拠して平家を威圧したからでは!?　もっとまともな人間を交渉役に選ぶべきだった！　ああでも僕のもとにいる源氏といえば、外交交渉どころか「父上の仇の平家をやっつけましょう！」と戦をすることしか頭にない義経と、この、隙《すき》あらば領土をかすめ取ろうとするせっこいせっこい叔父さんくらいしかいないんだ。

どうして源氏って、みんなしてこうも戦好きなのかなーっ!?

冷静で知性溢《あふ》れる梶原景時に交渉役を任せるべきだったか。いやでも、彼女にはまだしばらくの間この鎌倉新都にいてもらわないと御家人たちが暴れはじめるし。

ともかくこれで、平家と源氏の和睦の機会は失われてしまった。清盛さんの喪《も》を口実に和平をもたらす好機だったのに、ああ、ああ……すみません清盛さん。

「なあ頼朝よ。おめえ、最近じゃあ坂東武士どもから『鎌倉殿』と呼ばれてずいぶん羽振りがいいそうじゃあねえか。だがよ、もとはといえば俺様が以仁王《もちひとおう》の令旨《りょうじ》をお前に持ってきてやったのがきっかけだろ?」

「だからなんですか、だから。それが全ての不幸のはじまりなんですが?」

「俺に褒美《ほうび》をくれよー。駿河《するが》一国を俺に統治させてくれって言ってるんだよ。おめーが俺に駿河をくれねーから、仕方なく自力で尾張を切り取る他なかったんだぜ、俺は？　駿河さえくれりゃあよう、おとなしくしてっからよ。な?」

駿河って、西国と鎌倉を結ぶ重要な国なんだけど。こんないい加減な叔父さんに委《ゆだ》ねていいのだろうか。口は上手なんだけれど戦にからっきし弱いしね、この人。だいたい、目先の損得勘定だけで生きているから、甥《おい》の僕をもその場の思いつきで裏切りかねない。清盛さんに見せてもらった未来では実際に裏切ってるし……。

(でもまあ駿河を与えれば、叔父さんも本当におとなしくなってくれるかもしれないな。欲深だけどケチ臭《くさ》くて案外に慎《つつ》ましい野望しか持たない人だし)

僕は「しょうがないですね」と行家叔父さんに駿河をあてがおうと決めた。

だが——そう。鎌倉は、僕が独裁運営している政権ではない。

舅殿の北条時政をはじめとする大勢の坂東武士——御家人たちが実権を握っているのだ。僕は「源氏の棟梁」として担ぎ上げられているに過ぎない。平家との和睦だけは強硬に「やるんだ」と言い張って渋々同意してもらったけれど、その僕の肝入《きもい》り策は失敗に終わったどころかドツボにハマってしまった。

たちまち、叔父さんの話を聞きつけた御家人たちが続々と部屋へ押し入ってきた。

「婿殿! 駿河はこの儂《わし》、北条時政に任せるのと違うんかい!? 源氏といえど、こんな戦に弱い男に駿河は預けられんのう!」

「あらあら、ほっほー。ダメだよダメだよぅ佐殿。この和田義盛《わだよしもり》は侍所別当《さむらいどころべっとう》として、今回の人事に反対させてもらうよぉ～？　そういう依怙贔屓《えこひいき》人事をやるとさぁ、たちまち血で血を洗う御家人たちの抗争がはじまるよぉ～？」

「この梶原景時も強く反対致します。殿に無断で尾張を占拠し、平家と勝手に戦を起こすなど言語道断。殿の『平家と和睦を結べ』という命令を無視した行家殿は、厳しく処罰するべきです。族滅が相応《ふさわ》しいかと」

また景時は「族滅」とか言いだす！　それはきみの悪い癖《くせ》だよ。そうやってあらゆる御家人に恨みを買うから、僕の死の直後にきみときみの一族も族滅されるんだからね？

僕にはもう御家人たちを押しとどめられない。

「ごめん叔父さん。そういうわけで、駿河は与えられなくなった。伊豆箱根《はこね》にいい温泉地があるんだけれど、そのへんで手を打ってくれないかな？　湯本《ゆもと》とかどうかな？」

「ケチ臭いことを言うなよ頼朝よう。俺は温泉に浸《つ》かりてーんじゃねーっての！　俺様がいなけりゃ、おめーはいまだに蛭ヶ小島《ひるがこじま》の流人《るにん》じゃねーかよ！　源氏の棟梁はおめーなんだぜ、関東の田舎武士どもにいいように言われ放題でいいのか？　そんなんじゃおめー、利用されるだけ利用されて最後には用済みとばかりに捨てられるぜえ？　血は水よりも濃いって言うだろうが。叔父さんを信じて駿河を託してみなって！」

「……でも、舅殿が駿河を望む以上は逆らえないよ。なんといっても源氏の跡取り、万寿のお祖父さまなんだよ？」

僕の辛《つら》い立場をわかってくれよ叔父さん。本来、叔父さんのやらかしは普通に打ち首モノなんだから。あ、ダメだ。もう「次はどこに寄生して美味《うま》い汁を吸うかな」って顔になっている。

「あーそうかいそうかい！　かーっ！　冷たくなっちまったなあ頼朝もよう！　そんじゃよう、俺ぁ木曾《きそ》の義仲《よしなか》んところに行くわ。同じ源氏でも木曾育ちの義仲は一族思いで仁義に厚い男だって評判だしよー！　きっと俺を叔父として優遇してくれるに違いねえっての！　あばよ！」

あああ。まずい。木曾へ行かれてしまう。

木曾義仲くんは源氏武士に相応しい豪傑だと評判なんだけれど、僕の兄の悪源太《あくげんた》兄さん（当時十五歳）が義仲くんのお父上をブッ殺しているんだよね……当時まだ赤ん坊だった義仲くんは、悪源太兄さんから護るために家臣が木曾へ逃がしてそのまま隠れ住まわせたんだとか。

つまり、僕は義仲くんにとって親の仇の弟なんだよね。

うわ源氏ほんとに酷《ひど》い身内殺しまくり。

梶原景時が「木曾に入られる前に殺しますか」と僕に視線を送ってきたが、僕は「ダメダメ。一応あんな人でも叔父さんだし、根っからの悪人じゃないから」と制止した。ちょっとせこいだけで根っからの悪人じゃないのに、どういうわけかやることなすことことごとく他人の不幸にしかならないのが厄介なんだけど……。

「兄上～鹿さんのお友達ができたのでご紹介しますね～せんべい大好きなんですよ～」となぜか鹿を曳《ひ》いて屋敷にやってきた義経が、木曾へ向かう行家叔父さんとすれ違った。今ここで義経が叔父さんに乗せられて空気を読まずにヘンな発言をしたら……もう僕は冷や冷やものだ。

「おう義経。おめーもなにかあったら、叔父さんを頼るんだぜ？　鎌倉はよう、仁義なき坂東武士どもの巣窟だ。おめーもこんな物騒なところにいたら長生きできねーぜ？　木曽に来いや」

「木曽といえば義仲殿のところへ行かれるんですか、叔父上？　行ってらっしゃいませ！　信州《しゅう》はキノコが美味だそうですよ！　いずれまたお会いしましょう、ふふっ」

義経は、木曽義仲くんと源氏嫡流の血腥《ちなまぐさ》い抗争の歴史にはあまり頓着《とんじゃく》してないというか、同族争いに興味がないらしかった。よ、よかった……どうでもいい会話だけで終わった……。

「兄上。木曽義仲さんと兄上の兄上との間ではいろいろあったそうですけれど、源氏一族でも九郎と兄上の仲の良さはやっぱり特別なんですね！　九郎は、お優しい兄上の妹に生まれてこられて幸せ者です。ふふっ……この鹿さん、飼っていいですか？　みゅーん、みゅーん」

「みゅーん、みゅーん」

「ああ、いいよ？　って、義経は鹿とも会話できるの？」

「はい。猿でも鹿でも鶏《にわとり》でも馬でも！　どうぶつはみんな九郎の友達ですから！」

ああ。源氏の一族がみんな義経みたいな良い子だったら、どれだけよかったか。

しかしもちろん、現実はそんなに甘くない。

六段目 旭将軍木曽義仲 前編

Kamakura Genji Monogatari

「当分鎌倉《かまくら》から動けないな」と言っていた舌の根も乾かぬうちに、僕は義経《よしつね》一党を連れてまたまた伊豆《いず》の修善寺《しゅぜんじ》温泉に引きこもって休暇を取っていた。

今回は、舅《しゅうと》殿の許可も得てある。ほんとうに体調を崩したからね。

なにしろ新宮十郎行家叔父《しんぐうじゅうろうゆきいえおじ》さんが勝手に平家《へいけ》と合戦《かっせん》して大敗したあげく、領地をよこさないなら木曾義仲《きそよしなか》のところへ移籍してやる！　と捨て台詞《ぜりふ》を吐いて鎌倉から出ていってしまった。

これに激怒して荒ぶる御家人《ごけにん》たちが「裏切り者の新宮十郎を始末せにゃあ、鎌倉殿の面子《メンツ》は丸潰《まるつぶ》れじゃい！」「ほっほー、しかしあの叔父さんは顔が広いからねえ〜。平家が勢力を回復した今、木曾のボンとまで対立するのは得策とは言えないねえ〜奥州藤原《おうしゅうふじわら》氏も常陸《ひたち》の佐竹《さたけ》の残党も虎視眈々《こしたんたん》と関東を窺《うかが》っているしねえ〜」「和田《わだ》、そんな弱気なことを言うとる場合か！　殺《や》られる前に殺るんじゃけえ！　平家も義仲も奥州も佐竹も片っ端から族滅《ぞくめつ》すりゃあええじゃろが！」と、連日評定《ひょうじょう》と称して凄《すさ》まじい怒鳴り合いを続けている光景を見せられているうちに、僕はとうとう心労が祟《たた》って「ばたり」と倒れてしまったのだ。

なので、しばし休養を取ることになった。

坂東《ばんどう》武士たちが大暴れした結果、関東は今、孤立している。

西国《さいごく》では、清盛《きよもり》さんの喪《も》を発表した平家が本格的に軍事活動を再開していて、墨俣《すのまた》で行家叔父さんを撃破して勢力を回復。もう富士川《ふじかわ》の敗戦の痛手はなかったことになった。そればかりか、清盛さんのために源氏の棟梁《とうりょう》つまり僕の首を獲《と》る！　と一族が一致団結して素晴らしい家族愛を発揮し、なにごとも清盛さんに頼っていた以前よりも手強《てごわ》くなってしまった。

とりわけ、平家一の智将と評判の姫武者、平 知盛《たいらのとももり》の戦略眼が冴え渡っている。口は上手《うま》いが戦下手《いくさべた》の行家叔父さんじゃ勝てないはずだ。

以仁王《もちひとおう》の令旨《りょうじ》を得た木曾義仲くんは、信濃《しなの》から越前《えちぜん》へと兵を進めていて、北陸に一大勢力を築きつつある。噂《うわさ》通り凄まじい武勇の持ち主らしい。まるで三国志《さんごくし》の呂布《りょふ》のように強い大柄な荒武者だとか、小柄な木曾馬はすぐに乗り潰してしまうので牛に乗っているとか、いろいろ怖い話ばかりが耳に入ってくる。

しかも、例の行家叔父さんが「おお、わが甥《おい》っ子よ。おめえの父上の仇《かたき》、悪源太《あくげんた》は平家と戦って死んだがよ、その弟の頼朝《よりとも》は鎌倉でのうのうと生きていやがるぜ。やっちまいな」と木曾義仲くんを焚《た》きつけているらしいし。

奥州平泉に黄金溢《あふ》れる独立国家を築いている「奥州の王」藤原秀衡《ふじわらのひでひら》さんは、義経を実の子のようにかわいがっていたのでだいじょうぶだとは思うけれど、平知盛が「ぜひ関東の頼朝を背後から襲ってほしい。頼朝の首をいただければ、官位も関東の土地も思うままに」と誘いをかけているため、御家人たちは「藤原を殺《や》るんじゃい！」と騒いでいて、鉄砲玉が無断で兵を率いて白河《しらかわ》の関《せき》を突破しかねない。それをやったら鎌倉は滅亡だ。

北関東の常陸では、例の佐竹一族が「族滅されるくらいなら玉砕《ぎょくさい》じゃい！」とずっと暴れてるし。上総介《かずさのすけ》があんな無茶な真似をしたせいで、ああ……その上総介も御家人とのケンカで殺されちゃったし、誰も幸せになれない不幸な事件だったね……。

そんなこんなで、（主《おも》に佐竹一族との抗争のために）関東の治安は荒れに荒れ、西国から東国まで広がってきた飢饉《ききん》などもあって、打倒平家のために西国へ出兵するどころか、鎌倉新政府は青息吐息《あおいきといき》。御家人たちも、「近頃はシノギが大変じゃのう」「領民も皆飢えとる。儂《わし》らも飯を粥《かゆ》にして節制せにゃ冬を越せんぞ」「また佐竹の一党が領地を荒らしに来おった！　おどれ、上総介め！」と対平家戦どころではなくなっている。

なので、しばらく僕が休暇を取っても御家人同士での抗争はないと梶原景時《かじわらかげとき》が判断したのだ。

「殿のご健康とお命は、この世の全てに優先します。あらゆる御家人を族滅してでも留守中、わたくしが殿と鎌倉をお守りします」

と梶原景時は相変わらず大げさだったなあ。また僕の留守中に誰かが族滅されたりして……だ、だいじょうぶかな？

かぽーん……あれ、まずいな。義経一党と混浴する習慣が身についてしまった。政子《まさこ》さんにバレたらまた怒られそうだ。もう全員僕の妹みたいなノリになっていて、僕の女好き源氏の血が騒ぐこともなくなっているんだけれど。

「兄上、お身体の具合はどうですか？　働き過ぎですよ兄上は。九郎《くろう》はもう心配で心配で、毎日お団子《だんご》を百個しか食べられません。はあ……」

「義経ちゃんはお団子食べ過ぎだよー。どうして肉がつかないのかなあ？　毎日馬に乗って野山を駆け回っているからかしら？　あたしなんていくら薙刀《なぎなた》を振り回しても胸が膨《ふく》らむ一方でさ～。われながら、かわいくなーいー」

「弁慶氏《べんけいうじ》。拙者《せっしゃ》は少しでも食べ過ぎるとお肉がつくので困っているでござる。盗賊たる者、常に木の葉の如《ごと》く身軽でなければならぬのに。ごぼごぼごぼ」

「九郎はもう少しこう、女の子らしい身体つきになりたいのですが。持てる力を武力に全振りしているせいでしょうか。しばらく戦はなさそうですし、今のうちに頑張って乙女力も磨きますね、兄上！　この修善寺温泉は美肌効果抜群ですし！」

「……姫と殿がまた仲良く家族風呂に入れるのは、めでたいっす……与一《よいち》は、兄者たちと温泉に入ったことなんてなかったっすよ」

「あの北条《ほうじょう》政子という清姫《きよひめ》よりも執念深い嫁はまだ乱入せぬのか、つまらぬな。もっと愚かな男女の愛憎劇、因業《いんごう》の痴話《ちわ》ゲンカを見物してみたいものだ、われら佐藤《さとう》姉妹は」

政子さんは万寿《まんじゅ》を育てるので忙しいからね。たぶん今回は押しかけてこないよ。長女の大姫《おおひめ》もずいぶん大きくなってきたし。大姫は、政子さんに似たのか凄《すご》く利発な子だ。

「みんな、ありがとう。もう体調は回復したよ。要は、凶暴な鎌倉の御家人たちから距離を取れば僕の心労はすぐに消えてなくなるんだよ。ああ、殺伐《さつばつ》とした関東でおぞましい坂東武士たちを率いるよりも、京の都で風流に生きる光源氏《ひかるげんじ》みたいになりたかった……」

「平家をやっつければ京に戻って貴公子暮らしができますよ、兄上！　そのための九郎です！　九郎はただいま、因縁《いんねん》をつけてくる御家人たちを片っ端から叩きのめして舎弟にしているところです。全御家人制覇を目指して頑張りますね！」

よ、義経。そんな過激なことをしていたのか……だいじょうぶかな？　非力で小柄な姫武者に一騎打ちで負けたとなると、命よりも大切な面子を潰されたと根に持つ坂東武士もいそうな気がするけれど。

「あ、あのう。お、お邪魔しまぁす。よ、頼朝様に急ぎご報告することがあり、は、恥ずかしいですが温泉まで追いかけて参りました……おどおど。びくびく」

あれ？　見たことのないかわいい女の子が、飛び入りでこの場に登場してきた!?

愛らしい着物姿で、きらきらと輝く髪の毛を腰まで伸ばしている。「美人」というより「かわいい」子だった。いやあ、肌が桜色にほんのりと上気していて、なんて可憐《かれん》な少女なのだろう。ちらちらと、上半身裸でお湯に浸《つ》かっている僕を恥ずかしげに見てくる上目遣《うわめづか》いがたまらない。こんな子は、殺伐とした関東には滅多《めった》にいないな。政子さんとか、「早く脱ぎなさいよお！　なに照れてるのよ！　時間の無駄でしょう！」と僕の衣服を自《みずか》ら脱がしにかかってくるからね。義経はかわいいけれど実の妹だし、まだ心が童女のままで羞恥心《しゅうちしん》がないしね。

「あーっ兄上！　今、この子を見て『かわいい』とときめきましたね!?　九郎は殿方の気持ちとかぜんぜん興味ないしさっぱりわかりませんが、血を分けた兄上のお気持ちだけはわかるんですよー！　政子殿に浮気を禁じられているのに、いいんですか？　浮気するのでしたら、まずはこの妹の九郎を最初に……きちんと順番を守りましょうよう！」

「義経もだんだん政子さんに似てきてない？　浮気なんて考えてないってば！　き、君は誰のかな？　北条さん家《ち》の姫でもないし、うーん、僕とは初対面だよね？」

「は、はい。ぼ、ボクは、源《みなもとのよしとも》　義朝が一子《いっし》、蒲冠者《かばのかじゃ》と申します。あのう、その……は、母親は違うんですけれど、実はボクは兄さまの……きょ、きょうだいなんです」

「そうか！　父さんが日本各地にばらまいた源氏嫡流《ちゃくりゅう》の胤《たね》がまた一人！　僕にさらなる新しい妹が現れたよ！　やったね義経！」

「はいっ！　確かに、兄上と顔が凄《すご》く似ていますね！　年齢は九郎より上とお見受けしますから、姉上と呼ばせていただきますね！　私は九郎義経、兄上の妹です！　それでは早速衣服を脱いでください姉上、源氏名物の家族風呂にどうぞ！」

「あっ。服は脱がさないでください！　あ、あのっ。ボク、は、肌を人前に晒《さら》すのが苦手で……とりわけ殿方には……む、無理です、恥ずかしいです。ごめんなさい、あううっ」

「へーきですへーきです。血を分けた家族じゃないですかー！　なんなら兄上の第二夫人の地位を姉上にならお譲りしますよー、こういうのは年齢順ですから！」

「だ、第二夫人？　あのう。兄さま？　なにを言っているんでしょうか、この子は？」

「義経はちょっとその、天然なんだ。心は童女なんだよ。身体も童女みたいなものだけれど」

「失敬な。九郎はもう立派な乙女です兄上！　卵だって産めますよう！　たぶん」

「いや乙女は卵を産まないから。そうだよね、兄妹とはいえ男女混浴はやっぱヘンだよね。驚かせちゃってごめんごめん」

「い、いえ。違うんです。に、兄さまたちとお風呂に入れるのは嬉しいんですけれど……実はボク、女の子じゃないんです。男なんですう！　男なんですけど、殿方に裸を見られるのが死ぬほど恥ずかしいんですう！　ごめんなさい！　弟がこんなヘンな子で、がっかりされましたよね兄さま？　許してください！」

「「ええええええっ!?」」

こ、こんなにかわいい子が、男の子だったとは!?

「ううう。紛《まぎ》らわしくてごめんなさいごめんなさい。蒲冠者は通称で、ボクの本名は源範頼《のりより》と申します。ボクが生まれてすぐに、父上が平家との戦に敗れて討たれてしまったため、ボクは郎党に連れられて母上の生国《しょうごく》の遠江《とおとうみ》に潜伏しました。源氏嫡流という身分がバレたら平家に捕

まっちゃうので、性別や名を偽《いつわ》って密かに育てられてきたんですう〜」

「つまり、女装させられて、女の子として育てられてきた？」

「は、はい。仮に源氏の子だと発覚しても、女の子ならば命はとられないだろうということで。物心ついた頃から自分を女の子だと思い込んで生きてきたために、もう元服も済ませているのに身も心もすっかり女の子のままなんですう。かわいくないから、男の格好なんてしたくなくて……ごめんなさいごめんなさい。こ、これでも、い、一応、姫武者としての修練は密かに積んできましたから、か、か、合戦にだって、で、で、出られますよ？」

範頼という本名を聞いて思い出した。そうだ。清盛さんから見せてもらった未来に、範頼もちらりと登場していた。顔形まではよく見えなかったので、この子が範頼だと気づかなかった。

範頼は戦は苦手なんだけれど、義経と共に平家と戦うんだ。そして、見事に平家を滅ぼす大功を挙げる。まあ、ほぼほぼ義経の功績なのだけれど、範頼も戦が苦手なのに、兄である僕のためによく頑張ってくれた。

だがこのまま僕がなにもしなければ、義経のみならず範頼もまた殺されてしまう。平家を滅ぼした義経は、後白河法皇《ごしらかわほうおう》に騙《だま》されて鎌倉に無断で貴族としての官位を貰《もら》っちゃったために鎌倉を追放され、鎌倉幕府の圧力に屈した奥州藤原氏に討たれるんだけれど、範頼は後白河法皇に騙されることもなく鎌倉に戻って兄の僕に忠節を尽くしていたにもかかわらず、北条家をはじめとする御家人たちに「蒲殿は鎌倉殿の後釜を狙っておる、将軍になる野心がある」と睨《にら》まれて謀叛《むほん》の罪を捏造《ねつぞう》され、この修善寺に幽閉されて暗殺されてしまうんだ。

絶対にそんな未来はダメだ。だいいち義経と範頼が殺された時、僕はまだ存命しているんだ。大切なきょうだい二人を失ってすっかり気落ちしたため、落馬してあっけなく死んじゃうわけだけれど、なんてダメな兄なんだ未来の僕は！

せっかく清盛さんが未来を教えてくれたんだから、僕は義経と範頼の二人を絶対に護《まも》る。兄として。もう、御家人が言い争っている光景に押し潰されて倒れたりはしない！

要は、僕が「鎌倉殿」として毅然《きぜん》とした態度で御家人たちを統御すればいいんだ。たとえ政子さんの実家の北条家であろうとも、源氏に手を出すことは絶対に許さない……って、あのおっかない舅殿をはじめとする坂東武士どもが素直に僕の言うことを聞いてくれるかなあ……あの人たちは権力闘争するのが生きがいだから無理だよね。どうしよう。

「ふわああ～？　姉上と思ってしまいましたが、兄上でしたか!?　かわいい……！　まるで、九郎がなりたかった理想の女性に見えます！　これからはなんとお呼びすればいいのでしょうか、九郎は？　九郎にとって兄上とは、こちらの頼朝の兄上のことですから。えーと、えーと」

「ずっと本名を偽ってきたボクは、蒲冠者とか蒲殿と呼ばれているので、カバちゃんでどう？」

「カバちゃんですか。い、いいんでしょうか実の兄に対して？」

「ふふ。ボクってほら、村の田舎娘《いなか》として育てられたから、堅苦しいのは苦手なの。九郎のことはヨッシーと呼ぶね？　義経だからヨッシー。うん、語呂がいいかも♪　よっし、決まり！」

しょうもない駄洒落《だじゃれ》が好きなところは、僕と似ているんだなあ。もしや駄洒落好きも源氏の血なのだろうか。女好きの血が流れていなさそうなのは羨《うらや》ましい。女性として育てられたおかげで、源氏の因業たる煩悩《ぼんのう》から解放されている。義経とはまた違った意味でいい子そうだ。

だが、煩悩の炎とは男だけでなく、女性にも宿っているものであることを、僕は政子さんを通じてよく知っているのである。

たちまち弁慶たちが「かっ、かわいいいいい!?　ほんとうに男の子なのっ？　嘘っ？　触らせて！　見せて！　確かめさせて〜！」と一斉に範頼に襲いかかっていた。ああそうか。弁慶はもともと叡山《えいざん》でいろいろ拗《こじ》らせて「かわいいお稚児《ちご》さんはいねえが〜」と煩悩に憑《つ》かれ京で暴れていたんだっけ。

「きゃ、きゃあああっ!?　い、いやあああ〜！　兄さまの前では脱がさないで〜！　そんなことより、急ぎの要件があるんですう〜！」

なるほど。別の意味で女難の運命を背負っているのだな、範頼は。

って、伊豆まで僕を追いかけてきた急ぎの要件とは？

清盛さんが見せてくれた未来ってごく断片的だったから、いざ現世に戻ってみるとなかなか未来の光景と目の前の現実が繫《つな》がらないんだよなあ。得られた情報量が足りないんだ。

「兄さま。ヨッシー。新宮十郎叔父さんって、いましたよね？　以仁王の令旨を持ってあちこちの源氏を訪問して打倒平家を説いて回っていた、あの」

「ああ、墨俣で平家と勝手に合戦して負けて鎌倉から出ていった、行家叔父さん？　木曾の義仲くんのところに転がり込んだんじゃ？」

「叔父さんには志田三郎《しださぶろう》先生《せんじょう》という弟がいるんですよ。若い頃から常陸を根城にしている源氏一族です。志田三郎先生さんは、源氏と平家の争いに興味がなく、地元で子供たちに学問を教える優しい先生として静かに暮らしていたんですけれど……」

おいおいおい。行家叔父さんの弟って。範頼、まさか？

「一度木曾入りしたはずの叔父さんがこの常陸の志田三郎先生のもとに転がり込んで、『佐竹一族がボコボコにされているのを見たろう？　鎌倉の連中は佐竹一族を族滅したら次はおめーを殺《や》るって息巻いてるぜ。俺はよう、弟だけは見逃してやってくれって泣いて頼朝に頼んだんだけどよう、その結果鎌倉に縁切りされて追放されちまったのよ。あいつら、おめーを殺る気だぜ。このままじゃやべーぞ三郎』と煽《あお》って、『嗚呼《ああ》！　坂東武士どもの殺伐さたるや！　私が殺されるのはわが不徳の致すところ故《ゆえ》構いませんが、わが領地の子供たちの未来は誰にも奪わせません！　承知致しました、愛する子供たちのために私は戦います！』と挙兵させちゃったんですう。三郎さんってお人好しすぎるので、あっさり騙されちゃって」

今、志田三郎先生さん率いる常陸の軍勢三万が、大挙して鎌倉目指して進軍してきています。三郎さんはすでに下野《しもつけ》を席巻しつつあります。ボクはたまたま下野にいたのでいち早く知ったんです。急ぎ手を打たなくては鎌倉は滅びます。どうしましょう兄さま？　と、弁慶たちに取り押さえられて衣服を剝《は》ぎ取られかけていた範頼が涙目で訴えてきた。

「……悪夢だ……紀伊《きい》に地盤を持つ行家叔父さんの弟が、よりによってあの魔境と化している常陸に根を下ろしていただなんて。常陸の武士たちは、鎌倉方が佐竹一族に滅茶苦茶しているのを見ているから、まったく信頼されていないのは当然だ。手抜かりだった……」

僕が直々《じきじき》に三郎叔父さんと会って説得しよう、誤解を解こう。それしかない。

「い、いけません、兄さま。以前、兄さまはその手を用いて佐竹さんを和睦《わぼく》の席で暗殺していますから危険です。行けば、兄さまは三郎さんの家臣団に襲われて殺されちゃいますよ？」

「あれは僕がやったことじゃないんだよー範頼！　ああもう。平家に倒される以前に、行家叔父さんに鎌倉が潰されてしまう……」

「むむむ。カバちゃんの言う通りです。源氏同士の争いには九郎は反対ですが、常陸の軍勢が相手では和睦は無理です。今回だけは合戦して降参させるしかありませんよ、兄上。勝ちを収めてから三郎叔父さんとその一族の命を保障すればいいでしょう」

僕も同意見だ。たぶんまた御家人たちが「いーや、志田三郎先生一族は族滅じゃぃ！」と騒ぐだろうけれど、断固として僕は「鎌倉殿」たる自分の意志を貫《つらぬ》こう。そもそも佐竹さんを勝手に殺した上総介をあの場で即座に無礼討ちにしておけば、こんなことにはならなかった。

これからの僕は、御家人に対しては毅然とした態度で行くぞ！

もう誰にも、政子さんの尻に敷かれている婿《むこ》殿とは言わせない！

僕が！　僕こそが、鎌倉殿だ。源氏の棟梁、坂東武士の総大将源頼朝だ！

「わかった。ただちに鎌倉に戻り、下野に出兵するぞ。義経。範頼。弁慶たちも頼む！」

「「「承知！」」」


ところが、僕が意気揚々と義経一党と範頼を連れて鎌倉に戻るや否《いな》や。

「ちょっと旦那様ぁ？　いったい誰なの、あのかわいくて忌々《いまいま》しい子は？　いかにも男好きがする、媚《こ》びるような潤《うる》んだ上目遣いが憎らしいわね！　また修善寺の温泉で新しい女をたぶらかしてきたのね、こんどというこんどは許さないわよ！」

範頼を「僕の新しい妾《めかけ》」だと勘違いして嫉妬《しっと》の炎を爆燃させた政子さんが、館に戻ってきた僕の首にいきなり縄を引っかけてきて、そのまま庭先で思いきり引きずり回したのだった。いやあ、政子さんはいろんな武術というか殺しの技を会得《えとく》しているなあ。

「私が万寿にかかりきりだというのに、あなたという男は～！　やっぱり源氏の殿方ってみんな浮気性の屑《くず》なんだわ！　もう我慢できない！　あなたを独占するためには、現世に留まっていちゃ無理なんだわ！　一緒に首を吊って冥土《めいど》へ行きましょう！」

「ぐが。ぐげ。ぐげげえええええ〜」

違う。範頼は僕の弟なんだってば。言い訳しようにも、首が絞まって言葉が出ない〜！

そんな微笑ましい（？）光景を、舅殿の北条時政《ときまさ》と、政子さんの弟の北条義時《よしとき》が「婿殿もつくづく懲《こ》りぬ御仁《ごじん》じゃのう」「まったく大人物です」と苦笑しながら見物している。

義時は地味で物静かな若者で、優柔不断だと舅殿から軽んじられているが、僕の死後、御家人の抗争が激化した際に、突如として舅殿に反旗を翻《ひるがえ》して追放し父子《おやこ》の骨肉《こつにく》の争いに勝利。残る政敵の御家人衆を片っ端から族滅し、幕府の権力を掌握《しょうあく》。「源平《げんぺい》合戦最後の勝者」となる。つまり蜂起する土壇場《どたんば》まで徹底して昼行灯《ひるあんどん》を貫いていた、司馬懿《しばい》のような恐ろしい切れ者だ。

ダメだ。こうして政子さんに支配されている限り、北条家の男たちが僕に心から家臣として仕《つか》える日は永遠にやってこない。

なんということだ。嫉妬に狂って激怒している政子さんってかわいいなあ、なんて思ってやられ放題にされてしまう自分が情けない。流人《るにん》生活二十年、女の子との縁がほとんどない少年時代を過ごしたせいか、こんな扱いを受けても「これが男女の愛なんだなあ、愛」なんて感じて喜んでしまう体質になってしまっている。いったいどれだけ悲惨な少年期だったんだろう。

とはいえ、オラついている荒っぽい坂東武士みたいに、

『政子おおお！　俺の言うことを聞けーっ！　それでも俺の妻かーっ、夫に従えッ！　お仕置きのビンタだ、ビビビビビ』

だなんて野蛮な真似は絶対に僕にはできないしね。これでも源氏嫡流の貴公子だからね。たとえこの身は関東の荒れ野にあろうとも、心は雅《みや》びた京の都にあるのさ。

いったい、どうすればいいんだ――。

七段目

旭将軍木曽義仲　中編

Kamakura Genji Monogatari

というわけで、ここは下野《しもつけ》の野木宮《のぎみや》。

僕自身が総大将となり、志田《しだ》三郎先生《さぶろうせんじょう》の大軍を迎え撃っていた。

範頼《のりより》は「戦《いくさ》は苦手なんですぅ」と涙目だけれど、鎌倉《かまくら》に置いてきたら「生意気でバカみたいに強くて鎌倉殿以外の男を全員下郎扱いする義経《よしつね》よりも」「はあああ、範頼ちゃんのほうが遥《はる》かにかわいいのう！」「女装した男の子も良いものじゃのう、儂《わし》ゃこの歳で開眼したかもしれん！」と舞い上がっている御家人《ごけにん》たちに襲われそうだったので、連れてきた。

義経はもちろん「お任せください、兄上！　三郎叔父《さぶろうおじ》さんを生け捕りにしてご覧にいれます！　兄上と仲直りさせて忠誠を誓わせますからご安心くださいねっ♪」と弁慶《べんけい》たちを引き連れてやる気満々だ。とはいえ家族愛を至上のものと考えている義経は、内心では葛藤《かっとう》している。

一族の争いが嫌いなのだ。僕もだけれどね……源氏《げんじ》の宿命だよね、これって。

「範頼と義経に先鋒隊を預けて、最前線で様子見させてみたけれど。この戦が長引くと、駿河《するが》を平家《へいけ》に落とされてしまうかもしれない」

だが意外にも、僕は伝令から「お味方大勝利」という朗報を早々と受け取ることができた。

「先鋒《せんぽう》大将の範頼様ははじめての合戦《かっせん》に怯《おび》えきって『ひいい。戦、怖いよう。ああ兄さまごめんなさいごめんなさい』と馬上で泣きはらしていたのですが、その可憐《かれん》な範頼様の涙を見た御家人たちが『なんちゅうかわいい男の子じゃあ!? 範頼ちゃんのために死ねや、おんどれらあ～！』と狂ったように志田三郎先生の大軍勢へと突撃して阿修羅《あしゅら》の如《ごと》く暴れまして」

聞くだにまったく統制が取れていないが、たまたま御家人たちの暴走が奇襲攻撃としてハマったということか。

「もっとも果敢に戦ったお方は、義経様と弁慶《べんけい》様たち奥州《おうしゅう》ご一行です。義経様は奥州馬を見事に乗りこなし、目にも止まらぬ速さで戦場を駆け抜け、志田三郎先生の本陣を僅《わず》か六騎で急襲。慌《あわ》てた三郎殿が戦場から逃走して敵方の軍勢は総崩れ。戦はお味方の大勝利です」

ただし志田三郎先生と軍師面《づら》をして隣に侍《はべ》っていた新宮十郎行家《しんぐうじゅうろうゆきいえ》は惜しくも取り逃しました、と使者が告げる。行家叔父さんは逃げ足が速いからな。どうせ木曾《きそ》に舞い戻ったのだろう。しかも鎌倉に弓を引いた三郎叔父さんまで連れている……まずいぞ。

すぐに、範頼と義経が本陣へと戻ってきた。「あうう……ひ、酷《ひど》かったです……身内同士での容赦のない殺し合いでした……これが戦……ひうう」と泣き顔の範頼は、興奮冷めやらぬ御家人たちから「かわいいよお範頼ちゃぁあん！」「儂の弟《と》にならぬかあぁ！」「今日は俺たち、範頼ちゃんのために頑張ったよ！　いっぱい首を獲ったよ！　見て見て！」「蒲冠者《かばのかじゃ》ちゃん、万歳万歳万々歳！」と熱烈な喝采《かっさい》を浴びている。

どうやら、範頼には坂東《ばんどう》武士たちに愛《め》でられるという貴重な徳があるらしい。徳というより、誰もが「かわいい男の子はおっかないおなごに勝る」と目の色を変えて血迷っているという気がするけれど。義経は兄以外の男を立てる気がなくて、誰彼構わず勝負して、しかも一撃も攻撃を喰らわずに完封して勝っちゃうし、戦に出れば常に大功を挙げちゃうしね。

一方、「すみません兄上～！　乱戦を避けてさくっと本陣を奇襲したんですけど、叔父さんたちに逃げられちゃいました～！　兄上の武名は下野にまで鳴り響いていますよ！」と鷹狩《たかが》りから帰ってきたみたいに陽気な義経のほうは「うわっまた奥州の天狗《てんぐ》娘が来た」「近づくな、坂東武士の面子《メンツ》を粉々に破壊されるぞ」「なんであんなに小柄なのに化け物みたいに強いんだ……すばしこくて誰も攻撃を当てられない」「的《まと》が小さいしな」「勝手に行動して勝手に勝っちまうから、俺らに手柄を残してくれねえ。嫌な大将だ」と御家人たちに心底怯《おび》えられていた。

「戦場でこの九郎《くろう》が思う存分に戦えるのは、いつも知謀の士であり大英雄の兄上が本陣に構えていてくださるからです！　ほんとうにありがとうございます、兄上！」

義経の行軍の速さの種は、「少数精鋭主義」「判断を下す頭脳役は義経一人、しかも神懸《かみが》かり的に即断即決する天性の勘の持ち主」「仲間は信頼する義経の判断に絶対恭順」「坂東武士や平家が持っていない巨大で頑丈な奥州馬に乗っている」「犠牲が多い正面突破を避けて高速奇襲による一点撃破を是とする」このあたりだろうか。

名乗りを上げて一騎打ちに興じる日本の武士とは、まったく違う。奥州で学んだ騎兵戦術を活かしているのだろうけれど、それにしても異常だ。やっぱり戦争の天才としか思えない。なにより義経は死を恐れていない。僕に褒《ほ》められたいがために、常に生き急いでいるような……。

そんな義経に従おうとする御家人よりも、範頼を慕《した》う御家人のほうが圧倒的に多いようだ。範頼は護《まも》ってあげなきゃすぐ討ち死にしそうだし、範頼のもとで戦えば手柄を立てられるからね。義経のもとで戦っても、義経が手柄を総取りだから……でも、別の意味で範頼が心配になってきた。当分僕の隣で寝させることにしよう。弟のもとに夜這《よば》いをかけられちゃたまらない。

「範頼も頼朝もよくやったね。ご苦労様。これで関東から反鎌倉勢力はほぼ一掃できたよ。あとは平家に備えるだけだ。佐竹《さたけ》一族のように関係を拗《こじ》らせちゃまずい。三郎叔父さんの一族には寛大に恩赦《おんしゃ》を与えて、これで手打ちといこう」

「は、は、はい。ううう、ほんとうに怖かったですぅ……兄さま。ボクですらこんなに怖いのに、総大将って凄《すご》いお仕事ですね。とてもボクには務まりません。尊敬しますぅ」

「カバちゃん、だいじょうぶ。カバちゃんには兄上と九郎がついてますから！　下野で兵糧《ひょうろう》も確保できましたし、いよいよ平家と決戦ですね兄上！　駿河へ進軍致しましょう♪」

そう。勝利の副産物というか、志田三郎先生は大量の兵糧を戦場に置き捨てていったのだ。これで、飢饉《ききん》の危機から鎌倉はやっと救われた。しかし……。

「鎌倉殿！　平家よりも先に、志田三郎先生の首じゃあ！　いや、絶対に獲《と》らにゃならん敵は、三郎を唆《そそのか》した新宮十郎！」

「新宮のおやっさんを生かしておく限り、関東は乱される一方じゃけえ。おやっさんには、ケジメをつけさせちゃらにゃあ。決断の時じゃけえ鎌倉殿」

「ほっほ～。木曾義仲《よしなか》くんのところに戻ってしまったみたいだねえ、新宮ちゃんは～。味方にしたら役に立たず、敵に回したら厄介極まる御仁《ごじん》だねえ。佐殿《すけどの》、どうするどうする～？」

まだ戦場で戦ってきた興奮も覚めやらぬ和田義盛《わだよしもり》たちが、行家叔父さんの首を獲《と》るまで儂らは鎌倉には戻れん、と一斉に詰めかけてきた。全員血みどろで、もはや悪鬼だ。

「ほ、ほっといていいんじゃないかな……義仲くんは平家との戦いで忙しいでしょ？」

「そうはいかんのう、鎌倉殿！　あの行家が何度儂らに煮え湯を飲ませたと思うとる？」

「『行家の首を差し出さんかい』と木曾義仲に要求するんじゃ。突っぱねよったら血戦じゃい！　木曾源氏との全面抗争じゃい！」

どうしてこの人たちはこうも血の気《け》が多いのかなーっ!?

「で、でも、兄さま？　皆さんの仰《おっしゃ》ることにも一理ありますよう？　行家叔父さんは口が達者ですから、捨て置くと木曾義仲さんを言いくるめて、木曾勢に鎌倉を襲わせかねません。そもそも義仲さんは父親をボクたちの兄上に殺されているわけですから、ボクたちは義仲さんにとって仇《かたき》の一家です。平家と木曾勢に挟撃されれば、鎌倉は保《も》たないですぅ」

「そうじゃ、範頼ちゃんの言うとおりじゃけえ！」

「儂ら御家人の気持ちをよう汲《く》んでくれなさるお方じゃ！　しかもかわいい！」

「鎌倉殿。行家の首一つで手打ちにしちゃるけんのう、以後われらは反平家同盟を結成じゃいと、木曾のボンに使者を送って言って聞かせましょうや。木曾のボンも、平家との決戦で手一杯のはずじゃけえ。同盟の誘いに乗ってくるじゃろう」

義経が「ま、また源氏同士で揉《も》めるんですか？　九郎は嫌です、これ以上源氏と戦うのは……」と哀《かな》しげな顔をしてうつむいている。僕はそんな義経の頭をそっと撫でながら、

「わかった。使者を送ろう。木曾勢との抗争だけは絶対に回避しなくちゃ、共倒れになっちゃうからね。行家叔父さんには悪いけれど、すでにあの人の大言壮語と寝返り癖《へき》のせいで大勢の武士が斃《たお》れているからね……今後もそうなるだろうし」

と表向きは御家人たちに同意した。もっとも、僕にはわかっている。木曾義仲は、ひとたび匿《かくま》った叔父をここで見放さないということが。未来をちらりと見たからね。

木曾義仲は、この誘いを拒否する。そこからが僕の出番だ。義仲くんと信濃《しなの》の善光寺《ぜんこうじ》あたりで直接会見して、行家叔父さんの首のことは不問に付《ふ》しつつ、同盟を結ぶんだ。

下手《へた》をすれば会見の席で殺される危険は、承知の上だ。

僕は妹を――義経を、木曾義仲との仁義なき抗争に巻き込みたくはない。

※

予想通り、鎌倉方の要求は「オジキは返せねえなあ～」と突っぱねられ、ついに木曾義仲との会見が実現した。場所は、信濃の善光寺。互いに一人だけ護衛用の従者を連れてきてよい、という条件で。これは、交渉が決裂した際に両家の家臣たちによる全面抗争及び全滅という危険を避けるためだ。

僕は万一の際に「壁」として護ってくれそうな弁慶《べんけい》だけを連れて会見の間に入る予定だったのだが――。

「兄上、九郎も参りました！　義仲さんと室内で戦うことになったら、弁慶が兄上をお護りし、九郎が義仲さんを倒しますので！　もちろん、寛大で人徳溢《あふ》れる兄上に限ってそんな事態にはならないと信じていますけれど。念には念を、です！」

「ごめんね～殿。義経ちゃんが勝手についてきちゃって～」

これ、たぶん梶原景時《かじわらかげとき》に相談せず独断でやってきたな。また義経と景時が揉《も》めなければいいんだけれど……こんな危地に義経が来ちゃ、意味ないじゃないか。いよいよ絶対に交渉決裂できない状況になってしまった。まったく弁慶は義経に甘すぎるよ。

定員溢れでいきなり負い目ができた僕の前に、木曾義仲が現れた。もう一目見て義仲くんだとわかる。問答無用で、でかい。三国志《さんごくし》の呂布《りょふ》がこの時代に生きていれば、こういう猛々《たけだけ》しい荒武者だったのだろう。腕の太さが義経の腰回りくらいある。

ただ、身体は大きいが、顔は源氏の貴公子の面影《おもかげ》があって美形だった。とはいえ木曾の山育ちとあって、凄《すさ》まじい眼光の持ち主だ……無数の修羅場《しゅらば》を掻《か》い潜《くぐ》ってきた野獣の目だ。目を合わせただけで殺されそうだ。

「おう、おめーが頼朝《よりとも》かァ！　俺が木曾義仲だゼ！　従兄弟《いとこ》同士だが初対面だな。俺の隣にいるこの女は、愛妾《あいしょう》の巴御前《ともえごぜん》ヨ。聞いたことはあるだろう？　俺の幼なじみにして妹にして恋人であり、薙刀《なぎなた》をとれば俺にも匹敵する剛の者ヨ。いい女だろう～？」

「……万が一に備えて、義仲様の護衛を務めさせていただきます。本日はよろしくお願いします」

義経が「美人～！　いいなあ～羨《うらや》ましいなあ～妹兼恋人ですかあ！　うちの兄上は、九郎を恋人にしてくれないんですよ～これほど九郎がお慕いしておりますのに」とまた無作法なことを言いだしたので、僕は慌てて義経の口を塞《ふさ》ぎ、

「えっと。右の小さい子が妹の義経です。左の背が高い子が義経の従者の弁慶。定員一人という取り決めだったのにすみません。二人とも、その、武士の作法とか知らないのでおおめに見てあげてください……あはは……」

と愛想笑い。巴御前は「まあ。愛らしいお方」と微笑んでくれたが、しかし義仲くんは無言

で僕たち三人の顔を品定めするように睨《にら》んでいた。いざ戦闘開始となれば誰から斬っていくかとか考えているに違いない。察した弁慶も負けずに睨み返す。こ、怖い……。

「なあ頼朝よーっ。すでに文書で伝えたが、オジキは返せねえ。以仁王《もちひとおう》の令旨《りょうじ》を俺に届けてくれたのもオジキだしな。俺の親父を殺したおめーの兄悪源太《あくげんた》が死んだ今、この俺が源氏最強の男だ。故《ゆえ》に、俺には源氏一族を護る義務がある。そいつが俺の仁義よ！　あくまでもオジキの首を望んで木曾との全面抗争も厭《いと》わねえというのなら、堂々と川中島《かわなかじま》で雌雄《しゆう》を決しようじゃねえかヨ。その覚悟はあるか？」

「……いえ。行家叔父さんの首を望んでいるのは、鎌倉の御家人たちです。僕も、一族殺しは本意ではありません。過去の件で僕に恨みがおありでしょうが、どうか妹の義経と、弟の範頼は見逃してもらえませんか。源氏嫡流《ちゃくりゅう》の棟梁《とうりょう》はあくまでも、僕ですから」

「ハア？　おめーに恨みなどねえヨ。俺の親父よりも、悪源太のほうが強かった。ただそれだけのことヨ。強い者が勝ち、生き残る。これが武士の掟《おきて》だぜー！　悪源太が生きていればケジメをつけるために報復したろうが、すでに奴はこの世にいねえ。そもそも源氏は身内同士での内部抗争の激しさ故に、一門の結束を誇る平家に敗れたんだ――違うか？」

その通りだ。今までもそうだったし、これからもそうだ。清盛《きよもり》さんに教えてもらった未来では、僕たちは義仲くんと戦って殺し、平家を滅ぼした後に義経も範頼も鎌倉幕府に狙われて殺されてしまう。そして僕と僕の子供たちがことごとく死んで、源氏嫡流は滅び去るんだ。残されるのは、夫と子供を失い悲嘆《ひたん》に暮れる政子《まさこ》さんと、北条《ほうじょう》家が源氏と御家人を片っ端から族滅《ぞくめつ》して権力を掌握した鎌倉幕府だけ……なんという諸行無常なんだ。

その未来を他人に直接告げられない以上、僕は一人で知恵を絞って源氏の運命を変えなければならない。

木曾義仲の運命を、僕の知略と弁舌《べんぜつ》でどうにかして変えてしまうのだ。

義仲くんはこの後、平家を打ち破って都に上洛《じょうらく》するが、都は今なお飢饉に陥《おちい》っている。飢えた木曾軍の武士たちは京で略奪を働くしかない。しかも義仲くんはまたしても美味《おい》しいところを横取りしようと企む行家叔父《たくら》さんのせいで後白河法皇《ごしらかわほうおう》と対立して、鎌倉に法皇から「義仲を討て」と院宣《いんぜん》が下る――そして京へ進軍した義経が木曾勢を撃破し、範頼率いる軍勢が義仲くんを討ち取る。

って結局は、行家叔父さんが一番悪いんじゃないか！

後白河法皇も、とんでもない大天狗らしいし。平家と源氏をさんざん争わせて武士の力を削《そ》ぎ、義仲くんが上洛したら鎌倉武士にこれを討たせてさらに源氏の力を削ごうとする。なんと腹黒い……！　あの清盛さんですら生涯対応に苦慮していた相手だからなあ。

義仲くんの運命を変更するには――三つの道がある。まず、義仲くんの敵を平家ではなく鎌倉に絞らせて、上洛を阻《はば》む。あ、いや。ダメだこれは。結局源氏の同士討ちになる。

「木曾義仲殿は虎のようなお方ですねー！　一騎打ちをしたらとても勝てそうにない気がしま

すが、でも合戦をやればたぶん私が勝ちますよ！　日本一の智者であらせられる兄上がどーんと九郎の後ろに控えておられますので！　どう戦うかは今考え中です！」

「こ、こら義経。失礼なことを言うんじゃない！」

「ほう。この童女のような娘が、俺よりも強いだと～？　面白《おもしれ》え。確かにこの娘の発する闘気は尋常《じんじょう》じゃねえな～。その義経を戦場で縦横無尽《じゅうおうむじん》に使いこなしている頼朝、おめーはさぞかしさらに強いンだろうな～」

「当然です義仲殿！　なにしろ兄上は源氏はじまって以来の、知勇兼備の大英雄ですからね！えへん！」

「ほーう。頼朝よーっ、どうやらこの俺と天下最強の座を懸けて戦う資格がありそうだぜ、おめーにはよーっ」

いやいやいや！　義経の僕への賞賛の言葉は全部妄想です。そして僕は源氏です。あなたの敵は平家ですよ平家！

「ま、俺は平家にもそこまでの恨みはねえ。ただ、源氏の面子を潰されてコケにされた上に、以仁王の令旨を受け取っちまったんでヨ。平家を潰さにゃあ、俺は以仁王との約束を破ったことになっちまう。俺は武門の意地を貫《つらぬ》き仁義を通すために平家を倒すのヨ。陸戦ならば、木曽の山で育った俺は最強の武士だ。京までの陸路を突き進むのは容易《たやす》い。俺が恐れる相手は、瀬戸内海に展開する平家の水軍のみヨ。なにせ俺は海を見たことすらないのでな～。実は俺、泳げねーんだわ。ぶわははははっ！」

「木曾は山国信濃《しなの》の中でもとりわけ草深い秘境ですもの。仕方ありませんわ、義仲様」

よ、義仲くんは、怖いけれどもけっこう人の好《よ》いところがあるみたいだね？　迂闊《うかつ》に自分の弱点を人に教えちゃダメだよ？　僕なんかはまあ、弱点しかないような人間だからいいけどね。

第二の道は、「平家も源氏もみんな仲良く。義仲くん、平家、鎌倉、奥州藤原氏の四大勢力が住み分けをして互いに不戦同盟を結ぼう」というお花畑な案だ。これ、義仲くんに言っても無駄だろうなあ……この人、義に厚いみたいだし……すれっからしの坂東武士たちよりもずっと純朴だ……でも、一応言ってみた。

「……はあ～？　阿呆かお前は？　今さら、平家と源氏がお手々繋いで仲良くできると思っているのかヨ？　そんな武士があるか？　同族じゃねえんだ、武門の意地を懸けてどちらかが潰れるまで殺《や》り合うしかねえだろうがヨ？　平家に負けっぱなしじゃあ俺たち源氏の沽券《こけん》にかかわるだろうが、ああ？　武士はよう、舐《な》められたら終わりなんだぜー？」

呆《あき》れられた。

戦が苦手な僕って、そもそも武士に向いていないよね？

ならば第三の道。せめて義仲くんとだけでも和睦《わぼく》を結び、末永く同じ源氏一門として親しく共存していく。というかもう、この道しかないじゃないか。

「よ、義仲くん。打倒平家のお志《こころざし》はよくわかりました。では、鎌倉と木曾との間で同盟を結びましょう。源氏同士が仲間割れすれば、また平家に負けてしまいます。こんど負ければ、さすがに源氏は族滅されるでしょう……僕を救ってくれた清盛さんも、もういませんし。っていうか、僕の首を清盛さんの墓に供《そな》えると平家の皆さんは殺気立っていて」

「だからよー頼朝。そもそも、清盛の慈悲で生かしてもらっていたおめーが恩を仇《あだ》で返したから平家が切れたんじゃねーの？　まあいいサ。そんな人でなしみてーな真似をやらかしたあげく、富士川《ふじかわ》で平家軍を潰走《かいそう》させたおめーの実力はあなどれねー。それにしては気弱すぎるな、おめーは？　なーんか妙だなあ～」

「は、はあ。二十年近く伊豆《いず》に幽閉《ゆうへい》されて蟄居《ちつきょ》していましたので……富士川の合戦の時には、僕は落馬して死にかけていただけで……今も戦はだいたい義経や範頼がやってくれていまして……すみませんすみません」

「いえ、あれは兄上の高度な演技でした！　聡明《そうめい》な兄上は、富士川で初陣《ういじん》を飾ったこの九郎に敵陣へと突撃する機会を与えてくださったのです！　ご自分を笑いものに貶《おとし》めてまで……これほどお優しくて英邁《えいまい》な兄上の妹に生まれてきた九郎は、日本一の幸せ者です！」

　ぶわはははは！　と義仲くんが爆笑しはじめた。まさか、義経の誤解が伝染した？

「富士川で落馬してみせて平家の油断を誘ったっつー噂《うわさ》はマジだったのかよーっ！　すげー策士だな、頼朝！　俺の前では芝居《くせ》はやめろや。ほんとうは俺よりも凶暴で極悪な男なんだろー？　さもなきゃ、あの面倒臭ぇ坂東武士どもを引き従えて関東制覇なんてできっこねえ。オジキの首を誰より欲しがってるのも、実はおめーだな？　フフフ」

「いえ、僕は表裏のない人間でして。たまに嘘をついてもすぐバレますし！」

「それはほんとうです、兄上は嘘偽《いつわ》りは決して申しません！　富士川での落馬は軍神とも申すべき兄上による深遠なる作戦ですが、私生活では真っ正直なお方ですっ！　奥方に遠慮しすぎて、これほど愛してくださっている九郎をいまだに嫁にしてくれないほどに義理堅いお方なんです！」

「話がややこしくなるから義経は静かにしていてー！　兄と妹は結婚しないから！」

「でもでも、義仲殿は妹だと紹介してくださった巴御前殿と結ばれているじゃないですかー！」

「巴さんは義仲くんの血の繋がった妹じゃなくて、幼なじみの妹的存在ってことだからね!?」

義仲くんと巴御前は、「ま～だ昼行灯《ひるあんどん》を続けてやがる。俺がこれだけビビらせても、まるで揺らいでねー。だが、義経は天然で嘘がつけねえ娘だしよーっ、頼朝の実力はガチだぜ。まあ、このあたりが落としどころだろうなぁ～」「はい、ただちに平家の大軍と決戦せねばなりませんものね」と頷《うなず》き合った。義仲くんは明らかになにか勘違いしたらしい。そう、僕が無能を装《よそお》って演技をしていると。義経の妄想なんだけどね……。

意外にも、向こうから第三の道を受け入れる以上の提案をしてきた。そう、「運命」の分岐点となる重大な提案を。

「まだガキんちょだが、俺の嫡男の義高《よしたか》を鎌倉にくれてやる。頼朝よお、おめーにも大姫《おおひめ》っつー幼い娘がいるだろー？　二人を結婚させちまおうぜ。それで木曾源氏と鎌倉源氏は文字通りの家族だ。お互い、背後を気にすることなく思う存分平家と戦える。俺の親父の件も、オジキの件も、両家の縁組みでシャンシャンと手打ちにしちまおうぜ？」

まさか、義仲くんのほうから切り出してくるとは想像していなかった。

この人……恐ろしく強いし、絶対に戦いたくない相手だけれど……戦場を離れれば底なしのお人好しではないだろうか？

「普通に考えたら、おめーの娘をこっちによこすのがスジなんだがよー。源氏の嫡流はそっちだしよ。それに、俺のガキが鎌倉に引っ込んでいてくれりゃあ、俺は安心して戦場で全力出していつでも討ち死にできるだろう？　親子で一緒に行動してたらよー、下手《へた》こいたらおめーの親父と悪源太みてーに共倒れになるかもしれねーからよーっ」

「い、いいんですか義仲くん？　もし両家が袂《たもと》を分かつということになったら、義高くんの身に危険が……そ、その時は、ぼ、僕が命に代えても護りますけれど、でも、鎌倉の御家人たちは人の心を見失うことが時々あって……なにしろみんな短気なんで……！」

「いいってことヨ頼朝。俺は、おめーを信用することにした。おめーは見事に昼行灯を演じているが、裏の顔は鎌倉の坂東武士どもを心服させている恐るべき武人だと、俺の野性の勘がそう囁《ささや》いているのヨ。そうでなきゃあ、富士川や野木宮で敵の大軍を相手にあれだけの圧勝はできねーヨ！　だからヨ、鬼畜みてーな坂東武士どもも、おめーには決して逆らえねー！　おめーが俺のガキを護ってくれるんなら、なんも心配いらねえ。そうだろう？」

その野性の勘は、義経の勢いに惑わされた勘違いというやつだと思いますよ？

「もしもおめーに裏切られてガキを始末されちまったら、その時は俺がバカだったというだけの話ヨ。無論、その時はきっちりケジメをつけせてもらうけどよーッ？」

「……約束します。義高くんは僕の義理の息子になるわけですから。絶対に義高くんに傷一つ負わせないと」


この時、僕は強烈な決意を胸に秘めていた。

なぜならば、清盛さんからちらっと見せてもらった未来で、義高くんの運命をも僕は知ってしまっていたからだ。

義仲くんと鎌倉軍とが後白河法皇にけしかけられて戦い、義仲くんが討ち死にした後。

幼い婚約者の大姫に慕《した》われていた義高くんは、父が殺されたと知り、次は自分が殺されてしまうと恐れて鎌倉からの脱走を図る。大姫が逃がしたのだ。二人は幼いながらも淡い恋心を互いに抱いていた。

政子さんも、かわいい義理の息子の義高くんを実の子以上にかわいがっていた。義高くんと大姫の祝言《しゅうげん》の日を心待ちにしていたのだ。

だが、短気な鎌倉の御家人たちが「ようも逃げおったな！」と義高くんを追いかけて殺してしまう。僕はこの時もまた、御家人の統御に失敗したのだった。のちに義経も範頼も同じように失ってしまう。

義高くんを殺された幼い大姫の精神は粉々に壊れてしまい、二度とその心が治ることはなく、不幸な短い生涯を終えることに。そして息子にも等しい存在を失った政子さんは生涯はじめて本気で大激怒して、「あなたがしっかりしていないから、こんなことに！」と泣きながら僕を激しく叱責《しっせき》し、義高くんを斬った御家人を斬首させたのだ。直接手を下していないとはいえ、政子さんが人を殺《あや》めたのはこれがはじめてだった……子を失った母の哀しみは、男の僕には理解し難いほどのものがあったのだろう。

政子さんはこの事件以来、「坂東武士なんて野蛮人ばかりで大嫌いよ。鎌倉幕府なんて潰れてしまえばいいのに」と口癖《くちぐせ》のように呟《つぶや》くようになった。そして、政子さんの家族は鎌倉幕府の内部抗争によって一人また一人と死んでいくことになる。

だから、僕は誓う。義高くんを絶対に死なせないと。大姫のためにも、政子さんのためにも。義高くんを護ることをもって、源氏嫡流族滅の運命を阻む第一歩としようと。

「義仲くん。巴さん。僕はほんとうに昼行灯なんですよ。戦も乗馬も苦手なんです。僕がダメ男なのは、芝居じゃありません。でも、これからは変わります。御家人たちに、絶対に義高くんを害させません――そんなことを企てている御家人を見つけたら、僕は心を鬼にしてその不埒者《らちもの》を始末します！　鎌倉を統《す》べる源氏の棟梁として、毅然《きぜん》たる態度で臨《のぞ》みます！　ですから、安心してください」

幼子を護ろうと誓う兄上、かっこいいです……九郎は思わずもらい泣きを……と涙脆《もろ》い義経が泣きだし、弁慶もよよよと釣られるように号泣する。

「……ほう……やっぱりおめー、昼行灯じゃねーな。今のおめーは英雄の顔をしてるぜ、頼朝。俺の野性の勘は当たりだったらしいぜ、巴。わははははっ！」

「それでは両家の縁組みをもって、源氏同盟を結ぶということでよろしいですね」

「おう！　これで俺たちは義兄弟だぜ、頼朝！　弟と呼ばせてもらうぜー！」

「どうか義高殿を、よろしくお願いしますね。幼くして父親を失った義仲様にとって、ほんとうにかけがえのない大切なお子なのです」

巴御前さんはほんとうに義仲くん想いのいい恋人なんだなあ。政子さんもこれくらい寛大な女性だったら助かるんだけどね。でも、それはもはや政子さんじゃないしな。

そして――ここからだ。運命を変えるための布石を、今、打ち込んでおく。機会は今しかない。

僕は小心者で臆病だ。だから、これで安心したりはしない。僕の誓いの言葉がどれほど無力なのかは、未来を見てしまった僕が一番知っている。だから、「最悪の事態」をも想定した一手を打っておく。

「ところで義仲くん。義高くんの件とは別に、二人だけで内密にご相談したいことが。これは、妹の義経にもまだ明かせないお話です。義兄弟二人だけで共有しておきたいんです」

「ほう？　わかったゼ、弟。やっぱりおめーは根っからの策士だなあ。いい顔をしていやがる。木曾の山猿の俺には考えもつかねーすげぇ手を提案してくれそうだなあ～っ!?　ははは！」

えーっどうしてですかーっ？　九郎に内緒って、なんですかーっ？　と義経が愚図ったが、弁慶に力ずくで引っ張っていってもらった。巴さんも静かに退室。余人に漏《も》れたら台無しになってしまう性質の相談だからね、これは。

僕はこの日、英雄木曾義仲と出会ったことで、覚醒したのかもしれない。

義経。範頼。義仲くん。そして義高くん。次々と「源氏の同士討ちで死んでいく」人々の運命を背負い込んでいくことで――そして、大姫。政子さん。源氏と御家人の抗争に傷つけられ打ちひしがれていく家族の運命を背負い込んでいくことで――。

絶対に彼らの運命を変えてみせると、覚悟を新たにしたのかもしれない。

そう。ついに閃《ひらめ》いたのだ。誰にも未来を明かせないという絶対的な不利を抱えながら、運命に打ち克《か》つか細い道が、やっと見えてきたのだ。

八段目　旭将軍木曽義仲　後編

平家《へいけ》の大軍が、木曾義仲《きそよしなか》が支配する北陸へと攻め込んだのは、善光寺《ぜんこうじ》で頼朝《よりとも》と義仲の同盟が成立した直後のことだった。

鎌倉《かまくら》の頼朝は関東の御家人《ごけにん》たちを治めるので手一杯で当面は動けないと判断した平家一門の軍略家・平知盛《たいらのとももり》は、「今こそ義仲を叩き潰《つぶ》す好機です」と総勢十万にもなる主力軍を北陸戦線へ投入したのである。

平家軍を率いる総大将は、平清盛《きよもり》の若き嫡孫《ちゃくそん》、「桜梅少将《おうばいしょうしょう》」平維盛《これもり》。

平家一門きっての美少年で、都の女性たちからは「光源氏《ひかるげんじ》ならぬ光平氏《ひかるへいし》」と賞賛されていた風流な貴公子だ。苦労知らずで、祖父の清盛に「平家を担《にな》うのはそなたじゃぞ。おお、愛《う》い孫じゃのう」と猫かわいがりに育てられたから、その風雅ないでたちも性格も武士というよりも完全に貴族だった。

だが、そんな平維盛も、今回は生きて都に帰らず、と死を決して軍を率いている。愛する妻子を「僕が討ち死にしたらどうかくれぐれも頼む」と親戚に託しての出陣だった。

「お祖父《じい》さまの墓前に、必ずや頼朝の首を供《そな》えてみせますよ。手始めに木曾義仲を討ち果たし、鎌倉を孤立させてご覧にいれますね。僕は、こんどこそ『武家失格』の汚名を返上します」

なぜなら彼は、総大将を務めた富士川《ふじかわ》の合戦で頼朝軍に無様に大敗している。

あの敗戦によって各地の源氏が息を吹き返し、東国と北陸は源氏の支配下に。飢饉《ききん》も重なって京に搬入される兵糧《ひょうろう》も滞《とどこお》りがちになり、しかも平家の大黒柱・清盛がこの合戦《かっせん》と時を同じくして、にわかに熱病を発して死んでしまった。

いわば維盛は、平家を窮地《きゅうち》に追い詰めた大戦犯なのである。

清盛の熱病や記録的な大飢饉は、維盛とは無関係で、数年前まで日本の大部分を支配していた平家の家運が一気に傾いたのはまさしく「運命」としか言いようがない。だが、富士川で源氏の棟梁《とうりょう》・頼朝に敗れたのは痛すぎた。あれで「源《みなもとの》頼朝はとてつもなく強い大将だ！　関東に現れた巨星、平将門《まさかど》公以来の大英雄だ」と全国の反平家勢力が盛り上がって続々と蜂起《ほうき》してしまったのだから。

中でも剛勇を誇る義仲軍は、越後《えちご》、越中《えっちゅう》、加賀《かが》、越前《えちぜん》と、広大な領土を短期のうちに奪取したが、いかんせん義仲軍は数が少ない。木曾の山中に隠れ住んでいた不利で郎党が少なく、雇われ兵が大半である。

対する維盛軍の軍勢は、平家に忠誠を誓う十万の精鋭。

さらに維盛は、都を守備する智将で叔母《おば》にあたる平知盛から、いくつもの兵法書を与えられた上に細々《こまごま》と今回の北陸遠征の戦術を教え込まれている。

平知盛は、戦《いくさ》が苦手な男が多い平家一門の中で例外的な戦略眼を持っていたため、平家で唯一の姫武者となった。

娘の知盛をこよなく愛していた清盛が存命していた頃は「おなごが戦など、いかぬいかぬ。どうか知盛は姫に戻ってくれんか」と嘆《なげ》かれていたので敢《あ》えて目立たなかった知盛だが、清盛の死後は平家の軍略を一手に握って各地の反平家勢力との戦いを都から指揮している。

維盛は出陣前、知盛から「北陸遠征の心得」をこんこんと説かれてきた。

『よろしいですか、維盛。十万の大軍に驕《おご》ってはなりませんよ。むしろ兵士の数が多ければ多いほど戦は難しくなるのです。軍を分散させてはならない。囲地《いち》や死地に入り込んではならない。必ず物見を用いて索敵《さくてき》を行い慎重に行軍するように。大軍は奇手を選んではならない。数の力で押し切るのです——これらのことを必ず守るように、よろしいですね？』

叔母上が男だったら、平家の総大将として堂々と源氏を打ち破れるのになあ、身体がお弱いから戦場に長居すると体力が保《も》たないんだよね。どうもお祖父さまを失ってからの平家はなにごとも上手《うま》くいかないなあ。家督《かとく》を継いだ宗盛《むねもり》叔父さんは政治と演説は得意だけれど戦は下手《へた》だし、僕は政《まつりごと》も戦も不得手な光平氏だしねえ、と維盛は嘆息しながらも知盛の戦略眼に感服し、『なにごとも叔母上の仰《おお》せに従います。僕はこんどこそ平家の男になります。義仲を討ってきますよ』と笑顔で頷《うなず》いたのだった。

陽気でお気楽な維盛も、知盛の前では「死ぬ覚悟で家族を捨ててきました」とはとても言えなかった。平家一門の家族愛の深さは、一族での抗争に明け暮れてきた源氏には理解できないほどのものがある。

あとは、知盛に教わった通りに兵を動かしていくだけでよかった。

圧倒的な兵力を誇る維盛軍はまず越前に侵入して火打城《ひうちじょう》を落とし、加賀をも抜いて怒濤《どとう》の勢いで越中へと進軍。

ついに、義仲軍との決戦の時が来たのだった。

平家軍は大軍であるが故《ゆえ》に、一箇所に陣を張ることができず、やむを得ず維盛は兵を分散。志雄山《しおやま》に別働隊三万。礪波山《となみやま》に自《みず》ら率いる本隊七万。

義仲軍も二手に分かれて、それぞれ平家軍と対峙《たいじ》する。

礪波山へと向かった義仲本隊は、およそ三万。

志雄山へ向かった別働隊は一万で、あの戦下手の新宮十郎行家《しんぐうじゅうろうゆきいえ》が率いている。だが食わせ者の十郎行家は「戦力が違いすぎるっての！　これで勝てるかよっての！」とぼやきつつ、戦うと見せて戦わない。義仲が別働隊として割いた一万は、死に兵となった。

源平《げんぺい》の決戦が、総大将同士が対峙する礪波山で行われることは、誰の目にも明らかだった——。

「維盛よ。決戦の際には礪波山に留まるべからず。急いで倶利伽羅峠《くりからとうげ》を抜けて大軍の利を活かせる平地へと展開し、速《すみ》やかに数の力で義仲軍を討つべし。義仲は山中に白旗を立てて大軍を偽装してくるでしょうが、惑わされてはいけませんよ。義仲に、われら平家を越える兵力などあろうはずがないのです。義仲が戦場に現れたら臆せず速戦を。奇襲を受ける危険がある山中に足を止めてはなりません。山岳戦は木曾育ちの義仲の得意とするところですからね」

礪波山を進む維盛が知盛から授かった作戦書には、そう記されてあった。

しかし、倶利伽羅峠を進む維盛は「待てよ」と呟《つぶや》いた。すでに陽が落ちてきている。まもなく夜になるのだ。

維盛が生粋《きっすい》の武人ならば、ここは徹夜してでも全軍で峠を踏破し、決戦場となる平地へと降りていくところだったが、彼はやはり雅《みやび》な貴公子だった。土地勘もないのに徹夜しての山中行軍はかえって危険だと「慎重」になってしまった。都人は夜を恐れるのだ。

「諸君、今宵《こよい》はこの倶利伽羅峠で野営して休むこととしよう。明朝、下山して決戦だ」

この判断が、致命的な失策となった。

「倶利伽羅峠で一泊かヨ。あの大軍じゃあ進軍速度も鈍《にぶ》るってもんだがよう。なんとも悠長だなーっ、平家の公達《きんだち》は！　あいつを破れば俺は頼朝とタメを張れるぜ、巴《ともえ》！　行くぞ」

「ええ、義仲様。ここで平家本隊を撃破すれば、義仲様は堂々と京へ入れます。必ずや勝利を――」

「おう。死ぬなよ巴。俺より先には死ぬな。いいな？」

「はい。決して義仲様を置いては逝《ゆ》きません。誓います」

思ったよりも容易《たやす》く山岳戦に持ち込めた義仲は委細《いさい》構わず、平家の大軍が集結している倶利伽羅峠への夜襲を決行した。

「俺らしくもねえ小細工だがよーっ。頼朝は水鳥の羽音を用いて平家をビビらせたっつーよなーっ。だがよー、水鳥じゃあ、ただ平家の連中を逃がすばかりで、討ち取れねー。俺はただビビらせるだけじゃなくて、平家七万をことごとく討ち果たしてやるぜーっ！」

義仲は富士川での頼朝の戦いぶりを参考に「動物作戦」を用いた。平家の連中はどうにも突発的な騒動に弱いらしい、要はビビりだ、平家の世を長らく謳歌《おうか》してきたうちにすっかり惰弱《だじゃく》な貴族になっちまっているのヨと気づいていたのだ。

故に、一世一代のハッタリを嚙ますことにした。角に松明《たいまつ》をくくりつけた牛の大群を深夜の倶利伽羅峠へと突っ込ませて、熟睡していた平家の公達たちを叩き起こしたのだ。

その牛の大群の中に、義仲が乗っている牛もいる。さすがに近頃の戦では機動力が高い馬に乗ることにした義仲だが、今夜は久々に牛に跨《また》がった。木曾で多くの牛馬とともに育った彼は、牛の群れを己《おのれ》の舎弟の如《ごと》く自在に操れる。

「わはははははは！　木曾義仲、ここに推参《すいさん》！　俺のシマを好き放題に荒らした平家の野郎どもはよーっ、一人残らず牛で踏み潰して落とし前つけさせてやらあ！　舎弟ども、行くぜええ

「ええ！」

「「「おおおお！」」」

平家の兵士たちは続々と目を覚まし、火牛《かぎゅう》の群れを前に「なんだこれは？」とまるで妖怪の百鬼夜行《ひやっきやこう》に出会ったかの如く金縛りに遭《あ》い、大慌《おおあわ》てで山を下りようと東へ向かった。だが、そちらからは義仲軍の兵士たちが続々と押し寄せてくる。

「御大将《おん》！　夜襲です！　お味方、東西から挟撃されています！　しかも背後から来たのは牛です、牛の大軍が……！　こんな戦など信じられません、義仲はまるで山猿だ！」

叩き起こされた維盛は「しまった!?　叔母上の教えに背《そむ》いたばかりに!?」と瞬時に敗軍を悟ったが、ここで壊滅しなければなお大軍の利はこちらにある。

「御大将。東も西も義仲軍の兵や牛で溢《あふ》れております。北の方角にも伏兵《ふくへい》が……敵兵の影が見えぬ安全な方角は、南のみにございます」

「わかった。では南から退却して、礪波山からいったん離脱しよう！　態勢を立て直す！」

陽が落ちる前に、維盛は徹底的に行っておくべきだったのだ。山中の地形の測量を。

全ては山岳戦に長《た》けた義仲の思う壺だった。なぜなら、恐慌状態に陥《おちい》った平家七万の兵が暗闇の中を必死で敗走する南の方角には、落ちれば命のない断崖絶壁が奈落の底を覗《のぞ》かせているばかりだったのだ。

「ダメだ、ダメだ！　この先は谷底だああ！　止まれ、止まれええええ！」

「早く進め！　義仲が率いる牛どもに挽《ひ》き潰されるぞおおお！」

「だから、この先は行き止まりなんだよ！　やめろ、押すな。やめろ。やめろおおお！」

「五月蠅《うるさ》い、さっさと進めえええええ！　相手は富士川で追撃を控えてくれた頼朝とは違うぞ！」

「義仲は、俺たち平家軍を皆殺しにすると息巻いていやがった！　やるぜ、あいつなら！」

「牛の群れに火ぃ付けて陣中へ放ってくるなんて、人間のやることじゃねえ！」

維盛が気づいた時にはもう、平家七万の大軍勢の過半数は谷底へと転落死し、残る兵士たちも山中を猿の如く飛び交う木曾兵たちに次々と討たれていた。


「殺《や》れ！　京に一人も帰すな！　俺のシマを荒らした連中にはよーっ、お仕置きをしてやらねえとなーっ！　野郎ども！　俺たちゃあこれからまっすぐ京に上る！　官位も女も飯もおめえらの思いのままだ！　だからよーっ、京に住み着いていた平家の雑魚《ざこ》どもはよーっ、ここで綺麗に掃除しちまえ！　見たか頼朝？　俺はおめーみたいに優しくねーぜ？　武士はよーっ、舐《な》められたら終わりなんだヨ！　平家は今宵、死んだぜえ！」

「……義仲殿。幼い少年兵は救ってあげてください。義高《よしたか》殿のようなお歳の子が交じっていましたら、どうか」

「案ずるな巴。さすがにガキは戦場に連れてきてねーよ、平家の連中もよ。兵力がありあまっているからよーっ！　どいつもこいつもいい大人ばかりだ、なにも問題ねえ！」

「……はい。でも、勝ちを収めた時こそ、敵に慈悲を施《ほどこ》すのも大事かと……」

「あー。巴の頼みでも、そいつだけは聞けねえなあ。清盛入道《きよもりにゅうどう》が慈悲を施して頼朝を生かしたから平家はこうなっちまったんだぜ？　源氏一族と平家とは、とことんまで潰し合う運命なのヨ。ま、ガキを見かけたら救ってやるヨ。俺は戦場では無慈悲な鬼だが、お前に泣かれたくはねえからな……」

「は、はい。ありがとうございます！　やはり義仲殿は、心根はお優しいお方……」

「やめろ。合戦中だぜ。そういう俺を蕩《とろ》かせる言葉はよう、閨《ねや》で囁《ささや》いてくれ」


平家軍七万は、一夜にして文字通り壊滅した。

北のかた志雄山に布陣していた三万の別働隊もまた、退路を失って恐慌状態に陥り、すでに四散しつつあった。取って返した義仲軍に、まもなく粉砕されるだろう。

「……叔母上……油断でした。申し訳ございません……！　富士川に続いて、倶利伽羅峠でも僕は……なぜだ。なぜ一度平家に敗れて滅びたはずの源氏から、こうも次々と怪物じみた武将が出てくるんだあっ!?　おかしすぎる！　『平家にあらずんば人にあらず』と一門が栄華《えいが》を誇っていた時代は、もう過ぎ去って戻らないというのか？」

女装をすれば、維盛の正体が男だと見破れる者はいなかった。どこから見ても絶世の美女である。維盛は女に化けて単騎で逃げながら、「家族に今一度会って別れを告げたい」という未練を断ち切れずに都へと向かっていた——。

「お祖父さま。僕のような軟弱な男が平家軍の総大将などを務めたばかりに、申し訳ございません。かくなる上は死に場所を求めて義仲との一騎打ちに及ぶべきなのに……僕にはとても無理です……平家一門は、もっとお祖父さまに厳しく育てられるべきだったのかもしれません……源氏は強い。平家に徹底的に叩き潰され、一族同士でも相争い続けてきた源氏には、弱い将などいない……もはや平家は……」

倶利伽羅峠での味方の壊滅的敗北を知った平家一門は、家長の宗盛《むねもり》と参謀役の知盛の兄妹が激論を交わした結果、「京を捨てて帝《みかど》と三種の神器《じんぎ》そして法皇《ほうおう》を伴い、西国《さいごく》に移って再起を図る」と決定。

あれほどの栄華を誇った平家一門が六波羅《ろくはら》を焼き払って都から落ち、「こんなことがあるのか。まるで悪夢だ」と呟きながら西国へと逃げていく中。

木曾義仲は、倶利伽羅峠で戦った強悍《きょうかん》な軍勢を率いて堂々の上洛《じょうらく》を果たした。

ついに源氏が、京の支配者となったのである。

そして、平家が絶対に西国へ連れていくと決めていたあの後白河法皇《ごしらかわほうおう》が、その義仲を出迎えていた。清盛から「大天狗《おおてんぐ》」と呼ばれていた策士の後白河法皇は、自《みずか》らが平家に拉致《らち》されることを予期して、叡山《えいざん》に身を隠していたのだ。

帝も三種の神器も平家に奪われたが、法皇こそが「治天《ちてん》の君《きみ》」である。

ただ平家との戦に勝つためだけに突っ走ってきた義仲は、「法皇が俺を出迎えただと？」と、この法皇を持て余すことになった。しかも、後白河法皇は「ただちに西国に巣くう平家を討て」と義仲に命じてきた。義仲は、いつの間にか法皇の家来にされている。

が、遠征どころか京では兵糧が得られない。まったくなかった。もともと飢饉で食糧が不足していた上に、平家が全て持ち去ってしまったのだ。義仲に付き従って都入りした兵たちは、食うに困って都中で略奪を働く他はなくなった。巴とともに都入りした義仲自身、平茸《ひらたけ》くらいしか食うものがない。

平家の智将・平知盛は、敢《あ》えて都を捨てて焦土《しょうど》戦術を実行し、「兵站《へいたん》」という概念を知らない義仲を罠《わな》に嵌《は》めたのである。知盛は戦わずして義仲に勝ちを収めたと言っていい。

そして、そんな都の悲惨な有様を黙って眺めている後白河法皇の側には、いつの間にかあの新宮十郎行家が「源氏の棟梁」を勝手に名乗って侍《はべ》っている。驚くほどに狡猾《こうかつ》である。倶利伽羅峠でも戦うふりをして決戦場からまんまと離れていただけの男だが、驚くほどに狡猾である。

都の混乱の責任は、木曾義仲ただ一人が背負わされた。この有様はなにごとか、平家を討たねばそちに明日はない、と法皇は再三再四出兵を強要してくる。

「――そうかよーっ、なるほどなーっ」

政治というものをまったく知らない義仲は、倶利伽羅峠で絶頂を極めた己《おのれ》の運命が突如として転がり堕《お》ちつつあることを悟った。戦しか知らない俺の生涯はあそこが頂点で、後は夕陽の如く落ちるばかりなのだと。当てつけのように、法皇は「旭将軍《あさひ》」という称号を義仲に与えてきた。これが諸行無常ってやつか、ははっ、と義仲は嗤《わら》った。

※

倶利伽羅峠で木曾義仲軍が平家に大勝利。平家は幼い帝を連れて都から落ち、義仲軍が京を占領。後白河法皇から「旭将軍」の称号を賜《たまわ》り官軍となる――。

鎌倉に次々と入ってくる義仲くんの活躍ぶりは、御家人たちにとっては、そう、「凶報」以外の何物でもなかった。

「……う、うおおおおおっ……!?　義仲が源氏の棟梁になってしまっただと？　終わる、終わってしまう、鎌倉の新政府が……！　婿《むこ》殿、いったいなにをぼやぼやしとるんじゃあ！」

「ま、まあまあ、舅《しゅうと》殿。義仲くんは大姫《おおひめ》の義理のお父さんですよ？　木曾源氏と鎌倉は今や家族。なにも焦《あせ》ることはないでしょうに」

「大ありじゃいっ！　鎌倉の御家人たちは、婿殿を武家の棟梁として担《かつ》いでおどれの所領を確保しようと奔走《ほんそう》してきたんじゃあ！　都の法皇と義仲が関東まで仕切ろうと手を出してくれば、今までの戦いは全て水の泡なんじゃあ～！」

舅殿の北条時政《ほうじょうときまさ》も、最近はずいぶんと短気になったなあ。以前はもう少し落ち着いていたんだけれど、歳のせいかもしれない。

「どうするどうする鎌倉殿～？　このまま木曾義仲の舎弟として生きていくのかな～？　せっかくぶんどった土地に木曾勢の代官を送り込まれて年貢《ねんぐ》を取られたら～？　われら御家人はそれじゃあ収まりがつかないよねえ～、ほっほー」

「上総介《かずさのすけ》が生きちょったら、今頃は義仲のタマを獲《と》ってくると叫んで京へ向こうちょるじゃろう。のう鎌倉殿、儂《わし》らは木曾一家の風下に立つつもりはありませんけぇのう。この千葉《ちば》に一言命じてくれりゃあ、義仲を殺《や》ってきますけぇ」

「……いえ。汚れ仕事でしたら、この畠山《はたけやま》が……上総介を殺ったケジメはつけますんで。いつでもこの命、殿のために捨てます」

だから、どうしてきみたちはいつもそうなのかなーっ？

「あーっ、このままでは平家を義仲殿に倒されてしまいますーっ！　九郎《くろう》は、九郎はいったいなんのために武芸の修行を……!?　兄上、どうか九郎を京にお送りください。義仲殿と合流して西国に入り、平家と決戦して参ります！」

「落ち着いて義経《よしつね》。この兄を信じられないのかい？」

「も、もちろん信じております。兄上には、九郎などには想像もつかない深遠なる知謀がございますから。はっ？　なにかお考えがあるのですね？」

「ある。平家はそんなに脆《もろ》くない。西国一帯は平家の根城だからね。そして京は今、飢饉で大変なことになっている。義仲くんは家来たちを食わせていけなくて苦労しているはずだよ。だからそろそろ、法皇が動く――鎌倉に使者が来るはずだ」

兄を美化しすぎている義経の妄想に呆《あき》れていた僕だったが、義仲くんとの会見以来、いっそ義経の誤解まみれの褒《ほ》め殺しに乗って自分を押し出すことにした。僕が御家人たちを心服させるには、僅《わず》かな未来の知識とハッタリを織り交ぜて自分の実力を過大に見せていくしかないからね。

早速、梶原景時《かじわらかげとき》が評定《ひょうじょう》の間に駆け込んできた。僕が「使者が来る」と言ったらすぐに部屋に入れ、と予《あらかじ》め命じておいたんだ。

「殿。京の法皇様から院宣《いんぜん》が届きました。京は木曾義仲の軍勢によって激しい略奪を受けており、さらに平家との海戦に敗れて苦しい立場になった義仲は法皇様を幽閉《ゆうへい》して独裁体制を敷いたと。これすなわち朝敵《ちょうてき》。ただちに鎌倉軍は上洛して義仲殿を討て、と法皇様は仰《おお》せです」

御家人たちが「なんと!?」「鎌倉殿の言葉通りになりましたなあ！」「驚いたねえ～こりゃあ」と口々にどよめく。

僕は義仲くんが京で苦境に陥ることを清盛さんから知らされていたし、実際の京の情勢を分析すれば飢饉のために木曾勢がそのまま野盗の集団になることは想定されていた。

どうやら平家にも智将がいるらしいな。倶利伽羅峠で義仲くんに大敗した後、いち早く焦土戦術に切り替えて食糧が尽きている京に木曾軍を誘い込んだんだ。

それに、例の後白河法皇が京に居座って「平家は弱体化したから、次は義仲と頼朝を嚙み合わせて源氏も弱体化させようぞ」と武家同士を争わせて権力を取り戻すべく動くことも予想通り。源氏も平家も皆相争ってボロボロに疲弊《ひへい》してしまえばよい、それでいにしえの院政が蘇《よみがえ》る、と法皇は目論《もくろ》んでいるのだ。

清盛さんから教えられた未来では、僕は「大天狗」後白河法皇に取り込まれることを警戒してずっと鎌倉に腰を据えて、義経と範頼《のりより》を代理で上洛させて義仲軍を、ついで平家を倒させるわけだけれど、その慎重さが仇《あだ》になって大功を挙げた義経と範頼は御家人たちに睨《にら》まれ、命を落とすことに。しかも、上洛させた義経と僕とは、もう永遠に会えなくなる！　京と鎌倉とに離れ離れになったまますれ違い続け、法皇の策略によって敵対関係に陥り、二度と妹に会うことが叶《かな》わなくなる。

絶対に、義経をここで手放してはならない。僕は、義経を護《まも》る。

義経は戦争の天才だから、僕が鎌倉を発《た》つ必要はない。軍事的には。でも、童女のようにあどけない義経は義仲くんと同様に、後白河法皇にいいように操られてしまう。しかも法皇の近くには、例の行家叔父《おじ》さんが彷徨《うろつ》いている。義仲くんと法皇の関係を壊すのもやっぱり行家叔父さんだという。叔父さんが独力で平家を倒せるはずもないのに、あの人はほんとうにもう、なにを考えてるのかなあ。

だから僕は、義経を護るために選択肢を変更する！

今ここで、源頼朝は一世一代の大芝居を打ってやる！

「舅殿。景時。みんなも聞いてくれ。この頼朝自らが総大将となり、軍勢を率いて上洛する。副将には義経と範頼。副将二人の軍監として、梶原景時と和田義盛《わだよしもり》。留守にする鎌倉は、舅殿の北条時政と、僕の奥さんの政子《まさこ》さんに全て委《ゆだ》ねる。院宣を賜《たまわ》った以上義仲くんとは合戦になるかもしれないが、義高は大姫の婿殿にして僕の息子だ。絶対に手出し無用。僕の留守中に義高を傷つけた者は容赦しない。武家の棟梁として処断する――問答無用で、族滅《ぞくめつ》だーっ！」

ちょっと義仲くんっぽくスゴミを織り交ぜて言ってみた。

皆、「ひぃぃいっ～!?」「温厚な鎌倉殿が『族滅』の二文字を口にしたのははじめて！」「やはり、性根は魔王の如く恐ろしいお方じゃったか！」「儂《わし》は決して逆らいません、どうか儂の妻子にはお慈悲を！　御大将！」と心底怯《おび》えている。

いつもぼんやりしている人が突然コワモテになったら、十倍怖いよね。そんな人の心理の裏を衝《つ》いてみました。口にした僕自身が一番恐ろしくて心臓がバクバクと鳴っているのだけれど、表情には出すまい。

「これより日本に平和が訪れるまでの間、合戦及び軍事は源氏が、鎌倉の内政は北条家が仕切る二元体制で行くと僕は決めた。なお、僕が戦に出ている間、関東での御家人同士の私闘は全て禁ずる。そんな元気があるなら、僕のもとで戦場で戦え。いいね？」

舅殿が「お任せくだされ婿殿！　いやあ、立派な源氏の棟梁に成長しましたのう～！　石橋《いしばし》山《やま》で震えていた頃とは大違い。儂は感動で震えが止まりませんじゃ！」といち早く僕に賛同。僕のほんとうの人となりをよく知っている舅殿だから、その言葉のだいたいはお世辞だ。ま、鎌倉を預けられたんだからね。相変わらずちゃっかりしているなあ。

残る御家人たちも、僕の勢いに呑まれて続々と「承知」と頷く。

義経だけが、浮かない顔をしていた。

「義高ちゃんを傷つける者は族滅とは、さすがは兄上です。そんな激しい言葉を滅多《めった》に使わない兄上が……ほんとうに、家族にお優しい兄上ですね。でも……九郎は、義仲殿とは戦いたくないのですが……あくまで父の仇《かたき》である平家と戦うために、九郎は姫武者に」

「法皇様の院宣を貰《もら》ってしまった以上、兵を出さないと不忠になるからね。でもまだ戦うと決まったわけじゃない、義経。善光寺の時みたいに話し合いで解決できるかもしれないし、戦うことになったとしても彼の首を獲《と》るつもりはないよ。僕は絶対に、義経を哀《かな》しませるようなことはしないから。だから、一緒においで？」

「……はいっ！　そうですね、兄上でしたらきっと義仲殿と法皇様の揉《も》め事を解決してくださいますよね！　ごめんなさい！　九郎は、どこまでも兄上にお供致します！」

義経。嘘をついてすまない、義仲くんとは戦うことになるだろう。それでも決して兄のもとを離れるな。一緒にいれば、どんな運命が待ち受けていようとも兄妹の信頼関係が崩れることはない。絶対に、義経は僕が護るから――。

「というわけで政子さん、留守番をお願いします。大姫、義高、万寿《まんじゅ》と三人の子供を抱えてたいへんだろうけれど、必ず生きて戻ってくるから心配しないで」

出立前夜。僕は久々に政子さんと二人きりで庭園での時間を過ごしていた。

いやあ。政子さんは相変わらず月光がよく似合う美人だなあ。身体もはじめて出会った頃のように細いままだし、二人も子供を産んだようにはとても見えない。

ところが。

「範頼が『兄さまに万一のことがあってもボクがいますよ、姉上様～』って不穏なことを言っていたんだけれど、あの子、あなたが戦死したら源氏の棟梁の座を奪うつもりじゃないかしら？　そうはいかないわ。棟梁の座は、あなたのお世継ぎの万寿のものよ？　はっ？　もしかして範頼はあんなかわいい顔をしていながら実は腹黒で謀叛《むほん》を企《たくら》んで……」

なにか物騒なことを言いだしたっ!?　まずい。未来では範頼のこの失言が発端となって、範頼は修善寺《しゅぜんじ》に幽閉されちゃうんだ！　失言というほどのものじゃない気がするけれど、僕の討ち死にを心配するあまり「まさか……ゴゴゴゴ」と黒くなっていた政子さんに便乗した舅殿がすかさず範頼を失脚させて殺しちゃうんだよな、確か。あの野心家の舅殿をおとなしくさせるのは大変だよまったく。

「政子さん政子さん。気のせいだから！　政子さんを励ましてくれただけだよ範頼は。範頼は、武家の棟梁なんて絶対に務まりません、どうか死なないでください兄さま～っていつも泣いてるから！　もしかして、育児に疲れているのかな？」

「……え、ええ。そうね。そうかもしれないわ。あなたはちっとも相手をしてくれないし。でも、義高に害を為した御家人は族滅するって柄にもなく啖呵《たんか》を切ってくれたことは感謝しているわよ。義高は大姫の大事なお婿さんですもの。あの子は、義高が好きでたまらないみたい。殿方に惚《ほ》れたら一途《いちず》になる性格は妾《わらわ》に似たのね。きっといい夫婦になるわね、あの二人は」

「そうか、それはよかった。範頼には、誤解されるようなことは言わないようにと釘を刺しておくよ。義経ほどじゃないけれど、範頼も天然だからなあ。気が短い舅殿には内緒でね？」

「ええ、わかったわ。ごめんなさい、旦那様。妾ってどうしてこう、嫉妬《しっと》深くて面倒臭《くさ》い女に生まれてしまったのかしら。義経のように純真な心根の持ち主として生まれていれば、もっと殿方に愛されたのに……」

「ぼ、僕が愛しているじゃないか。それでもう充分だろう？　むしろ僕だけが政子さんのかわいい素顔を知っている分、僕は得した気分だよ」

「……は、はあ？　い、いったい、な、なにを……？　ちょっとあなた、ほんとに頼朝殿なの？　なんだか発言がらしくなさすぎるんだけれど？　どこかで範頼と入れ替わってる？　範頼、あなたはやっぱり源氏の棟梁の座を横取りしようと目論んでいたのね！」

「いやいや政子さん。僕は頼朝だよ！　どうして範頼に見えるんだよ、僕が!?」

「ほんとうに旦那様なの？　あなたと範頼って顔立ちがそっくりなのよ。彼はいつも女装しているから、男どもはみんな興奮しちゃって気づいていないみたいだけれど、範頼に男の格好をさせればまるで双子だから」

　似てるなあとは思っていたけれど、そこまで似ているのか。かしこい政子さんが入れ替わりを疑うほどに。

「安心して政子さん。義仲くんを殺したりはしない。これから、いろいろ悲報とか苦戦の情報とかが鎌倉に入ってくると思うけれど、信じなくていいからね。自ら鎌倉にいられない分、高度な情報戦というやつを仕掛けるつもりなんだ、僕は――」

「敢えて偽《にせ》情報を撒《ま》くということね。わかったわ。義高の命は妾が護るから、心おきなく戦ってきてちょうだい。そして……負けてもいい、全てを失ってもいいから、だから……必ず、生きて戻ってきて。や、約束よ？」

　義経と一緒に上洛すれば、こんどは政子さんとしばらく会えなくなるのか。まさか、このまま永遠に再会できなくなるなんてことは……いや、僕は絶対に生きて鎌倉に戻る。政子さんとの約束を破ったりはしない。政子さんとともに、義高と大姫、幼い二人を護り通そう。それで、政子さんに降りかかってくる数々の不幸を回避することができるはずだ。

「そうだ、政子さん。政子さんに読んでほしい物語があるんだ。これは、僕自身が寝る間も惜しんで書いた、誰にも漏《も》らしちゃいけない『物語』なんだ――『鎌倉源氏物語』だよ」

「え？　あなたが、自分で物語を書いたの!?　そんな趣味があなたにあったかしら？　いったいどういう内容なの？」

「それはね、読んでもらえればわかるよ」

九段目　宇治川の合戦　前編

後白河法皇《ごしらかわほうおう》の院宣《いんぜん》にやむを得ず従い、僕は五万の大軍を率いて尾張《おわり》まで進んだ。

「平家《へいけ》を殺る前《や》にのう」「京を塞《ふさ》いでいる義仲《よしなか》を殺らんとのう」と御家人《ごけにん》たちの戦意は高い。

どうにか東国では飢饉《ききん》が収束したので、兵糧《ひょうろう》は確保できている。道々略奪を続けるような地獄の行軍にならなくてよかった……。

あとは、京へ進軍するだけなのだが。

義仲くんは、行家叔父《ゆきいえおじ》さんと一緒になって自分を陥《おとしい》れようとあれこれ策謀を繰り広げていた後白河法皇と対立して、都に独裁政権を敷いている。先に法皇のほうが叡山《えいざん》などから兵をかき集めて、義仲くんを討とうとしたという。その結果、義仲くんは「治天《ちてん》の君《きみ》といえどもよーっ、武士にケンカを売ったらどうなるか、わからせてやるしかねえよなーっ！」と法皇を相手に戦《いくさ》を起こしてしまった。あっという間に負けた法皇は、五条東洞院《ごじょうひがしのとういん》に幽閉《ゆうへい》されている。

今、義仲くんと僕が戦えば、漁夫《ぎょふ》の利を狙っている行家叔父さんと、そして源氏《げんじ》同士を嚙み合わせようとしている後白河法皇の思う壺だ。僕の父さんもこんな調子でお祖父《じい》さんや弟たちと戦わされて、あげく斬っちゃったんだよね……で、源氏は大幅に弱体化して平家に倒されたと。

「源氏は仲良く」

を座右《ざゆう》の銘《めい》としている僕は、まずは義仲くんに和睦《わぼく》の使者を送ってみた。

だが、やはり返事は「頼朝《よりとも》よーっ、おめーは俺のガキを殺すような仁義のねえ男じゃねえって信じてっからよーっ。法皇を連れて北陸に撤退してもいいんだけどよーっ、おめーを前にして逃げられるかってえの。京へ来な、遠慮すんなヨ。タイマンで勝負して決めようぜ。どっちが源氏最強の男かをよーっ」という、どこまでも義仲くんらしいものだった。

彼はそういう男だ。どこまでも武門の意地を貫《つらぬ》くために生きていて、自分よりも弱い者には絶対に屈しない。戦うしかない。戦って、そして勝つ。

「義仲殿と法皇の関係を破綻させた例の新宮十郎《しんぐうじゅうろう》行家ですが、再上洛《じょうらく》を窺《うかが》い東進してきた平家に単独で挑んで大敗したあと、こんどは河内《かわち》で打倒義仲を唱えて義仲軍の足を引っ張っているようです。義仲殿も放置しておけばいいのに、ああいうお方なので貴重な兵を割いて新宮十郎とも合戦を開始しているとのこと」

梶原景時《かじわらかげとき》の報告を聞いた僕は「叔父さんはなにをやっているんだ」と頭を抱えた。

平家との船軍《ふないくさ》で大敗した義仲くんの手許《てもと》に残っている兵は、行家叔父さんのために僅《わず》か数千まで減ってしまったという。ああ、今にして思えば全ての災厄の元凶とも言えるあの人を幽閉しておけばよかったなあ。

「義仲殿ご自身は、法皇を見張らねばならず京から動けません。法皇に逃げられれば賊軍ですから。殿がお望みでした和睦はもはや無理です。如何《いかが》致しましょう？」

「決戦だ。法皇様の身柄を確保し、さらに兵糧を運び入れて都の治安を迅速《じんそく》に回復する」

「承知致しました」

景時を下がらせたあと、僕は義経《よしつね》と範頼《のりより》を陣中に呼んだ。

「義経、範頼。兵の数ではこちらが優勢だけれど、相手はあの義仲くんだ。真正面から激突すれば、いずれが勝つにせよ両軍におびただしい犠牲者が出る。いい戦術はないかな？」

範頼は「ボクは～戦の指揮はからっきしで～兄さまにお任せしまーす♪」と能天気に微笑んでいる。自分の弟なのに、妙にときめいてしまうのはどういうわけだろう。まずい。政子《まさこ》さんが別の意味で「範頼殿は危険な存在」と認定してしまう。さすがは、あの血腥《ちなまぐさ》い御家人《ごけにん》たちを「かわいい」「護《まも》りたい」「蒲《かば》殿の笑顔を」とことごとく支援者にしてしまっただけのことはある。

義経は「うう。とうとう義仲殿と戦うことになってしまったのですね。でも院宣には逆らえませんし……」と涙目になっていた。僕は妹の頭をわしゃわしゃと撫でて、

「あの人は、一度僕と徹底的にやりあってみたかっただけだと思う。これは兄弟ゲンカさ。ケンカが終わったらまた仲の良い家族に戻れるよ」

と励ました。

乱戦になれば、敵の大将の首を獲《と》らずに勝てるかどうかは怪《あや》しくなる。下手《へた》をすればこちらの大将が討たれる。なにがなんでも「圧勝」しなければならない。圧勝すれば、相手の兵士たちは逃げ散ってくれるので、追撃しなければ犠牲者は出ない。そう、富士川《ふじかわ》の合戦の時のように。

しかし、武門の意地を貫くことにこだわる義仲くんを投降させるのは、至難の業《わざ》と言えるだろう。それこそ、冥府魔道《めいふまどう》に堕《お》ちてお稚児《ちご》さんを漁《あさ》っていた弁慶《べんけい》が義経に完敗して熱烈な友になった時のように、義仲くんが「いやあ負けたゼ！」と高笑いしてしまうような「完勝」が必要だ。

「ボクはただひとえに兄さまに付き従うだけですぅ。鎌倉《かまくら》を出立する際、政子様に『旦那様の代わりなどいないのよ！』と睨《にら》まれて怖かったですが……この戦、兄さまにはなにかお考えが？」

「政子さんの誤解は解いておいたからだいじょうぶだよ範頼。でもね、ボクは義経が思っているような戦上手じゃないんだ。むしろ誰よりも弱い。石橋山《いしばしやま》で逃げ惑っていたのが僕の実力なんだよ。僕と義仲くんが堂々と正面から勝負すれば、たとえ兵が十倍いても僕は負けるかもしれない。だから悩んでいるんだ」

そう。これは事実だ。

だからといって、院宣を無視して義仲くんを放置していれば、僕まで法皇から朝敵《ちょうてき》の烙印《らくいん》を押されちゃうからね。

法皇は、僕がこれ以上動かないでいれば平家を呼び戻すだろう。もう、法皇とさんざん揉《も》めていた清盛《きよもり》さんは死んじゃったんだし、平家も陸戦では義仲くんに倶利伽羅《くりから》峠で大敗したけれど船軍《ふないくさ》ではさすがの強さを発揮して息を吹き返したからね。このままじっとしていたら、法皇は平家に義仲くんを討たせて、その勢いで鎌倉をも葬らせようとするだろうなあ。

「義経、これは事実なんだ。義経は長年僕に会えなかったうちに、僕を理想化してくれたけれど……僕が義経や範頼を家族として愛していることだけはほんとうだよ。でも、戦の才能はないんだよ、僕には。船軍は未経験だし、陸戦でもあの勇猛な義仲くんには遠く及ばない。だから彼に圧勝する方法を思いつかないんだ。ごめんね義経」

「……あ、兄上。そのようなことはありません。お優しい兄上は、義仲殿がお相手なので迷っておられるのです。そ、それでは、今回は九郎《くろう》にお任せください！」

義経には申し訳ないのだが、今は義経の軍略の才に頼るしかなかった。義仲くんに圧勝する戦術を義経に閃《ひらめ》いてもらうしか。

「実はすでに九郎の頭の中では、義仲殿を撃破する戦術ができあがっております」

「え、ええっ？　あれほど戦いたがっていなかったのに？　いつ考えたんだ？」

「はいっ！　善光寺《ぜんこうじ》で義仲殿に一度お会いしましたよね？　その時に閃いておりました！」

これが軍略家としての桁外《けたはず》れの才能というやつだろうか。僕は義仲くんとの会談の際にとある戦略を閃いたのだが、義経は彼を撃破する戦術を閃いたのだ。しかも、まったく戦うつもりがない相手なのに。強烈すぎる才能が、義経自身の意志とは無関係に暴走しているのかもしれない――。

「兄上とカバちゃんは主力軍を率いて西へまっすぐ進み、瀬田川《せたがわ》を渡河して京を目指してください。堂々と正面から義仲殿と戦うと見せて、義仲軍の主力を瀬田へ引きつけるのです」

「うん。瀬田は京への玄関口だ、王道だね。それで義経は？」

「はいっ！　九郎は少数精鋭の別働隊を率いて、伊勢大和《いせやまと》の山道を進みます。そして京の南、宇治川《うじがわ》へと出ます！」

「なるほど、挟撃か。でも伊勢《いせ》からの迂回《うかい》行軍は厳しくないかな？　間に合う？」

「はい。私は騎兵の統率に長《た》けておりますので、だいじょうぶです！　義仲殿は、勝負を挑まれれば応じずにはいられないお方です。河内で蜂起《ほうき》した行家叔父さんにも兵を差し向けちゃうくらいですから、この九郎が宇治川に現れれば必ず宇治にも兵を向けてきます。その分、義仲殿ご自身が本陣としている京の守りが手薄となります！」

「京の守り……」

そうか。挟撃策を取れば、京の義仲くんの手許《てもと》には数百くらいしか兵が残らないだろう。いや、もっと減らすかもしれない。義仲くんは一騎当千の豪傑だし、巴御前《ともえごぜん》も侍《はべ》っているからね。

おそらく瀬田と宇治にほとんど全ての兵を注ぎ込むことになる。そんな義仲くんの懐《ふところ》に、義経が神速で飛び込む。またしても少数での本陣奇襲か。どうやら、義経の兵法の主眼は「神出鬼没」この四文字にあるらしい。まさに鞍馬山《くらまやま》の天狗《てんぐ》のようだ。

填《は》まれば大勝利できる。でも、失敗すれば？　もしも義仲くんに義経が敗れれば？

義経は自分の命を、僕のために使い潰《つぶ》す駒かなにかだと思っているんじゃないだろうか。

「ご心配には及びません。兄上とカバちゃんが瀬田で義仲軍の主力を引きつけてくださっている隙《すき》に、必ずやこの九郎が宇治川を渡河し、最速で京に突入して法皇様を確保致します！」

「だ、だいじょうぶかい、義経？　あ、危ないよ？」

範頼が「そもそも今の季節、宇治川は流れが激しくて渡河するのは大変ですよう？　うう、早く修善寺《しゅぜんじ》の温泉に入りたいね～」と義経の身を案じたが、義経は「だいじょうぶですカバちゃん！　九郎は奥州《おうしゅう》でさんざんやってきましたから、急流越えの修行を！　たとえ一月の宇治川とはいえ、冬の猊鼻渓《げいびけい》ほど水が冷たいはずはありません！」と笑顔で答えていた。

兄である僕のために戦うとひとたび決めれば、義経はもう迷わない。純粋に戦に勝つことだけを考え、行動する。まるで義経の中に「兄を慕《した》う幼い娘」と「戦争の天才」という二つの人間が同時に存在しているかのようだった。

僕もまた今、そんな義経の才能を利用しようとしているのだろうか？

いや、そんなはずはない。僕は未来を清盛さんから見せてもらって、生まれ変わったんだ。

未来を知っているからこそ、今の僕には運命を変えるという確固とした「覚悟」がある――！

「では義経の戦術を採用だ。軍監《ぐんかん》の梶原景時がたぶん『なんですか伊勢の山中から宇治川を渡って京に潜入だなんて。無謀です』と納得しないだろうから、範頼から御家人たちに言い聞かせてくれ。それで御家人たちは大賛成して、景時も折れてくれる」

「はい、お任せください兄さま。い、いつも添い寝してもらってごめんなさい……鎌倉の御家人のおじさんたちって……なんだか、その……ボクを見る目が血走っていて怖いんですよう」

「ま、まあ、仕方ないね。範頼は女装をやめれば？　それで御家人たちも夢から覚めるんじゃないかな？」

「えー？　ボクはちょっと前まで自分は女の子だと思い込んで生きてきたんですよ。男の格好なんて絶対に嫌です～！」

「九郎も兄上に添い寝してほしいです、うう。御家人は九郎を見るとみんな逃げだすんです！　なぜですか！」

「そりゃ、九郎が御家人たちを片っ端から一騎打ちで倒したから……倒すというか、絶対に攻撃が当たらないんだから、弓矢を用いて遠くから狙撃しない限り勝てないよね？」

無限に相手の攻撃を躱《かわ》し続ける、一種の塡め手というか。気が短い坂東《ばんどう》武者にしてみれば、あんなきつい負け方はないよね……。

「ともかく義経。僕には軍略の才はない。義経の理想の兄とはぜんぜん違うんだけれど、これがほんものの僕なんだよ。御家人たちには秘密だけれどね。あの人たちは、弱い相手には舐《な》めてかかってくるからね……公《おおやけ》の場では、僕は武家の棟梁《とうりょう》として強いふりをしなくちゃならない。ただ、家族である義経と範頼には知っておいてほしいんだ。世間の評判とは裏腹に、僕が戦に弱いことを」

僕は義経に、ほんとうの僕を認めて受け入れてほしかった。そうしなければ、またしても二人はすれ違ってしまう気がする。義経は「兄上ならばおわかりいただけます」と理想化しすぎた僕を盲信するあまり、躓《つまず》いてしまうのだから。僕は完全な人間なんかじゃない、と義経に納得してほしかった。

「でも幸い二人には、僕にはない才能がある。どうか僕を、きょうだいとして助けてほしい」

範頼は「ううっ。わかりました、兄さま〜。ボクにできることでしたらなんでもしますから、遠慮なさらずに申しつけてください」と素直に頷《うなず》いてくれた。

だが、義経はやっぱりまだ戸惑っている。

「……そ、そんな。兄上。では富士川での落馬は……」

「演技じゃないんだよ。ほんとうに落馬したんだ。僕は乗馬が苦手なんだよ。二十年近く蛭《ひる》ヶ《が》小島《こじま》に配流《はいる》されていたからね。義経がほんとうの僕を認めてくれれば、今までよりもお互いに理解し合えると思うんだ。義仲くんとの勝負も重大だし、もし京に入れても策謀家の法皇もいれば再上洛を図っている平家もいる。これからの僕たちは、失敗が許されないからね。それとも義経は、落馬するような僕には失望するかな？」

「……いえ、まさか。むしろ嬉しいです。カバちゃんと九郎にだけ、真実を教えてくださったことに。それに、兄上が苦手な分、合戦は九郎が埋め合わせ致しますので！　九郎の兵法修行は無駄ではなかったということですよね⁉」

「うん、そういうことになるね。ただね、義経。僕には僕で、一応得手なこともあるから。たぶん、それは義経が苦手としていることだよ。お互いに支え合えれば最強の兄妹だよ、僕たち三人は」

「はいっ！　わかりました！　義仲殿に圧倒的に勝って降参してもらいましょう、兄上！」

清盛さんに未来を見せてもらえなかったら、こうして義経と深く理解し合える時はこなかっただろう。清盛さん、僕と義経が一緒にいれば、必ず運命は覆《くつがえ》ります。どうか任せてください。

「……ええと……兄上とヨッシーにそれぞれ得手不得手があるのはわかるけれど……いったいボクの得意なことってなにかな～？　まさか……女装だけ……⁉　そんな～⁉」

「カバちゃんには女装に加えて、豊富な温泉知識がありますよ！　九郎はお湯を見ればウリボーや弁慶たちと一緒に浸《つ》かるだけですが、カバちゃんはお湯の成分とか効能とかを、一口味見しただけで分析できますよね？　このお湯は濃すぎるので長時間浸かっていると湯あたりする！　とか的確に教えてくれますし」

「そんなお爺《じい》ちゃんみたいな特技、武士としての活動の役に立たないよー！」

「あと、御家人のおじさんたちにモテます！」

「モテたくないよう～！」

　あ、いや。範頼が御家人の統制に一役買ってくれているのは間違いない。義経は天然で御家人を怒らせるし、僕は威厳が足りないからかなり無理しないと「鎌倉殿」を演じられない。僕の演技だけでは賄《まかな》い切れないところを、範頼が埋めてくれる。そもそも未来で鎌倉の御家人たちが「族滅《ぞくめつ》じゃい！」と殺し合うことになったのは、源氏と御家人の間を取り持ってくれていた範頼が死んでしまったからかも……。

「僕が言ったことは三人だけの秘密だ。もう、一族同士で殺し合う源氏の宿命は、僕たちの代で終わらせよう」

　義経が「はい！」と笑顔で答えてくれた。僕が、思い描いていたような完璧武人ではないと教えられて哀《かな》しんでいるはずなんだけれど、「九郎が兄上に足りない武を埋めちゃいます」と前向きに受け止めてくれている。ほんとうに健気《けなげ》な妹だ。

「義経。僕には武勇はないけれど、頭の中には『大戦略』がある。義仲くんとの戦を含めて僕はこれから、義経の気持ちを裏切る行動を取り続けるかもしれない。でも、全ては義経のためでもあり僕たち源氏兄妹のためでもある。辛《つら》い思いをさせるかもしれない。それでも、僕を最後まで信じてくれるか？」

「……兄上？　いったいどういうことなのでしょう？」

「それはまだ言えない。万が一にも漏《も》れれば、たちまち水泡《すいほう》に帰《き》してしまうからね。ただ、義経には無条件で僕を信じてほしい。きっと、それ以外に源氏が先へと進める道はないからね」

義経は戸惑いながらも「わかりました。なにがあっても、兄上を信じます」と僕と指切りをしてくれた。だが、その表情は「善光寺に続いて、また兄上は九郎に隠し事を？」と言いたげな憂《うれ》いに満ちていた——ごめん義経。未来さえ告げられれば……。


義経に別働隊を与えて伊勢へと向かわせた僕は、範頼たちと共に主力を率いて瀬田へと進軍した。

やはり、義仲軍の主力部隊が瀬田で待ち受けていた。

瀬田川にかけられている橋の板は全て義仲軍によって外されていて、容易には渡河できそうにない。

兵力ではこちらのほうが圧倒しているんだけど、川を渡れないことにはどうしようもない。義仲軍は歴戦の猛将揃《ぞろ》いで、富士川の時みたいに水鳥の羽音を聞いて逃げだしてくれるはずもないしね。

「鎌倉殿、どうしやす？　義仲軍は川底に無数の逆茂木《さかもぎ》を立てていやす。そう簡単には渡れやせんぜ？」

「いやあ、やはり船軍《ふないくさ》以外では無敵じゃのう、旭将軍《あさひ》は。なにか策はねえんですかい、鎌倉殿

〜っ！」

ううむ。僕が瀬田でこうして義仲軍を引き受けている隙に義経が宇治川を奇襲して京に突入する手はずなんだけれど、宇治川への迂回移動にどれほどの日時を要するのかわからない。しかも、瀬田に集まっている義仲軍の数が想定より少ない。義仲くんは、思った以上の兵数を宇治川へ割いたということだ。

つまり、宇治川に向かっている別働隊こそが本命だと、義仲くんも見切っている。

義経はだいじょうぶかな？　僕が戦に弱いと教えてしまったせいで無理をして、死ぬはずのない合戦で死んでしまうのでは？　一応、万が一に備えて二万の兵を預けておいたんだけれど、次第に心配になってきた。

だが。

その直後に僕もそして隣に侍っていた範頼も、息を切らして本陣へ駆けつけてきた梶原景時から衝撃的な報告を聞かされて「ほんとうに？」と声を上げることになった。

「義経殿は早くも宇治川に到達。川底の逆茂木を避けて上流からの強行渡河に成功し、対岸に待ち受けていた志田三郎先生《しださぶろうせんじょう》の軍勢と激突。その戦の最中、義経殿は弁慶たちのみを引き連れて京に少数で突入し、義仲殿との一騎打ちに勝利して法皇様の身柄を確保。賊軍となった義仲殿は、この瀬田方面へと手勢を連れて向かって参ります」

えっ、もう？　義経が!?　速い。速すぎる。しかも、わざわざ預けた別働隊二万を宇治の戦場に置き捨てて、弁慶たち五人の義経一党だけを連れて京に突入するとは⁉　その上で、あの義仲くんと一騎打ちして勝ってしまったとは⁉　いったいどうやったんだ⁉　戦場での義経の無謀ぶりは僕の想像を遥《はる》かに超えている！

「兄さま。なんだかおとぎ話でも聞かされているかのような。ヨッシーって、日本書紀《にほんしょき》に出てくる英雄かなにかみたいですね～ほんとに凄《すご》いなあ～」

「しかし独断専行にも程があります、殿。殿が与えた二万の将兵を置き去りにして、またしても一人で手柄を独占とは。これ以上御家人たちを抑え続けるのは難しいかもしれません」

「景時、今は目の前の戦だ。義仲くんが瀬田にやってくるんだよね？」

「はい、巴御前とともに。殿と一対一で最後の勝負をしたいそうです。応じる必要はないと思いますが、如何《いかが》しますか？」

「……景時。僕は善光寺で彼と約束したんだ、もしも戦うことになったら大将同士の一騎打ちで雌雄《しゆう》を決しようと。僕はこれから源氏の運命を変えるぞ」

「まさか？　おやめください殿、勝ち目はありません！」

景時の顔が蒼白になった。だが僕は、義仲くんとの約束を守らねばならない。武士としてのスジを通してみせる。それ以外に、彼と和解する道はない。

十段目　宇治川の合戦　後編

Kamakura Genji Monogatari

伊勢《いせ》の山道を突き進んで宇治川《うじがわ》へと出た義経《よしつね》は、いかにして義仲《よしなか》と戦い、勝利したか？

宇治川の守りについていた相手は、あの志田三郎先生《しださぶろうせんじょう》だった。源氏《げんじ》の一族にして義経の叔《お》父《じ》であり、本人はいたって生真面目《きまじめ》で民思いの善良な領主。ただ、兄の新宮十郎行家《しんぐうじゅうろうゆきいえ》の二枚舌にたぶらかされて、頼朝《よりとも》と戦う羽目になってしまった不運な男だ。

新宮十郎行家が、「義仲は戦《いくさ》しか知らない田舎《いなか》者だ。頭脳明晰《めいせき》で世間擦《ず》れした俺っちが天下を奪う好機到来！」とばかりに法皇《ほうおう》と結託し、義仲を蹴落とそうと裏切り行為を続けていたこの時も、志田三郎先生は「ひとたび命を救ってくださり我が身を匿《かくま》っていただいた義仲殿を決して裏切りはしますまい。私はたとえ宇治川の骸《むくろ》となろうとも、最後まで義仲殿のご恩に報《むく》いる所存でございます」と決死の覚悟で軍を率いていた。

「……兄上のご命令で義仲殿と戦うことにはなりましたが、志田の叔父上を討つわけにはいきません。弁慶《べんけい》。三郎。与一《よいち》。佐藤《さとう》さんたち。この戦場は御家人《ごけにん》たちに任せて、われらだけで京へ急行！　かねての策を用いて法皇様を奪回！」

「「「「御意《ぎょい》！」」」」

川底に逆茂木《さかもぎ》が設けられていない宇治川の上流を迂回《うかい》して強引に渡河した義経は、兄の頼朝から預けられた二万の別働隊を戦場に置き捨てた。

「上総介《かずさのすけ》を殺《や》ったケジメをつけますんで」と死に場所を求めて燃えていた畠山重忠《はたけやましげただ》、鎌倉《かまくら》で勝負を挑んだ義経に一騎打ちで敗れて以来、義経の心酔者となっていた梶原景季《かじわらかげすえ》（景時《かげとき》の甥《おい》で養子）、その梶原景季と激しい先陣争いを繰り広げていた近江《おうみ》源氏の佐々木四郎高綱《ささきしろうたかつな》ら御家人たちは皆呆気《あっけ》にとられ、「どこへ行くんですか御《おん》大将!?」「待ってくださいよ！」「ダメだ、天狗《てんぐ》よりも速くて追いつけない！」「ああ、また勝手な真似を……！」と途方に暮れたが、義経は「志田三郎殿を討ち取るな、源氏の一族であるぞ。生け捕って丁重に扱うように！」と彼らに命じ、奥州馬《おうしゅうば》に乗った弁慶《べんけい》たち義経一党だけを率いて、一直線に街道を突き進んで驚くべき速度で京へと突入した。

目指すは、後白河《ごしらかわ》法皇が幽閉《ゆうへい》されている五条東洞院《ごじょうひがしのとういん》。

無論、その五条では木曾《きそ》義仲が義経を待ち受けていた。手勢は僅《わず》か数十騎。

義経とは一騎打ちで片を付ける、巴《ともえ》も誰も手ぇ出すんじゃねえぞ、と木曾義仲は笑っていた。

「義経、二万の軍勢を捨ててまで京に乗り込んでくるたぁ、巴も驚きの姫武者じゃねーかよー！　頼朝がおめーを心配して余計な大軍をおめーにつけっからよー、伊勢から宇治川におめーが出てくることは筒抜けだった！　だから宇治川に割けるだけの兵を割いて、おめーを足止めしようとしたんだがよーっ！　まさかその二万の兵を捨てるとはよーっ！」

「九郎《くろう》には、都の難しい政《まつりごと》はなにもわかりませんが……法皇様と戦をするだなんて、義仲殿は間違っています！　兄上が義仲殿を討てと院宣《いんぜん》を下されてしまったのも、義仲殿の暴走のためです！　兄上は寛大なお方です、義仲殿。降参してください！」

「あーそいつは違うぜ義経。順番が逆なんだよ逆！　俺のほうが法皇と戦わねばならねーところまで追い込まれちまったのヨ！　おめーも俺と同じだな。武力全振り、戦場でしか生きられねー！　戦バカ同士でごちゃごちゃ口論しても無駄だ、無駄！　一騎打ちで俺に勝てば、おめーと頼朝の兄妹を源氏最強と認めて言うことを聞いてやらあ！」

「それが一番わかりやすいですね！　それでは、行きます！」

「来いやあ！　女とておめーのような強者《つわもの》ならば容赦はしねーぜ、俺ぁガキの頃から修行中に巴に何度も殺されかけてっからよー！　善光寺《ぜんこうじ》で会った時から、おめーと手合わせしてみたかったのヨ！　おめー、あの頼朝よりも強《つえ》えな？　目ぇ見りゃあわかるぜっ！」

　義仲が振るう太刀《たち》「蜘蛛威《くもおどし》」は、斬馬刀《ざんばとう》と呼んでも差し支えがない異形《いぎょう》の長刀だった。まさしく剛勇無双。鎮西八郎為義《ちんぜいはちろうためよし》の再来と呼ばれて畏怖されてきた木曾義仲に相応《ふさわ》しい一撃必殺の得物《えもの》である。

　その重量。その速度。「斬る」ためではなく「殴る」ための得物だった。たとえ直撃せずとも、かすっただけで小柄な義経は大ダメージを負うだろう。しかも義経は、少しでも身軽であるために、身に帯びた具足もまた常識外れなほどに薄く、ほとんど防御力を持っていない。

「さすが！　野生の牛よりもあなたのほうが強いですね！　九郎の細腕では、刀の打ち合いでは勝ち目はありませんね！」

義経は軽々と後方へ飛び下がりながら、刀を抜いた。細身である。非力な義経には、重量級の太刀は扱えない。義仲の太刀と鍔《つば》迫《ぜ》り合いなどすれば、瞬時に力で押されて討ち取られてしまうだろう。

「待てやあっ！　一騎打ちをやると言ってるだろうがよーっ！　逃げんじゃねーっ！」

「逃げていませんっ！　九郎には自在に跳びはねられる空間が必要なんですっ！　ここは狭すぎますっ！」

「てめええぇ〜！　館の屋根の上に飛び上がってまで逃げてんじゃねえぞおおお！　そんな武士があるかあ！　どこまでも追いすがって斬ってやらあああああ！　うおおおおお！」

義仲は太刀をかざしたまま軽々と館の屋根まで駆け登り、義経をなおも追った。とてつもない重量の武装を帯びていながら、怪力自慢なだけではなく意外と俊敏、そして人間離れした器用さである。まさしく木曾の山猿殿……と義経は驚嘆《きょうたん》したが、太刀の間合いに捉《とら》えられる寸前に軽々と跳躍し、隣の館の屋根へと飛び移った。

「逃げんなーっ！　だーっ！　てめー、どこまで身軽なんだよっ!?」

「九郎はちっちゃいですからね！　何度でも屋根から屋根まで跳んで逃げてみせますよ！」

「だがよーっ、俺には無尽蔵《むじんぞう》の馬力がある！　てめーが何度跳んでも追い続け、一撃で仕留める！　オラオラオラオラああああ！」

「仕方ありませんねー。それでは鬼ごっこと参りますか、義仲殿！」

義経は、八度まで屋根を跳んだ。

その義経に追いすがるさしもの義仲も、身に帯びた鎧兜《よろいかぶと》と太刀の重量がじわじわと効いてきて、七度跳んだところでついに息が切れた。あーっ！　そうだよなーっ！　足場が不安定な山の中で鬼ごっこをさせたら、姫武者のほうが男より有利だったよなーっ！　と、幼き頃に修行と称して巴と木曾の山中で鬼ごっこに興じていた日々を思い出しながら。

この間、五条東洞院は内も外も義仲が残していった家人《けにん》たちががっちりと固めてある。

義仲は、決して油断はしていない。

が、義経とともに京に突入した義経一党には泥棒を本業とする伊勢《いせ》三郎がいたことを、義仲は知らなかった。そもそも義経一党にはまとな武士など一人もいない。

伊勢三郎は、文字通り神出鬼没。その伊勢三郎に手引きされて五条東洞院に突入した佐藤《さとう》姉妹が邸内に桜の花吹雪《ふぶき》を舞い散らして、院内の兵たちの視界を塞《ふさ》いでいる隙《すき》に、伊勢三郎は天井裏を経由して易々《やすやす》と法皇の部屋へと忍び込んだ。

「……ほう、そなたは頼朝の家臣か？　よくぞここまで辿《たど》り着いた、やるのう。フフフフ、よいぞよいぞ。これで義仲も終わりじゃのう」

うわこの法皇、見るからに悪の大魔王顔でござる、さすがは源氏と平家《へいけ》を長らく相争わせてきた張本人と、伊勢三郎は悪党に詳しいだけに嫌な予感を覚えたが、法皇奪還は主命である。義経自《みずか》らが囮《おとり》となって、義仲を法皇から引き離しているのだ。やらねばならない。

「あー。拙者《せっしゃ》は遮那王《しゃなおう》四天王の一人、ケチな泥棒娘の伊勢三郎でござる。塀の向こうで待機している弁慶の肩にお乗りください。東洞院を脱出致します」


待てよ？　いくらなんでも八度も屋根を跳んで逃げるなんて尋常《じんじょう》じゃねー。これは義経の策略じゃねーかと完全に息が上がっていた義仲が気づいた時には、もう東洞院から後白河法皇の姿はかき消えていた。

白馬に跨《また》がった巴御前《ごぜん》から「一大事です、申し訳ありません！」と報告を受けた義仲は、文字通り怒髪天《どはってん》を衝《つ》く勢いで吼《ほ》えた。

「チキショーッ！　法皇を奪われたっ！　この戦、俺の負けだ！　だがよーっ、こんな負け方はイマイチ納得いかねーなーっ！　俺は賊軍となろうともよー、最後は約束通り頼朝と直接やりあって決着をつけるぜえええええ！」

「あっ！　待ってください、義仲殿！　一応、一騎打ちは続いていますよ！　九郎はまだまだ跳べますから！」

「待つかヨ！　俺はもう跳べねえヨ、おめーとの戦いの決着はついた！　おめーの勝ちだ！

ここから先はよー、俺と頼朝の個人的な問題だぜ！　それに義経おめー、京になにか用事があんだろーっ？　だからこんなに急いでいるんだろ、違うか？」

「……それは……」

義経には、兄の頼朝にも秘して語れなかった「もう一つの上洛《じょうらく》の目的」があった。

生まれてすぐに平家によって引き離された生母・常盤《ときわ》御前との再会を果たすことだった。

常盤御前は義経を鞍馬山《くらまやま》へ連れ去られた後、清盛《きよもり》の命令で藤原《ふじわら》家の貴族と再婚させられたという。源氏とは手を切りこれよりは貴族として暮らせ、との清盛の慈悲心だったのだろうが、義経にとっては父や兄たちを殺され、さらに母と引き離されたことは、深い心の傷となった。

父の仇《かたき》・平家を打倒すると誓ったのも、戦に向かない小柄で非力な少女でありながら姫武者として生きる過酷な道を選んだことも、まだ見ぬ源氏の嫡男《ちゃくなん》の兄頼朝に憧《あこが》れ続けたのも、家族全てを平家に奪われた義経が生きるための支えとして必要なことだったのだ。

「もしも平家を京から追い落とし、都へ再び戻れたならば」もう一つの悲願を果たそう、と義経はずっと胸に秘めていた。

そう。夢にまで見てきた常盤御前に再会することであった。

もう京に平家はいない。常盤御前と会っても、母に迷惑をかける恐れはない。なお西国《さいごく》に盤《ばん》踞《きょ》する平家は、命を賭《と》して戦い、倒してしまえばよい。

（母上。ほんとうは平家を滅ぼすまでは決して会わぬとわが想いを兄上にさえ秘してきましたが、九郎はもう我慢できません。たとえ名乗れなくとも、母上に一目だけでも……！）

義仲が巴御前たちを連れて京を落ち、「頼朝とサシで勝負するゼ！」と叫びながら瀬田《せた》へ向かった直後。

「兄上は、義仲殿を殺さないと約束してくださいました。あとは兄上に全てお任せしましょう。法皇様は、義仲殿と和解した兄上が京に到着するまでの間弁慶と与一に護《まも》っていただくとして、九郎は……九郎は」

「我慢することないよ、義経ちゃん！　お任せ！　立ち往生《おうじょう》してでも法皇様は弁慶が護るから！」

「……その前に与一が接近する敵をことごとく射殺するから、気にしないでお母さんのもとに行ってくるっすよ」

「お安い御用。人捜しも泥棒の得意とするところでござる」

「「やはり母を慕《した》うておったのだな、義経。そなたの太鼓の音《ね》を聞いた時から、わかっていたぞ」」

東洞院を仮の本営とした義経は、伊勢三郎と佐藤姉妹に頼み込んで、常盤御前の居場所を懸命に捜索した。

だが。

伊勢三郎が、情報を摑んだ。すでに常盤御前とその家族は、京の戦乱を避けるために地方へと一時的に避難してしまった後だった。それほどに京の飢饉《ききん》と混乱は酷《ひど》かったのだ。

母が生きていると知った義経は安堵《あんど》したが、一抹《いちまつ》の寂《さび》しさは拭《ぬぐ》えなかった。やはり平家が都を窺《うかが》っている限り、母上とはお会いできない……。

東洞院の大木に上りながら伊勢三郎の報告を聞いて肩を落としていた義経のもとに、追い打ちをかけるように頼朝軍からの使者が駆けつけていた。

「鎌倉《かまくら》殿率いる軍勢も瀬田川を渡河。木曾勢は総崩れに。単身となった木曾義仲は、粟津《あわづ》にて鎌倉殿との一騎打ちに及び、討ち死になさいました。お味方の大勝利でございます」

「兄上が、義仲殿を!?　そんな!?」

「武門の名誉をなによりも重んじる木曾義仲は最後まで鎌倉殿との一騎打ちにこだわり、頑として降伏の誘いを認めなかったとのこと。これが武士の宿命でござる、義経殿」

平家を倒せば、源氏の家族みんなが仲良く生きていける世が必ず訪れる。だから私は戦う。

生まれながらの逆境の中で義経が思い描いていた希望、そして美しい夢は、無残に打ち砕かれようとしていた。

※

御家人たちを引き連れて約二十年ぶりに京の都に戻ってきた僕は、京に突入し法皇を奪回するという大功を立てた義経を呼び、二人きりで勝利を祝おうとした。義経の大好物のお団子《だんご》を山盛りにして。

しかし、義経は「なぜ義仲殿を討たれたのですか兄上。約束が違います」と言いたげな浮かない表情だった。生母の常盤御前を捜したけれどすでに都落ちしていて見つからなかった、と弁慶から聞いている。義経が京にこだわっていた理由の一つが、常盤御前だったのだ。考えてみれば当たり前の話なのに、僕は気づけなかった。できていない兄だ。

「やむを得なかった。善光寺《ぜんこうじ》での約束だったんだよ、義仲くんと一騎打ちで決着をつけることは。それに、彼は法皇様に弓を引いた朝敵《ちょうてき》だからね。院宣を受けた以上、戦うしかなかったんだよ」

「……義仲殿は源氏の一族です、兄上の従兄弟《いとこ》殿ですよ？　それに、義仲殿よりも弱いのではなかったのですか、兄上は……？　まさか、九郎を謀《たばか》られておられたのですか？」

義経に「僕は未来を知っている。だから敢《あ》えて選択肢を変える危険を冒《おか》して行動している」と打ち明けられればどれだけ簡単か。だが、それができない。言おうとしても言葉が出てこないのだ。文章に書き留めようとしても、筆が止まってしまう。

「もちろん僕が直接倒したんじゃない。射手《いて》に矢を射させて、義仲くんの額《ひたい》を貫《つらぬ》かせた」

「……酷いです！　尋常《じんじょう》の合戦《かっせん》の最中ならそれが最善手です。ですが、一騎打ちに応じていながら、それは……射手に足や腕を狙わせていれば、殺さずとも生け捕れたはずです！」

「息子の義高《よしたか》は殺させないし、巴御前さんたちも保護した。それもまた、善光寺で密かに交わした義仲くんとの約束だったんだ。もしも二人が戦うことになってどちらかが斃《たお》れた時には、相手の家族郎党を保護して決して害さないと。僕と義経を相手に決戦して敗北した彼は、もう僕に一騎打ちで勝とうとは思っていなかったんだ。この決着は、義仲くんにとってのケジメだったんだよ」

「でも、九郎が幼き頃より憧れてやまなかった兄上は……今までの源氏のような無慈悲な同族殺しなど決してなさらぬ慈悲深いお方のはずで……亡き父上のために法華経《ほけきよう》の写経を何百回も繰り返しておられたと伺《うかが》っていましたのに……！　兄上は、一族同士で相争う源氏の宿命から九郎を解放してくれるお方だと信じていましたのに……！」

義経。僕が抱いている大戦略を明かすことはまだできない。すまない。

「妹よ。この僕を信じて、しばらく耐えてくれ。必ずこの乱世は終わる。僕と義経とが力を合わせて信じ合えば。一族同士の争いも、平家との争いも、御家人同士の抗争も、全て終わらせることができる。さんざんやらかしてきた新宮十郎叔父さんは、僕に討たれることを恐れて逃げちゃったけど、殺すつもりはないよ」

「……平家とは……」

「義経？」

「平家とはいつ戦うのですか!?　九郎は、父の仇である平家と戦うために姫武者になったのです！　従兄弟殿や叔父上を討つためではありません！」

「平家には日本最強の水軍がある。源氏は、船軍《ふないくさ》では平家に勝てない。あの義仲くんですら海上では敗れたんだ、僕にはとても……少し時間をくれ。義経ならばきっと平家に勝てる策を……でも、今は疲れているだろうし義仲くんのことやお母さんのことも重なって辛《つら》いだろう。だからしばらく京で休もう、義経」

「待てません、九郎にはもう無理です！　九郎は、父の顔も母の顔も知りませぬ。その上、父上の仇である平家と決着もつけられぬままに、一族殺しに加担してしまっただなんて……九郎はなんのために兵法を学んできたのですか？　義仲殿は九郎にとっても頼れる気のいい従兄弟殿でした！　義高ちゃんにどんな顔をして会えばいいのか……こんな……こんなことのために九郎は……！」

「よ、義経。少しだけ待ってくれ。水軍も持っていないし、法皇様から平家追討令を正式に貰《もら》わなければ、僕たちはみだりに動けない。なにしろ平家には帝《みかど》と三種の神器《じんぎ》が」

「なにもいりません。九郎は、一人でも平家と戦います！」

義経に、僕が密かに胸に描いている大戦略を打ち明けてしまうべきか。もうこれ以上、哀《かな》しんでいる妹の泣き顔を見たくない。だが、それはできない。

僕は最初から「未来を知っていることを誰にも明かせない」という制約を与えられている上

に、「未来を変えようと行動を変えて運命に干渉しても、結局は定められた未来が実現してしまう」という法則を上総介《かずさのすけ》横死事件で思い知らされた。容易に源氏嫡流《ちゃくりゅう》族滅《ぞくめつ》の運命は覆《くつがえ》せない。だからこそ、運命の裏を掻く策をやり通すと決めたのだ。「誰にも僕が閃《ひらめ》いた大戦略の全貌を漏《も》らさず、戦略の全てを把握している者は僕自身だけに限定する」と。あの、善光寺で。

義経。範頼《のりより》。政子《まさこ》さん。いっとき彼女たちを哀しませても、誰にも僕の大戦略の全貌は明かせない。とりわけ純粋すぎる義経には、断片的な情報すら漏らせない。容易に誘導尋問に引っかかって情報を他人に引き出されてしまうだろうから。もしも後白河法皇や行家叔父さんに漏れれば、僕は運命に敗れる。

　義経が泣きながら立ち去っていった後、心配顔の範頼が部屋に入ってきた。義経が御家人たちから浮き上がって破滅する運命の持ち主であることは、わからないでもない。今回の宇治川の合戦でも、二万の軍勢を放置して自ら京へ猛進し法皇の身柄を押さえるという独断専行をやらかして、御家人たちの神経を逆撫でしている。しかし、ああする他に義仲くんを乱戦の中で死なせずに「圧勝」する方法はなかったのだ。義経は僕の願い通りに行動してくれたに過ぎない。功績など求めてはいない。ひとえに、僕のために――。

　しかし戦が苦手な範頼は、戦場では唯々諾々《いいだくだく》と僕の命令を遂行《すいこう》するだけなので、御家人の不興を買うことはない。殺される運命を背負っていることなど微塵《みじん》も感じさせない。それでも、義経が斃《たお》れれば連鎖して範頼までもが斃れるのだ。源氏の一族殺しの因果《いんが》は、どれほどに業《ごう》が深いのだろうか。

「ヨッシーとケンカしたんですか、兄さま？　義仲殿のことがやっぱり引っかかって」

「ああ、うん。だいじょうぶだよ範頼。ケンカしない兄妹なんて、不自然だからね。離れ離れに育てられてきた僕と義経がほんとうの兄妹になるためには、衝突することも必要だったんだよ。今は敢えてそう考えることにした」

「ああ、それはわかる気がします。ところでボクとはぜんぜんケンカしてくれませんねえ、兄さまは？」

「……範頼とケンカする機会とか、あるのかな？　我《が》がなさすぎるからなあ範頼は。こう、絶対に譲れないものとかそういうのはないのかな？」

「うーん、うーん。ボクは幼い頃からこんな感じで、ほわほわしているので……なにしろお姫様として育てられましたから。そうだ、女装だけは死んでもやめませんっ！　あと、毎月三度は温泉に入らないとお肌が荒れてきて辛いです！　それくらいでしょうか？」

あの小さな身体で姫武者として過酷な道を生きてきた義経と、のんびりした田舎でお姫様として育てられてきた範頼とでは、こうも違うのか。ともあれ——義経を救うことができれば、自動的に範頼も救われるはずだ。しかし三兄妹のうち一人でも欠ければ、三人とも斃れる。それが源氏嫡流三兄妹の運命なのだろう。

傷ついている義経をどう慰《なぐさ》めればいいのだろう。木曾勢力を呑み込んだ今、いよいよ残るは平家との和睦《わぼく》だけだ。戦わずして和睦できれば最善なのだが、「西国《さいごく》の領地を盗《と》り放題じゃい！」「いよいよ全国制覇じゃい！」と燃えている御家人たちが平家と戦わないで手打ちにするだなんて結末に納得するはずもないだろうし。

法皇の政治力を利用したくとも、現段階では鎌倉よりも法皇の権威のほうがまだまだ優位だし……義仲くんを首尾良く消し去った法皇は、絶対に僕と平家を戦わせて源平《げんぺい》の共倒れを狙ってくるに決まっているし。

平家の皆さんも、「清盛入道《きよもりにゅうどう》の墓前に不義非道の恩知らず男・頼朝の首を供《そな》えるのだ」と僕に対してやたら好戦的だしね。まあ、気持ちはわかるけど……。

ともかく、ここからは梶原景時の政治力の出番だ、と僕が団子をかじって頷《うなず》いていると。

「殿。一大事です！　義経殿が、無断で出陣致しました！　摂津《せっつ》の福原《ふくはら》に進出して要塞《ようさい》を築いている平家と戦うと！」

その梶原景時が、真っ青な顔で室内に駆け込んできた。

「もももはや我慢なりません。平家との和睦のお役目は、この景時にお任せくださるはずでしたよね、殿？　義経殿をただちに軍規違反で討つべきです！」

「待って待って！　妹を討てるわけがないだろう!?　仕方ないんだ景時、源氏と平家はやはり戦う定めなんだ。これも運命だよ？」

「運命論で片付けないでください、殿！　ああっ、私が徹夜を重ねて準備してきた数々の緻密な外交交渉の計画が全て無駄に！　いっそ景時に死ねと命じてください殿！」

「……ヨッシーって、なんだか猪《いのしし》みたいですねえ～。困りましたね兄さま。あ、あはは……」

人間の性格と行動は、僕が嘴《くちばし》を挟《さしはさ》んでも容易には変わらない。故に、運命の結末もある一点に収束していく。上総介は、「殿に謀叛《むほん》すると思いまして」と梶原景時に刺殺されるはずだった。その未来を知った僕は先手を打って、景時に上総介を殺すなと命じ、景時も承知してくれたはずなのに、生真面目な御家人の畠山が上総介を殺してしまった。結局は、傲岸《ごうがん》な上総介はあちこちで恨みを買っていたので誰かに誅殺《ちゅうさつ》される運命だったのだ。

義経の運命もまた、平家を滅ぼし自らも鎌倉から浮き上がって破滅するという一点へ向かっているように僕には思われた。母との再会を果たすために、父の仇を討つために、そして兄である僕を二度と平家に脅《おびや》かされることのない真の武家の棟梁《とうりょう》とするために、義経は自らの軍才の全てを捧《ささ》げ尽くして捨て石になろうとしている。

「……どれほど言葉を尽くして説得しても、義経は平家と戦わずにはいられないんだ。だがこうなった場合のことも、用心深い小心者の僕は予《あらかじ》め織り込み済みだ——次善の策を取る」

「次善の策とはなんです!?　殿は、この景時になにかを隠しておられるのでは？」

「今から僕は、範頼とケンカをはじめることになる。つかみ合いの大ゲンカになっても絶対に止めるなよ、景時」

「ほえー、兄さま？　どういうことです～？　ど、どうしてボクが兄さまとケンカを？　い、

いやですよお？」

「ほう。殿にもようやく政がわかってきたみたいですね。跡取りであられる万寿《まんじゅ》様の立場を脅かす蒲殿を誅殺《ちゅうさつ》するのでしたら、この景時がいくらでも罪状を作りますが」

「誅殺はしないよ景時！　兄弟ゲンカだよ、兄弟ゲンカ！」

運命は一つの結末に向かっていくが、その途上では条件次第でいくらでも分岐する。これも上総介の死を経験して学んだ法則だ。故に、平家との合戦を避け得なかった場合の対応方法も、僕は想定していた。

平家との決戦に勝ち、そして義経を破滅させない。この困難な二つの成果を同時に手に入れる道を、僕はすでに見つけていたのだ。

ただし、頭で考えるのと実際に行動して実現させるのとではまるで違う。

机上《きじょう》の空論《くうろん》に終わるか、ほんとうに成功させられるかは、僕次第だ——。

十一段目
一ノ谷の合戦　前編

Kamakura Genji Monogatari

「義経《よしつね》ちゃんはいつも険しい山道を行軍したがるんだから〜。さしものあたしも疲れちゃった〜。ここはどこ？　見渡す限りの山、山、山で、方角もわからない……！　あーっ、どこかにかわいい男の子はいねえが〜！」

「……弁慶《べんけい》さんは黙ってご主君の壁役を務めればいいっすよ」

「山道は伊勢《いせ》三郎《さぶろう》にお任せ。ここは丹波《たんば》篠山《ささやま》を越えたあたりでござる。まもなく播磨《はりま》との国境《くにざかい》でござるよ」

「摂津《せっつ》の一ノ谷《いちのたに》を攻めるのに、西の播磨から大迂回《だいうかい》しているの〜？　しかもずっと険しい山道！　あー、そこの覆面の御家人《ごけにん》！　なんだか怪《あや》しいんだけどさ、ヘンな挙動を見せたら斬るからねー？」

「……あ、いえ。自分は伊豆《いず》の名もなき木《こ》っ端《ぱ》武者にて……戦疵《いくさきず》だらけのわが面相はとても義経様にお見せできるものではなく……げふんげふん」

「そうかりかりするな弁慶。小物だ、許してやれ。お主《ぬし》がいる限り義経の身に危険はない」

危なかった。僕の正体を見破られるかと思った。佐藤《さとう》姉妹はどうも気づいていて黙ってくれているらしい。

そう。僕、源 頼朝《みなもとのよりとも》は覆面を被《かぶ》り、義経軍の中に交じって行軍しているのだ。

理由はいくつかあるが、ともかく僕は義経が心配でたまらなかったのだ。

鎌倉《かまくら》軍が木曾義仲《きそよしなか》のみしるし（首）を掲《かか》げて入京した後、義経の無断出撃の罪は許された。というのは、源平《げんぺい》を争わせて両者共倒れを目論《もくろ》む例の後白河法皇《ごしらかわほうおう》が「義経に平家《へいけ》追討の院宣《いんぜん》を下したのは余じゃ。頼朝よ、そなたもただちに平家を討って三種の神器《じんぎ》を奪回すべし。平家は四国の屋島《やしま》に本拠を構えておったが、義仲軍を海戦で破り勢いを得て、摂津福原《ふくはら》に舞い戻っておる」と言いだしたからだ。

平家討伐は院の意志でありご命令であると言われれば、梶原景時《かじわらかげとき》も渋々矛《ほこ》を収めた。が、景時が内心では（義経殿の主君は法皇ではなく殿のはず。このままでは殿もまた法皇に取り込まれてしまい、坂東《ばんどう》武士団はいつまでも京の都から独立できない。義経殿があれほど政治音痴でなければ）とさらなる不満を抱えていることは僕にもわかった。

「鎌倉に武士の国を造り、関東を京の貴族たちから独立させる」という話は、もともとは鎌倉に籠《こ》もりたかった僕がでまかせを言っただけで、つまり「嘘から出た実《まこと》」なのだが、生真面目《きまじめ》な景時はすっかり本気にしていた。御家人たちも「平 将門《たいらのまさかど》公の悲願を鎌倉殿が実現してくださる！」と盛り上がってしまっている。

鎌倉も僕も、もはや引くに引けない。

だいいち武士たちが今まで通り後白河法皇に操られていれば、平家も源氏嫡流《げんじちゃくりゅう》も結局は激しく殺し合った末に族滅《ぞくめつ》だ。それはもうわかっている。

僕はもう、父さんたちと同じ愚は繰り返さない。

かつて都を築いていた福原に戻ってきた平家の大軍勢は、福原を中心に巨大な陣を築きあげて源氏を待ち構えていた。


東の鎌倉と、西の福原は地形的に似ている。南には海が開けており、残る三方は山に囲まれていて、攻め手としてはこれほど攻めにくい土地もない。しかも平家の軍勢は十万に回復し、源氏軍のおよそ二倍。山と海に挟まれて平地に乏《とぼ》しい福原には兵を収容し切れず、海上の水軍にも兵を割り振っている。

この、海戦日本一を誇る平家水軍こそが難敵なのだ。

海上からの攻略は不可能。北側は険しい山で大軍は通せない。東の生田《いくた》と西の塩屋《しおや》に僅《わず》かに開けている狭い平地から攻めるしかないが、平家はこの両拠点に堅固な関門を築いて要塞《ようさい》化しているので、攻め手とすれば東西ともに縦隊《じゅうたい》を逐次《ちくじ》突撃させるしか手がなく、大軍をまったく活かせない。

京で決戦すれば陸戦に強い源氏軍が圧倒的に有利だったが、天然の要害・福原の攻略は困難だ。さすがに清盛《きよもり》さんは知恵者だったのだなあ。

常識で考えれば、京から福原を落とすためには、摂津から最短距離となる街道を直進して平家の陣の東側の関門・生田口を攻めなければならない。生田には川が流れているため、僅かながらに平地が開けているのだ。

だが、戦争の天才・義経は京から敢《あ》えて丹波の山中に入り、篠山の難所を越え西の播磨に聳《そび》える険しい山岳地帯をも踏破して、平家の陣の西側の関門・塩屋口を襲撃するという奇襲戦法をまたしても用いた。

義経が無断出陣した際には、義経に従う武士は僅か百騎ばかりだったが、後白河法皇が平家追討を公式に命じたことで「ここで指をくわえていれば」「またしても義経殿が手柄を独占してしまう」「やることなすこと無茶苦茶な姫武者だが、とにかく戦《いくさ》に強いことは確かだ」「ならばいっそ義経軍に参加すべえ」と慌《あわ》てた御家人たちが義経を追いかけ、その軍勢は一万ほどに増えた。その多くは、平家の大軍と戦う今回ばかりは義経軍で働けば大手柄を挙げられると信じている坂東武者だった。

義経の独特な戦術の主眼は常に「予期せぬ迂回路を用いての奇襲、敵本陣の一点攻撃」にある。丹波へと姿を消した義経が、宇治川の合戦同様にまたしても福原の背後を衝《つ》く迂回奇襲を試みていると察知した僕は、ただちに京に残っていた約五万の御家人たちに「これより京から出立し福原を落とす。生田口を攻めて、平家と決戦する」と下知した。言うまでもなく陽動作戦である。東の生田に平家の注意を向けておけば、西の塩屋を衝こうとしている義経の奇襲はきっと成功する。

そのためには、源氏の棟梁《とうりょう》である僕が生田攻めの総大将を務めねばならないのだが、しかし義経をこれ以上放置してはおけなかった。義経は今、兄の僕と衝突して半ば自暴自棄になっている。この玉砕《ぎょくさい》上等の奇襲に失敗すれば、義経は平家の大軍の猛攻に晒《さら》されてもはや生きてはいられないし、たとえ成功しても……その結果がどうなるかは、もう僕は知っている。戦うことしか知らない妹は京で「日本はじまって以来の名将」「戦の天才、古今無双の英雄」という巨大な名声と人気を得るが、それを後白河法皇と行家叔父《ゆきいえおじ》さんにいいように利用されて、義経は破滅する。

だから、僕は正体を隠して義経一行に合流することにしたのだ。

そして、生田を攻める総大将・頼朝の影武者役は――。

「うえええええん！　酷《ひど》いです、兄さま！　いっそ死ねとか御家人たちの前で裸になれと命じてください！　こんな荒武者姿なんて、いやあああああ！」

「しっ。お話しなさらぬよう。御家人たちにあなたが殿ではないことが露見してしまいますよ」

そう。男装しさえすれば（男なのに男装というのも妙だが）僕に瓜二つの弟・範頼《のりより》に務めさせることにしたのだ。軍監には梶原景時を付けてあるし、腕に覚えありの荒くれ御家人どもを景時の指揮下に預けたので、実戦指揮は問題ないだろう。

「富士川《ふじかわ》で平家を潰走《かいそう》させた最強の頼朝公がわが軍を率いておられる」と御家人たちが信じてくれれば、それで充分に士気を維持できる。僕がからっきし戦に弱いことを知っているのは政《まさ》子《こ》さんや義経、範頼たちごく一部の家族だけだからね……。

もちろん、「死んだほうがましです」と泣きながらゴネる範頼とはさんざん大ゲンカしたが、

「この作戦には義経の命が懸《か》かっているんだ、範頼。兄の僕を信じて、今回だけは耐えてくれないか。お願いだ」

と懸命に説得して、「そ、そんなに仰《おお》せでしたら……うう。断れませえん」となんとか了承してもらった。承知してからもずっとべそをかきながら愚図《ぐず》っていたけれど、聞き分けのいい弟だなあ。

しかし。

「うわっ、また馬から落ちそうに……うううう。断崖絶壁から落ちたら助からない」

「んもー、なにやってるのさー！　そこの覆面武者！　あんた、乗馬下手《へた》過ぎ！　義経軍に参陣するなんて無謀じゃない？　もう引き返したほうがいいかもよ？　義経ちゃんは戦場に出る

とひたすら無茶ぶりしてくるから」

「い、いえ、弁慶さん。自分はしがない端武者《はむしゃ》ですが、この戦で手柄を立てたいんです、どうしても。お願いします、見捨てないでください」

「あたしは仲間を見捨てないけどさー、この先で気力体力が尽きて脱落することになると思うよー？　合戦《かっせん》がはじまらないうちに命を落としちゃ意味ないでしょ？　死んじゃう前に退散したほうがいいと思うよー？」

乗馬が苦手な僕にとって、義経軍に参加しての強行軍は文字通りの地獄旅だった。

義経は「速度」に重きを置きつつ同時に「難路」を進むから、義経軍の兵士たちはろくに眠ることもできないし、休息も最低限しか取れない。義経についてくる御家人が少ないのも当然だ。まるで生き地獄のような行軍だった。

男の武者たちが「もうダメだ」「休ませて。水を、水を……」「もはや体力の限界なんだが、これで平家と戦えるのか？　こんな戦、信じられねえ」と音《ね》を上げている中、弁慶たち義経一党の女の子たちはみんな頑強だなあ……何年も義経の冒険に付き合ってきて慣れているんだろうなあ。これは行軍というより登山だよ。

「なにを弱音を吐いているのですか皆さん、まだまだ道半ばですよ？　そもそも山道に雪も積もっていないのに、なにを贅沢《ぜいたく》なことを。離脱されたい方はご遠慮なく♪　ただ、この峠の先に梅の木があります。我こそは武功を立てんと思うお方はその梅の実をもいで口に含んで渇《かわ》きをいやしてくださいね♪」

　そして、すわ合戦となると容赦ない鬼武者となる義経。行軍を無理強《じ》いはしないしずっと笑顔だけれど、なんだか怪しいな。目が泳いでいる。この目は嘘をついている目だ。

「……弁慶さん。ほんとに梅の実なんてあるんですか？」

「ううん。たぶん適当なこと言ってるだけだと思う。梅の味を想像していたら自然と唾《つば》が出てくるから、喉《のど》の渇きをしばし忘れられるでしょ？　あたしたちはもう騙《だま》されないけどねー」

「これもまた軍略のうちでござる。盗賊時代、何度も山道で渇き死にしそうになった拙者《せっしゃ》が考案した奥の手でござるよ。姫は嘘がつけない正直すぎる御仁《ごじん》なれど、戦になれば詐術《さじゅつ》を用いることができるのでござる。なぜならばそれは詐術ではなく戦術でござる故《ゆえ》。全ては父の仇《かたき》であり兄の首を狙い続ける平家に勝利するためでござる」

「……ご主君は、最愛の兄の頼朝殿にご不興を買ってしまったっす。この上は、たとえ死んでも平家を打ち破るお覚悟……九郎《くろう》が討ち死にすれば兄上はきっと涙を流してくださるはず、ですが無論兄上の仇敵《きゅうてき》である平家の息の根を止めてから散ります、そうでなければこの世に未練が残りますからとご主君は悲壮な決意を固めておられるっす。自分たちは、もはやご主君と生死を共にするのみっす」

「われら遮那王《しゃなおう》四天王が義経を見捨てれば、もはやあの娘は天地に独りぼっちなのでな。わけても奥州《おうしゅう》から義経の身を案じてついてきた我らは、あの娘を捨て置けぬ」

義経。いい仲間を持ったな。「武家とはかくあるべし」という常識に凝《こ》り固まった坂東武者たちには義経が理解できずとも、彼女たちには伝わるのだろう。義経に私心などなく、ただ父の仇を討ち母と再会しそして兄である僕に愛されたいという、それだけのために姫武者として生きる道を選び、戦い続けているということが。

「みみみ皆さん、余計なことは言わないでくださいよー？　兄上を怒らせたのは九郎が悪い子だったからです。義仲殿のことは、兄上が誰よりも心を痛めておられたはずなのに……でも！平家を打ち破れば、きっと兄上も九郎をお許しくださいます！　も、もういちど、頭を撫でてもらうんです……で、できれば、修善寺《しゆぜんじ》の家族温泉にもまた……もしも九郎が討ち死にした時には、代わりに弁慶か佐藤さんたちが兄上と温泉に」

「義経ちゃんが討ち死になんて、あたしが生きている限り絶対にないからっ！　だいじょうぶ、義経ちゃん！　飛んでくる矢は全部あたしが打ち払っちゃう！　任せて！」

「珍しく弁慶と意見が合ったな。われら佐藤姉妹も傷を負えば人間同様に死ぬが、万一の際には義経の盾《たて》くらいにはなれるだろうて」

「や、やめてください、そんな……九郎の我《わ》が儘《まま》のために皆さんを死なせたくは……」

「……あー。でもここからが真の地獄なんすよね、ご主君？」

「ま、まあそうなんですけどね、与一《よいち》。平家の姫武者平知盛《たいらのとももり》は知恵者ですから、九郎はその知盛のさらに一枚上を行かねばなりません。しかも平家は十万の大軍で、平地も海も埋め尽くしています。すでに多くの兵士を失っていた義仲殿と戦った時よりも、道程《みちのり》は厳しいです。無理しないでいいですよ？」

「……もうご主君の無茶ぶりには慣れたっす。問題ないっす」

物見の兵が、義経のもとに現れた。

播磨から摂津の塩屋方面へと至る三草山《みくさやま》に、平家軍数千が陣を敷いているという。

義経の迂回作戦は、平知盛に先読みされていたのだ。

「うわっ。もしかしてあたしたちの隠密行動がバレてる？　なんなの、平家って手強《てごわ》いじゃん！　どうする、義経ちゃん？」

「ええ。平家が弱いなどという評判は大間違いです。富士川《ふじかわ》で兄上に敗れたのは、兄上が誇る桁外《けたはず》れのご威光に打たれてのこと。倶利伽羅《くりから》峠で義仲殿が平家に勝ったのは、義仲殿が得意とする山岳戦だったが故。ですが、その後の平家の都落ちは策です。義仲殿は、守り難い京に敢えて釣り出されたのです。しかも平家は京を捨てることで瀬戸内に本拠を移して、戦場を得意の海上に切り替えました。だから義仲殿は凋落《ちょうらく》なされた」

「山岳戦なら源氏に勝機ありというわけねー？　で、どうしよう？　三草山で待ち伏せしている平家軍を？　放置していく？」

「いえ、弁慶。捨て置けばいずれ前後から挟撃されて窮地《きゅうち》に陥《おちい》りますから、夜襲をかけて蹴散らします。山岳戦ならこちらが有利。さらに、一万の兵のうち七千を追撃部隊として割いて、福原に再合流させぬよう徹底的に掃討します。われらの進軍を、福原を守る平知盛に報告させてはなりませんから」

「……そんなことをしたら、追撃部隊に回された七千の御家人たちがまた文句を言うっすよ？　福原急襲に参加できねーと知ったら切れるっす。だって、手柄にならないっす。ご主君は戦うたびに御家人たちからの評判を落としてるっす」

「構いません、与一。九郎は御家人たちに嫌われてもいいんです。平家に勝てさえすれば、兄上はきっと九郎を褒《ほ》めてくださいます。兄上に喜んでいただければ、九郎はそれだけで……たとえ日本中の御家人たち全てが敵になっても、本望です……」

「……あー。妹との約束を破って義仲殿を討ち取った鎌倉殿に愛想を尽かさないんっすか？」

「兄上の悪口はたとえ与一でも許しませんよ！　兄上にも人に言えない事情がおありなのです！　兄上は今や源氏のみならず全ての武士の棟梁ですし、気楽な立場の九郎と違って重い責任を背負っておられるのです。義仲殿射殺の件も、兄上を庇《かば》おうとした御家人たちがいつもの調子で暴走したのかもしれませんし……兄上が義仲殿を意図的に謀殺したはずがありません。同族殺しを嫌うあまり、ついかっとなった九郎が悪かったんです……あれほどお慕《した》いしている兄上を前にしていながら、どうして九郎は……ぐすっ……」

「よ、義経ちゃん！　だいじょうぶ、あたしたちがいるよ！　最後まで友達だから！　だからそんな哀《かな》しいこと言わないで、あたしまで泣きそうになっちゃう。うえーん！」

では、播磨の平家防衛陣を抜いた後は、僅か三千で死の行軍を続けるというのか、義経は？　常識外れにも程がある。宇治川でも二万の兵を捨ててたった六騎で京に突入していたな。また同じことをやるのか。でも……宇治川の時とは話が違う。福原には平家十万の兵が充満しているというのに。義経……そこまでして、兄の……僕のために戦うというのか。

　って、僕も義経軍の一員として戦わなくてはいけないんだった！　いやいや、普通に死ぬんじゃないかな、これ？　で、でも、ここで抜けたら、僕は義経を見捨てたことになる！　できない。兄としてそんな背信行為はできない。

　だいいち、今まで僕が積み上げてきた例の「大戦略」が成立しなくなる！　義経と兄妹ゲンカしてまで密かに進めてきたというのに、ここでヘタレて逃げたら台無しだ！

　行くしかない。どこまでも、正体を隠しながら義経とともに。

「それでは拙者《せつしや》、夜が更《ふ》けたらあたりの民家に火を放って明かりを確保するでござる。それで深夜でも三草山の平家の陣が丸見えになるでござるよ。火付けは盗賊のたしなみでござる」

「伊勢三郎。それは……ほんとうにやらなければならない戦術なのでしょうか？」

「御意《ぎよい》。平家に勝つのならば」

「……わかりました……九郎はきっと、地獄に堕《お》ちますね……やってください。ただ、予《あらかじ》め家を焼かれる村人たちを退避させてからにしてください。お願いしますね？」

「御意にござる。地獄にはこの伊勢三郎が姫の代わりに落ちます故、ご案じ召されるな」

福原の平家本隊との決戦を前に、前哨戦となる三草山の合戦がこの日の深夜、行われた。

だがそれは合戦というよりも一方的な襲撃だった。すっかり貴族化していた平家の公達《きんだち》たちは、民家に火を放って夜襲をかけてくるなどという義経軍の戦術行動をまったく予期していなかったのだ。

福原を守る智将・平知盛は、義経の手を読んでいながら、惜しいことに三草山に送り込む人選を誤った。いや、平家の人間の多くが貴族化してしまったために人材難だったのか。

そして、三草山を突破した義経が率いる兵は、ここで三千に減った。七千を三草山から逃げる平家軍の追撃に割いたのだ。彼らを福原に辿《たど》り着かせず、播磨の西へと追いやってしまうためだった。

(不思議だ。戦えば戦うほど、勝てば勝つほど、義経の周囲からは人心が離れていく。あれほどの難行軍を強《し》いられながら決戦目前で切り捨てられた七千の御家人たちは「これはもしかして福原での決戦に参加できないんじゃないのか?」と納得がいかず激怒している。これじゃあ、弁慶たち親友を除けば、義経は最後にはただ一人になってしまう……)

だが、義経の「戦争の天才」ぶりは、僕などの予想を遥《はる》かに超えていた。

播磨の山道からついに摂津へと入り福原に迫った義経はなんと、肝心の奇襲敢行を目前にしてさらに軍を割り、自《みずか》ら率いる兵の数をたった七十騎に減らしてしまったのである。

「皆さん、無理に参戦せよとは言いません。この戦は無謀な賭けに見えると思います。ですが、水軍を持たない源氏が平家に勝つためには、山頂からの平家の陣背後への逆落としかないのです。逆落としの最中に命を落とす者もいるかもしれません。たとえ生きて平地に降りられても、ただちに平家の大軍との不利な戦いとなります。九郎は兄上のため、源氏復興のために命を捨てて戦う覚悟ができておりますが、もしもとても付き合えないと思われる方は別働隊のほうへと移ってくださって構いません」

地獄のような行軍の果てに辿り着いたその地の名は、「鵯越《ひよどりごえ》」。

崖の真下には、猫の額《ひたい》のように狭い平地・一ノ谷に密集する平家の陣。翻《ひるがえ》る無数の赤旗。三草山に伏兵を配置していた平知盛も、想像だにしていないだろう。義経が今、たった七十騎の命知らずの騎馬武者たちを率いて鵯越から平家の陣を見下ろしているとは。

覗《のぞ》き込むだけで足がすくむような断崖絶壁が、眼下に広がっていた。

たとえあの清盛さんが生きていたとしても、予測は不可能だったと思う。鵯越から一ノ谷への騎馬での奇襲などできるはずがない。誰だってそう思う。そもそもそんな奇襲の可能性すら、誰も思い当たらない。

「ここまで道案内してくれた地元の鷲《わし》さんが言っていました。この鵯越を、鹿さんは降りることができると。鷲の目で見たことがあるそうです。鹿さんが降りられるのなら、馬だって降りられますよね？　ついに、平家との決戦の時が来ました！　九郎は行きますね！　兄上の首を狙う平家を、今日こそ倒します！　源氏の家族たちが二度と引き離され、捕らえられ、斬られることのない世をこの手に摑み、兄上に捧げるために。九郎はひとえに、この日のために……」

「あたしたちも行くよ、義経ちゃん！　ずっと一緒だよ！　できるできる！　天狗《てんぐ》より身軽な義経ちゃんならお茶の子っ！　あたしは、そーだなー、馬を担《かつ》いで滑り落ちるねっ！　馬の脚よりあたしの足のほうが頑丈だからっ！」

「……無茶苦茶っすね……頭のどこかが壊れてるっす、ご主君は。ほとんど自殺みたいなものっす。でも、だから面白い。与一も飛び降りるっす」

「馬ごと飛び降りるんじゃなくて、急斜面を滑り落ちるのでござるよ。途中で岩に激突したらお陀仏《だぶつ》でござるが、全ては『死にたくない』と必死になった馬頼みでござるな」

「「ふむ。生きて着地できるか否《いな》かは、半々というところか。命を懸けた博打《ばくち》だな」」

義経が次々と兵を分割していって、ついに七十騎まで絞った理由がわかった。

この険しい崖から馬ごと落ちて平家の陣の真裏に降りろ、そして戦え。

こんな、どうかしているとしか思えない無茶ぶりを命じられれば、勇猛果敢な坂東武者だって震えて逃げだす。梶原景時あたりだったら「もしや義経殿はお心が壊れているのではありませんか」と彼女の正気を疑うだろう。天才と狂気は文字通り、紙一重《かみひとえ》だ。

だが、義経は至って正気だ。正気なのに、こんな壮絶な作戦を閃《ひらめ》きそして実行しようとしている。その義経が行軍中の一万人の動向を見ながら「決して逃げださない」と認めた命知らずの勇者の数が、七十騎だったということなのだ。

そして、幸いなことにこの僕も正体を知られることなく――義経は人を疑わずに簡単に騙《だま》されるから――光栄にもその七十騎の中に加わることができた。

できたが……ほんとうに、生きて鵯越から眼下の平地に降りられるのか!?

「今頃は、兄上もすでに生田で平家と戦いはじめているはず。源九郎義経、参ります！　わが願いはただ一つ！　兄上に勝利の栄光を！　源氏の家族が再び共に生きられる世を！　いざ！」

「よーしっ！　弁慶も参っちゃう！　馬さん、しばらくあたしの肩の上でおとなしくしていてねー？」

「……うわ……うわあああああ！　これは完全に運頼みだあああああ！　もしかして、ここで僕が落馬して死んでも運命は成就《じようじゆ》しちゃうよねっ？」

義経は、一切の躊躇《ちゆうちよ》なく、馬の手綱《たづな》を引いてそして跳んだ。

(信じられない光景を僕は今、見ている。これが、英雄か)

この神話の如《ごと》き光景はまるで、栄光の絶頂に登り詰めると同時に転落していく義経及び源氏嫡流の、そして平家の運命そのものを象徴しているかのような――。

僕にはこの鵯越から飛び降りる勇気はない。ないはずだった。そもそも自分が落馬して死ぬ未来を知ってしまっているのだから。

だがしかしこの時、心中のなにかが僕の背中を強烈に押した。

(行け。行け。跳べっ！　義経を追いかけろ、絶対に手放すな……！)

僕はいつしか鵯越から馬に乗ったまま飛び降り、放っておけばどこまでも駆けていってしまう義経の小さな背中を追いかけていた──。

十二段目

一ノ谷の合戦　後編

Kamakura Genji Monogatari

　誰もが、義経《よしつね》が放つ目映《まばゆ》い輝きに導かれたかのように狂していた。三分の二を越える命知らずの勇者たちが、聳《そび》え立つ鵯越《ひよどりごえ》の断崖から生きて一ノ谷《いちのたに》へと滑り降りる奇跡を成し遂《と》げていた。

　文字通り忽然《こつぜん》と平家《へいけ》の陣中に出現した、源氏《げんじ》の騎馬隊。平家の兵士たちは、信じ難い光景を前にして大混乱に陥《おちい》った。五十騎が、千騎にも一万騎にも見えているのだろう。なにより、鵯越を背にした一ノ谷の陣には、敵襲に対する備えなどまったくなかった。彼らは存在するはずのない源氏の騎馬隊にさんざん火矢を放たれ、討たれるがままとなった。

「義経ちゃん！　あたし、義経ちゃんについてきて感激だよ！　凄《すご》い勇気だね！　男の武者にも義経ちゃんみたいな英雄はいないよ！」

「弁慶《べんけい》。九郎《くろう》はただの泣き虫な娘ですよ。九郎が勇気を奮《ふる》い起こして戦える理由はただひとえに、兄上のお力になりたいからです。源氏嫡流《ちゃくりゅう》として耐え難き不幸に耐え続けてきた兄上が安らかに生きられる世を築きたかったからです。そして――」

「そして、殿に頭を撫でてもらいたいんだね！　うんうん！　とりあえず平家の皆さんには、船で屋島《やしま》まで逃げてもらおっか！　この戦《いくさ》に勝てば、平家は二度と摂津《せっつ》の地を踏めないよ！」

「そうですね、弁慶。わが父の仇《かたき》の平家とはいえ、ほとんど無抵抗で逃げ惑っている方々を攻撃するのは心苦しいですが……この戦に勝てれば、源氏と兄上の運命は一変します。海へと追い立てましょう！」

義経率いる鵯越の騎馬隊が、炎に包まれた一ノ谷で平家の兵士たちを追い立てていく中。

義経が鵯越で別働隊として切り離した三千弱の軍勢が、東西に伸びた平家の陣の中央地点めがけて北の山から攻め降りてきた。あちらの山は比較的緩やかなので、平家も「北門」を築いて敵襲に備えてはいた。が、西の一ノ谷が義経の神懸《かみが》かり的な奇襲成功によって完全に崩れたため、北門を守る平家軍も浮き足立ち混乱していた。ひとたまりもなかった。

さらには。

「三草山《みくさやま》から逃げた平家の連中は残らず海へと逃げていきおったわ！」

「本戦に間に合った〜っ！　手柄を立てずして関東に帰れるか〜っ！」

「かかれ、かかれ！　塩屋《しおや》の西門を打ち破るんじゃ〜っ！　坂東《ばんどう》武士の強さを見よや！」

義経が三草山で切り離した七千の別働隊も、まっしぐらに塩屋へと殺到してきた。

三草山で夜襲を受けてさらにさんざん追撃された平家の三草山守備兵たちは、生きた心地がせず平家本陣への合流を諦《あきら》め、早々と船に乗って四国の屋島へ逃げ去ったらしい。

そして、土壇場《どたんば》で義経に捨てられたと憤慨《ふんがい》していた御家人《ごけにん》たちは、「坂東武士ならば、ここで暴れてナンボ」「この時のための難行苦行じゃい！」と日頃の殺伐《さつばつ》とした不仲ぶりはどこへやら。ぴったりと息を合わせて塩屋門を突き破り、平家の陣中へと続々と攻め入ってきた。

「べ、弁慶さん。わ、わざと彼らを本戦から切り離して敢《あ》えて士気を高めたのでしょうか、うちの御《おん》大将は？　しょぼくれた敗残兵を追いかけるために関東から来たわけじゃない、ここが命の捨て場所とばかりに平家本陣に攻め込むんじゃい、と皆必死になっています」

「えー？　たまたまでしょー？　義経ちゃんはそこまで計算高くないよー。御家人の心とか読んだりできないし。でも、頭では考えてないつもりでも、戦いに身を捧《ささ》げた子だから戦意抜群の坂東武士たちを決戦寸前に切り離せばこうなることはなんとなくわかっていたのかもねっ♪それが義経ちゃんの天才たるゆえんだよ♪」

「いえ、弁慶。九郎には天運があるのです。兄上が背後で九郎を見ていてくださるからです。これはひとえに兄上のお力です。命を捨てて戦えば、兄上が必ず公平な恩賞を与えてくださると信じているからこそ、彼ら御家人も戦えるのです」

「そして義経ちゃんは、きっと殿が褒《ほ》めてくれると信じているから、頑張るのね？」

「はいっ！」

平家軍は大軍勢であるが故《ゆえ》に、いったん混乱状態に陥るともう立て直すのは不可能だった。しかも北を山に塞《ふさ》がれている福原《ふくはら》一帯は東西に長く伸びきっていて、南北方向は酷《ひど》く狭い。平家の陣立ては細長いのだ。なおさら大軍では自在には展開できない。東と西の関門を閉じている間はこの地形が平家有利に働いていたが、義経が鵯越から突如として平家の陣のまっただ中に出現したことによって戦況は一気に覆《くつがえ》った。

僕の影武者を演じている範頼《のりより》も、東の生田口《いくたぐち》を突破した。もう平家側には戦う気力が残っていないのだ。ひたすらに「姫武者九郎義経とは何者なのか」「天狗《てんぐ》かなにかではないか」「なぜ鵯越から死を賭《と》して飛び降りてこられたのだ、なぜそうまでして平家と戦うのだ」と義経を軍神の如く恐れ、震えあがり、誰もが南の海に待機している船へと乗り込もうと敗走していた。

こうなると、海上に船団を待機させていたことが、平家にとっては仇《あだ》となった。万が一陸戦で敗れれば海へ逃げればよい。故に、一度崩れた平家の大軍は、平家一門の名のある面々が声を嗄《か》らして「まだ戦える、逃げるな、留まれ」と止め立てしても言うことを聞かずにただただ海へと逃げるばかり。

ついには、こちらが攻撃せずとも、仲間同士で数が限られた船へ乗り込もうと同士討ちをはじめることになった。船へと迫る雑兵《ぞうひょう》は容赦なく置き捨てられる。かつては貴族として栄耀栄華《えいようえいが》を極めていた平家一門の主要な者たちも、全員は逃げ切れなかった。次々に坂東武士どもに組み伏せられて捕縛されていく。

僕は（坂東武士は気が荒い。ここで平家一門の多くの首を容赦なく獲《と》ってしまう。しかし、ここで平家が想像を絶する犠牲を出してしまうことで、源平《げんぺい》の戦いはどちらかが死に絶えるまで終わらなくなるんだ）と清盛《きよもり》さんに見せてもらった未来を思い出し、急いで覆面を外して名乗りを上げていた。

「御家人たち、聞け！　僕だ、武家の棟梁《とうりよう》・源《みなもとの》頼朝《よりとも》だ！　平家一門の首は奪うな、生かして捕らえろ！　捕らえ切れない者は屋島へ逃がしてやれ！　すでに福原は陥落した、もはや平家が京に戻る道は断たれた！　これ以上、源平の禍根を増やすな！　とりわけ、若く幼い平家の公達には武士の情けをかけろ！　わが妹、義経のような歳の、幼い者を決して殺してはならない！　これは厳命だ！」

御家人たちが「ええっ？」「鎌倉《かまくら》殿!?」「生田を攻めておられたのでは？」と驚きの声を上げた。

「生田を攻めている頼朝は、実は弟の範頼だ。僕はずっと義経とともに行軍していたんだ！今日この一ノ谷で、諸君は歴史に名を残す奇跡を演じた！　源平の戦いは、本日をもって源氏の勝利と決まった！　歴史的大勝利を祝え！」

誰よりも驚いていたのは、僕の正体にまったく気づかなかった義経だった。

素直な義経は、僕が源氏軍本隊を率いて東の生田を攻めていることを疑いもしていなかったらしい。

「あ、あ、あ、兄上っ!?　ずっと九郎の軍におられたのですかっ？　ぜ、ぜんぜん気づきませんでしたっ？　も、も、申し訳ありませんっ！　危うく鵯越で兄上を死なせてしまうところでした！　で、でも。ど、どうしてっ？」

「いやあ。まあ、戦略上の理由はあるんだけれどそれはまだ秘密だ。一つだけ明かせば、義経が心配だったので、こっそりついてきたんだよ。よくやったね義経。宇治川《うじがわ》の時のように迂回奇襲をやるとは思っていたけれど、まさか鵯越から馬に乗って谷底へと落ちていくだなんて。鵯越を跳ぶ時、怖くなかった？　僕は心の臓が止まるくらいに恐ろしかったよ」

「は、は、はいっ！　く、九郎は、あ、兄上のご不興を買ってしまったので、こ、この決戦でなにがなんでも平家に勝って、あ、あ、兄上に褒めていただこうと……！　せ、生死のことは忘れてしまっていました！　よもや兄上がおられると知っていれば、あんな無理を兄上に命じることは……！」

「いや。義経の軍に参加して義経の戦いぶりや人となりを今までよりもよく知ることができて、僕はよかったと思っているよ。義経はほんとうに凄いよ。もし僕が鎌倉に引っ込んでいたら、義経の戦ぶりが凄すぎて怖くなっていたかもしれない。でも――一緒に戦えたことで、義経がどれだけ僕を慕《した》ってくれているかがよくわかった。義仲《よしなか》くんのことはほんとうにごめんね」

「……く、九郎こそ、兄上にあんな酷《ひど》い言葉を……申し訳ありませんでした！」

「いや、僕が義経に隠し事をしているのが原因なんだ。義経のせいじゃないよ。ただ、どうしてもまだ誰にも打ち明けられない秘めたる戦略が僕にはあってね……その時が来るまでは僕を信じて今まで通りについてきてくれる？　義経」

「もちろんですっ！　あ、あ、兄上は、ひ、鵯越まで九郎についてきてくださいました！　それって、その……く、九郎を信じていてくださったからですよね？」

「ああ、もちろん。よくやったよ、ほんとうに」

すでに勝敗は決してした。平家一門の多くは海へと逃げ去ったが、四国から再度福原に上がってくることはもうないだろう。義経率いる源氏騎馬兵への恐怖が、平家を四国以西に縛り付けたに等しい。義経を倒す戦術を平知盛《たいらのとももり》が閃《ひらめ》くまでは、平家は動けまい。

僕は、義経の頭をそっと撫でていた。

弁慶が「うわあああん！　よかったよ～義経ちゃんっ！　佐藤《さとう》さんたちは殿の正体に気づいていたんでしょー、人が悪いなあ。あ、狐《きつね》だっけ？」と目に涙を浮かべている義経に釣られて大泣きしている。喜怒哀楽が激しいな、弁慶は。

「放っておくと、強悍《きようかん》な御家人たちが平家の公達たちを皆殺しにしちゃいそうだから、予定より早く正体を明かしてしまった。僕も九郎も、本来ならば処刑されるはずだったところを、清盛さんの慈悲のおかげで生きてこられたんだ。平家にも慈悲を施《ほどこ》し返さなきゃならなかったからね。源氏も辛酸《しんさん》を舐《な》めたけれど、平家の凋落《ちようらく》ぶりは源氏どころじゃない」

「……うう。九郎はただ平家と戦うことに必死で、そこまで考えが至りませんでした。兄上はやっぱりお優しいお方です。でも、戦に弱いとか馬が苦手だとか、嘘だったじゃないですかー！　九郎はすっかり兄上に騙《だま》されていました！　九郎の強行軍にかじりついてきて鵯越からも飛び降りた兄上は、九郎が選び抜いた七十騎の勇者の一人だったじゃないですかー！　とても強くて、そしてお優しいんですね！　兄上はいくら謙遜《けんそん》しようとも、やっぱり九郎の理想通りの兄上です！」

「いや、僕にはそんな勇気なんてないんだよ、ほんとうに。ただ、九郎だけを一ノ谷に飛び降りさせて、兄の僕が黙って逃げだすわけにはいかなかったんだ。九郎がいてくれたから、ないはずの勇気を奮《ふる》い起こせたんだよ」

「九郎もそうですよ？　兄上が見ていてくださるから、命を省《かえり》みずに戦えるんです。きっと兄上がいない九郎は、戦場でもなんの役にも立たない案山子《かかし》みたいになっちゃいます。生活のことは、まあ、弁慶たちがなんとかしてくれると思いますが」

そうだな。清盛さんが見せてくれた未来でも、義経は僕のもとで鎌倉軍として戦っていた時には神懸かりの連戦連勝を続けて平家を滅ぼしてしまったけれど、鎌倉に「後白河法皇の配下に取り込まれた」と疑われて鎌倉から追放された後の義経は別人のようにさっぱり振るわなくなり、運すら失って奥州《おうしゅう》まで追い詰められ、討たれてしまった。

義経の勇気は、兄の僕に認められたい、褒められたいという一途《いちず》な願いから生まれてくるものなのかもしれない。ほんとうは、戦など嫌いな子なのだ。殺し合いなど好きではないのだ。それでも戦に身を投じ続けたのは、全て僕のため。共に戦ってみて、義経という妹がどれほど僕を慕っているかが理解できた。

そして僕もまた、鎌倉に巣ごもりして怯《おび》えているうちに一族全てを失ってしまう未来とは完全に異なる道を歩むことができた。義経と共に戦ったからだ。義経を、妹を護《まも》らなければならない、手放してはならないという想いだけで、鵯越からの逆落としという、本来の僕には絶対にできないことを成し遂げられた。

僕は乗馬が苦手で戦にも弱いが、それでもこの身体にはやはり、武家の棟梁たる源氏嫡流《ちゃくりゅう》の血が流れていたんだ。ただ僕は勇気に欠けていたのだ。

だが義経のためならば、僕はどんな蛮勇でも振るうことができる。関東の御家人たちよりも凄《すさ》まじい蛮勇を。

「……お互いに、自分のために戦うのは苦手なのかもね。義経。兄妹が共に支え合えば、源氏は無敵かもしれないな」

「はいっ！　ヨッシーにもお礼を言わせてください！　兄上の影武者役を見事に務め上げるなんて、ヨッシーも凄いです！」

「……男装するくらいなら死にたいって泣いていたから、慰《なぐさ》めてあげて……」

「えー？　どうして嫌がるんでしょうねー？　九郎にはよくわかりません。兄上に瓜二つだなんて羨《うらや》ましいですよう」

「いやあ、まあ。範頼にもいろいろあるみたいで……でもごめんね義経、正体を明かすのはもうちょっとだけ後にするつもりだったんだ。僕が鵯越の奇襲を指揮したと誤解されたら、義経の手柄を横取りしてしまう。それは僕の本意じゃない」

「いいですよ！　九郎は兄上に褒めていただければ、他にはなにもいりませんから！」

「……そうはいかないよ。うん、こうしよう。僕と義経と二人で今回の奇襲作戦を相談して実行したということに。それで功績は半々かな？　ほんとうは義経が全部一人で考えて実行したんだけどね」

「はいっ！　われらは源氏はじまって以来の仲良し三兄妹ですね。九郎は……幸せ者です！」

ほんとうによかったね義経ちゃん！　と弁慶はまだおいおいと泣いていた。


大敗を喫した平家一門は、船で四国の屋島へと撤退した。

平家は源氏に敗れたとはいえなお帝《みかど》と三種の神器《じんぎ》を手にしており、三種の神器奪還を図る後《ご》白河法皇《しらかわほうおう》との対立関係は解消されたわけではない。法皇はすでに京で新たな帝を即位させているが、三種の神器がないために「正統性」の点で平家が擁《よう》する幼い帝に対して不利なのだ。

四国、中国、九州の大部分はなお平家の支配下にあり、日本は東の源氏と西の平家に二分されたと言っていい。

だが東国の坂東武士たちによって構成される源氏軍には、平家と戦える水軍がない。義仲くんは不利な海戦を挑んで平家に敗れたし、義経は「水軍がなければ山から騎馬で攻めればいいのです」と逆転の発想で鵯越から一ノ谷を奇襲した。このあたり、純朴な性格の二人にも、違いがある。

義仲くんは、武門の意地を貫《つらぬ》くためならば不利な戦いをも敢えてやってのける。敗北するか否《いな》かは問題ではない。

だが義経は「兄上のために戦う以上、なにをしてでも勝つのです」と非常識な戦術を次々と閃き、決して相手が得意とする戦いには乗らない。どんな不利な戦場であっても、自軍を有利にしてしまう手品のような策をぽんぽんと考えつく。

純粋な強さではやはり義仲くんが上手《うわて》だが、義経が今までの武士とは異なる「戦術眼」というものを持っている新しい姫武者だということは間違いない。

今回、僕は鵯越の逆落としに参加することでその義経の功績を半分横取りしてしまったのだが、それには理由がある。そう、これも僕だけが知っている「源氏族滅《ぞくめつ》の運命を覆す大戦略」の一環だったのだ。

馬に乗って京に凱旋《がいせん》した僕と義経は、京の町衆から歓呼の声で迎えられた。

範頼は「ううう……やっと男装縛りから抜けられましたよう……二度と兄さまの影武者なんてできないですう」とまだ顔面蒼白みたいだが。

京の町衆は長引く飢饉《ききん》、平家と後白河法皇の対立、焦土《しょうど》戦術によって兵糧《ひょうろう》を失った義仲軍の略奪などに苦しめられ続けていた。しかも陸戦は源氏、海戦は平家。故に両家の決着はつかず、これからも源氏と平家の泥沼の戦いが京の周囲で続くと怯えていた彼らにとって、一ノ谷で

「鵯越の逆落とし」という奇跡を演じて平家を打ち破った七十騎の勇者たちは救世主にも見えただろう。

とりわけ、その鵯越奇襲という奇跡的な戦術を立案し実行した義経。

その妹義経の非常識な献策を黙って全て受け入れて、共に背中を預け合って戦った兄頼朝。

この強い絆《きずな》で結ばれた源氏兄妹は、一族同士で殺し合いを続けていた源氏の印象を一変させただろう。

……とまあ、僕は京の町はそうなっているだろうと期待していたのだが。

ところがいざ京に凱旋してみると。

「頼朝様あああ！　鵯越の奇襲の策は全部、頼朝様が考案されたそうですね！」

「戦争の天才です！　あなた様は、千年に一人の天才です！」

「あなた様の武勇は、あの鎮西八郎為朝《ちんぜいはちろうためとも》を超えました！」

「どうか征夷大将軍《せいいたいしょうぐん》におなりください！　いつまでも都をお護りください！」

なぜだ!?

なぜ、僕が鵯越の作戦を考えたことになっている!?　これでは僕が勲功第一で、義経は僕に従軍した姫武者という立場に堕《だ》してしまうじゃないか？

これでは、功績半々じゃない。ほぼ僕の独占だ。なんということだ。義経に悪いことをした……。

「これでいいのです、兄上！　九郎が伊勢三郎《いせさぶろう》に命じて、全ては兄上の作戦だったのですと都中に言いふらさせておきましたから！　今や源氏はじまって以来の無双の大将ですよ、兄上は！　むふー！」

「い、いや、義経？　ほんとうは全部義経がやったことだし、二人で功績を半分こするはずだったよね？　これでいいの？」

「はいっ！　九郎は、兄上に褒めていただければそれで幸せなのですから！　それにほら、九郎が兄上を褒めて褒めて褒めちぎって兄上の武名を挙げるって、以前そういう話をしていたじゃないですかー！　すぐに暴れる御家人たちも、日本史上に輝く英雄となった兄上にはもう決して逆らえませんよ。平家を一ノ谷で粉砕した今の兄上は、御家人たちにとってもめっちゃくちゃ怖いと思いますよー？　これでいっぱい温泉に入れますねっ♪」

欲がないのかな義経にはと僕は呆《あき》れたが、弁慶が「ううん。兄に対するすっごい執着があるんだよー義経ちゃんの欲は全てお兄ちゃんに注がれているんだよー」と解説してくれた。それは嬉しいようなちょっと怖いような。

でも、結果としてはこれでよかったのかもしれない。義経が一ノ谷で英雄になってしまったために、後白河法皇や行家叔父《ゆきいえおじ》さんに利用されて破滅してしまう、それが本来の未来だったからね。

実は僕は義経軍にこっそり同行して一緒に戦うことで、義経の大きすぎる功績の何割かを僕のものにして、義経が背負わされる「政治的利用価値」をある程度割り引こうと考えていた。例の「大戦略」の一環として。もちろん、義経が心配でついていったというのも事実だし、妹の身を案ずる強い想いがなければあんな無茶な真似はとても僕にはできなかったわけだけれど。

そう。これで、後白河法皇が義経と僕を分断して源氏兄妹を相争わせる未来を回避できるはずなのだ。兄妹の功績を拮抗《きっこう》させておけばね……と思ったんだけど、僕が功績を総取りするつもりはなかったんだ。だって、全ては義経の手柄なんだし。義経に悪い気がして……ただ、運命を覆すためならば、ここで僕が功績を総取りしたほうがよかったのかもしれないな。

あと、義経が手柄を独占すれば、御家人たちの怒りと妬《ねた》みを買ってしまって、それが鎌倉と義経の関係破綻《はたん》の一因になるわけだけれど、僕の手柄になっちゃったんだから、御家人たちは義経に恨みを抱けない。三草山で義経に捨てられた面々も塩屋攻めに間に合ってみんな手柄を立てたしね。それも僕の深慮遠謀だった、きっと君たちは憤慨して命懸けで平家本陣を落としてくれると信じていたよと言えばたぶん彼らは本気にするだろう。

「すげーっすよ、うちの大将は……あんな無謀な真似、上総介《かずさのすけ》でもやれねーっすよ……鎌倉殿の目が怖くて見れねーっすよ」

「ああ。日頃は温厚なふりをしているが、人間じゃねー……泣いて嫌がるてめーの妹を鵯越から一ノ谷に突き落としたってのも半端じゃねー……ぜってー、殿には逆らえねーなー」

「あんまり恩賞のことで無理を言うのはやめておこうぜ。殿が切れたら、なにをされるかわかんねーよ。義高殿《よしたかどの》を襲った奴は族滅するって言いだした時の迫力もやばかったしよー。いつもにこにこ笑っている人をマジで怒らせるとヤベーんだよな」

「ああ……『弱い犬ほどよく吼《ほ》える』という言葉の真逆だぜ、うちの殿は……あの微笑みはよー、慈悲の微笑みじゃねーんだ。鎮西八郎為朝よりも俺のほうが強いぜ、文句がある奴ぁ木曾《きそ》義仲みてーに討ち取ってやんよっつー絶対強者特有の余裕の笑みなんだよ……」

……すでに本気にしていた。御家人たちの中での僕の印象がどんどん「その気になったら血も涙もない大魔王」になっていっている気がするけれど……まあ、いいや。僕がオドオドしているから御家人たちが抗争を繰り返すんだ。僕を本気で怒らせるとまずいとみんなが畏縮《いしゅく》してくれれば、御家人同士の抗争は激減するはずだ。

京に着いた僕は、これから範頼のもとで戦った梶原景時《かじわらかげとき》、和田義盛《わだよしもり》、畠山重忠《はたけやましげただ》たち主立《おもだ》った大物御家人衆と宴会を開き、彼らをねぎらい、そして後白河法皇に謁見《えっけん》して「征夷大将軍」職を要求する。

義経が破滅する前に、鎌倉に確固とした武家の政権を築いてしまうんだ。将軍となった僕の左右には義経と範頼が侍《はべ》り、武と政の両面で僕を補佐してもらう。細々《こまごま》とした仕事は相変わらず梶原景時に任せきりになるけれど、源氏嫡流が北条家《ほうじょう》ら御家人たちの抗争の中で族滅されるという悲劇はこれで回避できる。

そう。これが僕が胸に秘めていた「大戦略」の根幹方針だ。義経と功績を分け合うことで、兄妹の分断を阻止する。武家同士を対立させることで自らの権力を守ってきた後白河法皇に、義経を利用させない。

だが、後白河法皇はやはり清盛《きよもり》さんですら御《ぎょ》せない「大天狗」だったのだ。

僕はそのことをすぐに思い知らされることになった。

十三段目 義経千本桜 前編

Kamakura Genji Monogatari

京に凱旋《がいせん》した御家人《ごけにん》たちの宴会は、深夜まで続いた。義経《よしつね》と範頼《のりより》は「九郎《くろう》は早寝早起きなので。眠らないと背が伸びませんから」「ボクにはこれからちょっとした仕事がありますので～」と途中退席してしまったので、源氏《げんじ》代表として長兄の僕は酔っ払った御家人たちを一人で接待し続けていた。

さすがに彼らは一ノ谷《いちのたに》で実際に戦っていただけあって、僕のみならず義経と範頼の武人としての評価も一気に高まっている。「生田《いくた》、福原《ふくはら》、一ノ谷に跨《また》がる平家《へいけ》の長陣を撃破する方法を儂《わし》らは誰も思いつきませんでしたぜ」「やはり源氏嫡流《ちゃくりゅう》のお三方は揃《そろ》いも揃って凄《すご》いっすよ」と三兄妹を口々に絶賛してくれていた。お世辞を言うような気が利《き》いた連中ではないから、本心から言っているのだ。僕は泣きながら義経についていっただけなんだけどね……まあいいや。

「いやあ～っ見事に御《おん》大将の影武者を務めた範頼殿はもちろん、鵯越《ひよどりごえ》を跳んだ佐《すけ》殿も義経殿もたいした大将だねえ～っ、さすがは源氏嫡流のご兄妹だよ～っ。この和田義盛《わだよしもり》はただただ源氏嫡流の戦ぶりの強さに驚嘆《きょうたん》するばかりさあ～っ。吾輩《わがはい》たち関東の御家人も鼻が高いね～っ」

「……この千葉常胤《ちばつねたね》も感激したけぇの。あの木曾義仲《きそよしなか》すら打ち破れなかった平家の大軍をよもや背後の断崖から大将自《みずか》らが奇襲とは！　われらが殿のクソ度胸は鎮西八郎為朝《ちんぜいはちろうためとも》を超えたのう、畠山《はたけやま》殿？」

「千葉さん。自分は上総介《かずさのすけ》を殺《や》った落とし前をこの戦でつけて死ぬ覚悟でしたが、鎌倉《かまくら》殿たち三兄妹にまたしても命を救われました。木曾殿と平家を打ち破った鎌倉殿には、ここらでほんものの武家の棟梁《とうりよう》、征夷大将軍《せいいたいしようぐん》になってもらいたいものです」

「……征夷大将軍になれば鎌倉に正式に幕府を開き、関東に武士の政権を築くことができますからね。この梶原景時《かじわらかげとき》も、任官運動に奔走《ほんそう》しているところです。ただ……」

梶原景時だけは、この歴史的な大勝利を前にしてもなぜか浮かない顔をしていた。どうも鎌倉を出立する際、舅《しゆうと》殿の北条時政《ほうじようときまさ》からなにかを言い含められてきたらしい。もしかしたら「この儂《わし》が留守居役で、源氏三兄妹が戦場に出るとなれば、源氏三兄妹とりわけ義経殿が大戦果を立てて北条の面子《メンツ》を潰《つぶ》すやもしれぬ。本拠鎌倉を守り遠征軍に兵糧《ひようろう》を届けるのも立派な功績とはいえ、戦《いくさ》バカの御家人たちにはそんなことは理解できん。その時は梶原殿の政治力で北条の顔を立ててくだされ」などと因果《いんが》を含められているのかも。

「……殿と義経殿は明日法皇《ほうおう》様のもとを訪れる予定ですが、どうも悪い予感がするのです。平家と源氏を嚙み合わせて武家が天下を奪わぬように立ち回り続けてきたあの法皇が、素直に殿を征夷大将軍に任じるとはとても思えないのです」

そうか。目下の問題は、後白河《ごしらかわ》法皇だな。まさか源氏が平家にこれほど大勝するとは、法皇も想定していなかっただろう。ここでまた源氏同士に内輪揉《も》めをやらせて弱体化させるというのが、法皇がやりそうな手だ。

北条家の面子にこだわる舅殿の心配はその後だな。

「景時も一緒に来てくれれば安心だったんだけどね」

「謁見《えつけん》を許されたのは、殿と義経殿のお二人だけですから」

範頼は入っていないのか。これはやはりきな臭《くさ》いな……まあ、範頼にはとある極秘の仕事を命じてあり、明日には急ぎ福原に舞い戻ってもらうことになっているんだけれど、法皇が源氏三兄妹の扱いに意図的に差をつけていることは明らかだ。

清盛《きよもり》さんが見せてくれた未来では僕が鎌倉に留まったせいで義経は京で後白河法皇にいいように利用されてしまうんだけど、今回は僕がいる。もう法皇の思うようにはさせない。将軍となって、関東に武家政権を――鎌倉幕府を築き、義経と仲良く暮らすんだ。都はそれこそ舅殿にでも任せておけばいいよ。舅殿ならば法皇にも対抗できそうだし。

しかし翌日、僕はついに後白河法皇の罠《わな》に嵌《は》まってしまった。

ことの起こりは、早朝にあの疫病神《やくびょうがみ》の新宮十郎行家叔父《しんぐうじゅうろうゆきいえおじ》さんが僕の宿所に押しかけてきたことだった。相変わらず山伏の格好をしていたが、逃亡していた落ち武者にはとても見えない。

以前よりもずっと羽振りがよさそうだった。

「いよう頼朝《よりとも》！　久々に甥《おい》っ子と再会できて、俺ぁもう嬉しくてたまらねえぜ。さ、さ、朝餉《あさげ》を食ったら御所へ出かけようか？　あーでもその前に双六《すごろく》やらねえか、双六を？　俺が勝ったらよう、伊予守《いよのかみ》に任じてくれと法皇様に口添えしてほしいんだけどよ？」

「って、叔父さん!?　あなたは弟の志田《しだ》三郎《さぶろう》先生《せんじょう》を唆《そそのか》して鎌倉に楯突《たてつ》いた張本人でしょ？　その上、木曾義仲《きそよしなか》くんと僕を争わせて……！　本来なら叔父さんは処刑モノなんですよ、わかってるんですか？」

「はーん？　なにをケチ臭いことを言っていやがる頼朝。そりゃもうずっと昔の話だろ？」

「たいして昔でもないですよ！」

「もう忘れたのか？　法皇様が鎌倉に木曾義仲追討の院宣《いんぜん》を与えて、お前が上洛《じょうらく》軍を興《おこ》した時によう、俺っちは河内《かわち》で蜂起《ほうき》して義仲軍と戦っていたんだぜ？　甥っ子の義仲と戦うのは、そりゃもう身を切られるほどに辛《つら》かったさ。でもよう、法皇様のご命令とあらば仕方がねえ。義仲は、俺っちの軍勢を潰《つぶ》すために宇治川《うじがわ》へ回すべき守備兵を削らざるを得なくなった。つまり義経の宇治川奇襲が成功したのも、俺っちのお手柄ってもんよ！」

　そういえばそんなこともあったような……って、叔父さんの弟の志田三郎先生は最後まで義仲くんへの恩義を貫《つらぬ》こうと宇治川を守っていたじゃないか。志田三郎先生が鎌倉と戦う羽目になったのは、全部兄である叔父さんの口車に乗せられたためだというのに。

やっぱりとんでもない人だな、この叔父さんは。

「だからよう。俺っちはすでに法皇様から『木曾義仲討伐に大功あり』とお褒《ほ》めいただいて、こたび都への帰参を許可されたってわけよ。宇治川で敗れた三郎の行方がいっこうにわからねえのは残念だが、ま、武士なんだからあいつも覚悟はしていただろ！　俺も弟のことは水に流すからよう、共に平家と戦う源氏同士、仲直りしようぜ頼朝。なあ？」

なにを都合のいいことを……肝心の一ノ谷の合戦には駆けつけなかったじゃないですか。絶対、源氏が負けると思って隠れて傍観していたんだ。そういう人だ。

この人がしれっと京に舞い戻ってきたということは、またしても僕たち源氏一族に不幸が降りかかると断定してもいい。

いっそこの叔父さんはこの場で捕らえて幽閉《ゆうへい》してしまったほうがいいのではないか。さすがの僕も堪忍袋《かんにんぶくろ》の緒《お》が切れそうだった。でも、これから法皇様に謁見しなければならない今、ことを荒立ててはまずい。それに、ごんな人でも源氏の一族で僕の叔父だしね。

「わかりました。僕は法皇様のもとへ向かいますが、なんで叔父さんまでついてくるんです？」

「いやー。だから法皇様に呼ばれてるんだよなあ俺もよう～」

なんだって？　範頼は呼ばれていないのに？　なぜ、一ノ谷に参戦しなかったこの人が？

「やっと義仲追討の恩賞を頂けるそうなんだ。だからよ、十郎行家を伊予守に任命してやれとおめーから口添えしてほしいって言ってるんだよ。そいつを頼みに来たわけよ」

とてつもなく悪い予感がする。急いで出立しなければ。

だが、叔父さんは「朝餉が先だ朝餉が」「山伏の格好じゃ法皇様のもとには出向けねえよ、俺っちに似合う服を貸してくれや頼朝」「あれ。いきなり腹が差し込んできて……悪いものでも食っちまったかな……厠《かわや》に行ってくらあ」とあれこれ注文をつけてきた。

このため、出立が大幅に遅れてしまった。

法皇のもとを訪れた僕は、大遅刻してしまった。大失態である。

全ては行家叔父さんのせいなのだが、どうもわざと足止めを喰らっていたような気がしてならない。

御簾《みす》の向こうで「ふ、ふ、ふ。遅かったのう頼朝。よいぞよいぞ」と腹黒そうに微笑んでいる法皇は、相変わらず治天《ちてん》の君《きみ》というよりも大天狗《おおてんぐ》、大魔王の類《たぐ》いにしか見えない。顔ははっきりと見えないが、天狗に似ているといえば似ている。

思えば、戦で散っていった僕の祖父も父も兄たちも、この法皇の魔性を帯びた政治力に翻弄《ほんろう》されて互いに骨肉《こつにく》の争いを繰り広げてきたのだ。源氏にとって最大の敵は実は平家ではなく、後白河法皇だと言ってもいい。あるいは、法皇こそが武士全ての敵とも言える。清盛さんの幽霊が言っていた通り、源氏と平家の長きにわたる血腥《ちなまぐさ》い抗争は、後白河法皇が引き起こしてきたも同然なのだ。

武士に権力を渡さないために、法皇は武士たちの間に「争いの種」を常に撒《ま》き続けてきた。源平《げんぺい》の武士のうち一人を一方的に持ち上げて、面子にこだわる他の武士たちに激しく嫉妬《しっと》させ、持ち上げた一人を襲わせて叩き落とさせる。これが法皇が得意とする手だ。「位打《くらいう》ち」の変種と言っていい。あるいは源平の武士を駒として用いた「双六遊び」。

清盛さんは法皇に破格なほどに持ち上げられて太政大臣《だじょうだいじん》となり、平家は日本を完全支配する寸前までいった。だが、その清盛さんが病死するや否《いな》や、法皇は掌《てのひら》を返すように平家を落として源氏を持ち上げた。その源氏の中でも、まず木曾義仲くんを持ち上げ、続いて鎌倉に義仲くんを討たせた。都落ちした平家が福原まで再び迫ってくると、すかさず源氏に迎撃させた。一ノ谷で大敗した平家の再上洛はもう難しくなった。

ならば、次に危ないのは僕と義経だ。法皇は兄妹を同士討ちさせるつもりに決まっている。阻止する方法は、「鎌倉に武家政権を築き京から独立する」、これしかない。

都に源氏が留まっている限り、誰も法皇の魔力には抗《あらが》えないのだ。なんといっても、帝《みかど》さえをも自由自在にすげ替えることができる治天の君なのだから――。

「源《みなもとの》頼朝、法皇様のご命令通りに木曾義仲及び平家を討伐して参りました。ですが、平家はいまだ四国の屋島《やしま》に帝と三種の神器《じんぎ》を擁《よう》して正統を唱えております。つきましては、このたびは是非とも源氏こそが官軍であるというお墨付きを頂くため、征夷大将軍に就任したく」

「ほっほっほ。帝ならすでに京におるではないか、頼朝よ。この余が帝と認めた者が真の帝よ。

平家が担《かつ》いでいる幼帝はほんものではない。ただ、三種の神器を奪われたままなのはまずいのう～。征夷大将軍を望むのならば、三種の神器を奪回して参れ」

「……これ以上平家と戦うことを、頼朝は武家の棟梁として望みません。三種の神器の返還を条件に、平家と和睦《わぼく》したいと考えております」

「おいおい頼朝。一ノ谷でボコボコにしたんだからよう、屋島に籠《こ》もる平家を討っちまおうぜ？　今回は俺っちも参戦してやらあ。だから、この叔父さんをぜひ伊予守に」

「叔父さん？　水軍もなしに屋島の平家に勝てるわけがないじゃないですか～義仲くんでも無理だったんですよ？」

「鵯越で使った手をまたやりゃあいいんだよ。背後の断崖から馬に乗って急襲して」

「平家相手に二度も同じ手は通じませんし、そもそもそんな都合のいい断崖は屋島にはありませんよ。手打ちにしましょうよ、平家とは。もう関東の御家人たちも一ノ谷の大勝利で溜飲《りゅういん》が下がったでしょうし」

って、いつの間に行家叔父さんが隣に!?　それより義経は？　おかしいな。僕は大遅刻してしまった。ならば義経がこの場にいないのは不自然だ。僕の到着を待たずに帰ってしまうような妹じゃない。

「法皇様。義経は。僕の妹はどこです？　まさか来ていないのですか？」

「フッフッフ。頼朝よ。そちの妹は定刻通りに到着しておるよ。今はちと席を外しておるだけよ。慌《あわ》てずとも義経はすぐに戻ってくる——宇治川からの京への奇襲も鵯越からの一ノ谷奇襲も、全ては九郎義経一人の閃《ひらめ》きによる功績と余は知っておるぞ、頼朝？　余は自《みずか》らの手足や耳となる小天狗どもを飼っておってのう。そうとも。そちが一ノ谷の真の功労者ではないことを、余は知っておる」

後白河法皇が微笑んだ。そうか。伊勢三郎《いせさぶろう》のような者を大勢飼っているということか。常に御簾の奥に隠れて鎮座しながら、世情のあらゆる動向を把握しているのか。だから、法皇は常に機敏に動けるんだ。

平家が都落ちする際には、帝や三種の神器よりも治天の君である後白河法皇の身柄の確保が最優先だったという。だが、法皇は平家に拉致《らち》される前に叡山《えいざん》に逃げてしまっていた。このため、平家は法皇から追討される賊軍の立場に落ちてしまったのだ。

あの都落ちの時、平家の智将・平　知盛《たいらのとももり》よりも法皇の動きのほうが早かったのは、大勢の間《かん》者《じゃ》を使いこなしてあらゆる陣営の情報を収集していたからだ。

もう躊躇《ちゅうちょ》している場合じゃない。平家を都から駆逐《くちく》した今、法皇は武士から権力を奪回する総仕上げとばかりにいよいよ僕と義経の関係を破綻《はたん》させてしまうつもりだ。このままでは鎌倉と、さらには鎌倉を恐れる奥州藤原《おうしゅうふじわら》氏までもが義経一党を追い詰め、義経も弁慶《べんけい》も佐藤《さとう》姉妹も伊勢三郎も殺されてしまう。それだけは絶対に阻止する。僕は今日この場で将軍となり、武士は法皇から独立する！

「ほう。温厚な男だと聞いておったが、凄《すさ》まじい眼光じゃのう。余が憎いか、頼朝？　わかっておらぬのう。武士とは、血筋の薄さ故《ゆえ》にいにしえの時代に皇家《おうけ》からはじき出された者どもじゃ。そちは源氏の嫡流だ武家の棟梁だと田舎《いなか》者の坂東武士たちから持ち上げられておるが、余に言わせれば貴族から武士へと転落した身分低き者の末裔《まつえい》に過ぎん。どれほど強弓《こわゆみ》を引けようとも、どれほど馬術に巧《たく》みであろうとも、武士は永遠に貴族にはなれぬ。政治家として破格の天才であった、あの平《たいらの》清盛でさえな」

「……清盛入道《にゅうどう》は、実は時の上皇《じょうこう》の血を引かれるご落胤《らくいん》との噂《うわさ》がありますが」

「だとしても、いったん平家落ちした以上は、あれもまた武士に過ぎん。『源氏物語』の光源《ひかるげん》氏《じ》の栄華《えいが》が一代で途絶えたのと同じよ。さしもの余も清盛には手を焼いていたのでな、奴が過労で死ぬのを待っておった。あれは働き過ぎよ。余のように今様《いまよう》や双六に興じておればよいものを。貴族たちの反対を押し切って福原に都を移そうなど、無謀にも程があったわ」

今となっては僕にもわかる。清盛さんも京から、そして法皇から離れたかったのだ。新たな土地に武士の都を築こうとしていたのだ。宋《そう》との貿易により国を富ませるという、新しい国造りに邁進《まいしん》していたのだ。平家は西国《さいごく》が本拠地だったから。

僕ならば、鎌倉を武家の都とする。源氏の本拠は関東にあるのだから。それに、福原よりも鎌倉のほうが都から遥《はる》かに遠い。鎌倉ならば、法皇や貴族、叡山といった都の勢力からの干渉を最低限に抑えられる。

「平家を貴族として遇してやっていたのは、あくまでも清盛が飛び抜けて優秀な駒だったからよ。清盛の息子や娘たちは貴族かぶれしているだけの身分卑《いや》しき武士に過ぎん。故に、さらなる平家追討を命じる。都の治安は回復されたが、西国はなお平家に握られておる。将軍になりたくば平家を滅ぼしてくるがよい、頼朝」

「わかりましたと言えよ頼朝？　いやあ頼朝はまったく優柔不断でいけねえ。この新宮十郎がその仕事を引き受けますよ、法皇様！　へっへ。ですから俺っちを伊予守に」

「……」

僕が返事を言いよどんでいると。

義経が、僕の前に姿を現した。だが、いつもの姫武者姿ではなかった。公家《くげ》の格好をしている。これはいったい!?

「兄上！　お待ちしておりました。こたびは征夷大将軍就任の内定おめでとうございます！」

「内定？　僕が？　いや、僕はまだ……それより義経、なんだよその姿は？」

「はい。法皇様が、兄上を武家の棟梁たる将軍位に据えるのと同時に、妹の九郎には都を守る検非違使《けびいし》の役目を与えると仰《おっしゃ》いまして！　よくわからないのですが左衛門尉《さえもんのじょう》と検非違使に任命されてしまいました！　今後は判官《ほうがん》義経と名乗るように、だとか」

なんてことだ!?　これじゃ、清盛さんから見せられた未来とまるきり同じじゃないか!?

「よ、義経？　僕はまだ将軍位を貰《もら》っていないんだよ？」

「えっ、そうなのですか!?　九郎はもう、検非違使になっちゃいました……え、ええと。な、なにか問題が？　す、すみません、九郎は都のしきたりには疎《うと》くて」

「行家叔父さん！　最初から義経を騙《だま》して検非違使にしてしまうために、法皇様と結託して僕を遅刻させたんですね!?」

「ん～なんのことかな～頼朝？　俺ぁ知らないぜ～？　ま、平家を滅ぼせばおめーは晴れて征夷大将軍だ。ちょっとくらい順番が前後してもよう、別に問題ねーだろ？」

「問題大ありですよ！　武家政権の樹立という坂東武士たちの悲願がこれで台無しに！　規律に厳しい梶原景時が無断で官位を貰ってしまった義経を許すはずがないし、源氏だけに武名をなさしめたことを焦《あせ》っている舅殿はきっと本格的に暴れだしますよ！」

「……あ、兄上？　く、九郎は、もしかしてとんでもない失敗を……？　ご、ごめんなさい！」

「義経のせいじゃない。明らかに法皇に騙されたんだ。法皇様！　妹を検非違使にしたのでしたら、今すぐに兄である僕を征夷大将軍に。さもなくば、鎌倉と義経の関係は破綻してしまいます！」

そちには将軍位の内定は与えたが、平家を倒すまでは将軍にはせぬ、うっかり者の義経の勘違いであろう、と後白河法皇はほくそ笑んでいた。

「義経よ。鞍馬山《くらまやま》に幽閉されていた幼いそなたに、そなたの父の仇《かたき》は平家じゃ、伊豆《いず》に流されたそなたの兄頼朝とともに武士として平家と戦い父の仇を討つがよい、それでそなたは孤独から解放されると吹き込ませるべく『鞍馬山の天狗』どもを義経のもとへ遣《つか》わし、平家への復讐の念や兄への思慕《しぼ》、そして武芸兵法の全てを教え込ませたのは、この余じゃ。金売吉次《かねうりきちじ》を通じて成長したそなたを奥州平泉《ひらいずみ》へ送ったのも余よ。奥州藤原氏と源氏嫡流のそなたが結べば、平家に対抗し得る大戦力となるからのう～。源氏叩きが過ぎて強大にしてしまった平家から天下を奪い返すために、そなたは余の便利な駒として見事に働いてくれた。そなたは戦の天才だが、素直すぎて人を疑うことを知らぬ。よいぞ、よいぞ」

「……えっ!? 鞍馬山の天狗さんは、法皇様の御家来衆だったのですか!? そ、それでは、九郎がまだ見ぬ兄上を誰よりも激しく慕《した》って、心の支えにして生きてきたのも……」

「余が、そなたの心を頼朝を慕う方向へと誘導させたのよ。そなたを妹として溺愛《できあい》してくれる最愛の兄など、家族を知らぬそなたの寂《さび》しさが生みだした幻よ。女のそなたが武士として堂々と活躍するためには、兄頼朝の後押しがどうしても必要だったのでなあ～」

な……なんだって!? 法皇が、義経を姫武者の道に!? そんな昔から義経を陰から操っていたのか!? 全ては、平家の力を削《そ》がせるために!? 義経は女の子なんだぞ?

「ほう、凄《すさ》まじい形相《ぎょうそう》で余を睨《にら》むではないか頼朝。だが余の策略は、そなたのためにも役立ったであろう? ろくに馬にも乗れぬ一介の流人如《るにんごと》きが今や武家の棟梁面《づら》できるのも、余が義経を強力な姫武者として鍛え上げてそちのもとへ送ったおかげであるぞ。この娘は人間を容易に信じ、自ら天狗を名乗る者の正体や素性《すじょう》すら気に懸《か》けぬ。この娘の人生をわが意の如く操るのは、サイコロの目を操るよりも容易であったわ、フフフ」

なんてことだ。優しい義経がなぜ姫武者として生きる道を選んだのか、鞍馬山の天狗とは誰なのか、今まではっきりとしていなかった。全ては、法皇による誘導《りょうじ》だったのだ！

「頼朝よう。俺っちも最近知らされたんだけどよ、以仁王《もちひとおう》様の令旨を用いて全国の源氏に打倒平家を訴えるという作戦もよう、法皇様が考えたんだぜえ？　ご自分の名前を使わなかったのは、事破れた時に責任を回避するためだとさ。いやはや、法皇様はとんでもねえ知恵者だねえ～俺っちも義経も法皇様の掌の上で踊らされていたってことよ！」

「これからは頼朝の家臣としてではなく、余に忠実に仕《つか》える検非違使としてその武を用いてもらうぞ、義経。すでにそなたは官位を与えられわが家臣となった。そなたの人生を支配している者は、二十年近く伊豆に籠《こ》もってそなたを放置していた頼朝などではなく、この余である！余こそが義経、そなたをここまで導いてきた育ての父であるぞ！」

「……そ、そんな……そんなはずは……兄上をお慕いする九郎のこの気持ちは、幻でも偽《いつわ》りでもありませぬ！　法皇様。嘘だと言ってください。どうか……」

「嘘ではない。鞍馬山の天狗に教えられるまで、そなたは源頼朝の存在すら知らなかったではないか。それどころか、自分が源氏の嫡流であることすら知らされずに生きておったではないか。そなたの人生は、余のものである、義経よ。平家を打倒した暁《あかつき》には、そう、余の最大の敵である頼朝を倒すのじゃ。余に逆らい征夷大将軍などを望むそなたの兄をな！」

「法皇様。それだけはできませぬ！　あ……あ……兄上……九郎は……九郎は、なんと愚かな妹でありましたでしょうか……自分自身の人生を一日として生きたことなどなく、この兄上への想いすら法皇様に植え付けられた虚妄《きょもう》であったとは……九郎が愚かだったが故に、兄上をこのような窮地《きゅうち》に追い詰めてしまい……申し訳……ありません……！」

「ま、待て、義経！　法皇の言葉を耳に入れるな、心を支配されるぞ！　待つんだ！」

「……兄上……お許しください。もはや、九郎には兄上のお側にいる資格はありません。おさらばです！」

勇気を奮《ふる》い起こして僕自身が京に入り、一ノ谷の合戦にも参戦した。これで義経の運命は変えられたと信じていた。

だが、後白河法皇の謀略の才は僕などの遥《はる》か上を行っていた。法皇を「大天狗」と呼んで警戒していた清盛さんすらもついに生涯気づけなかった深慮遠謀《しんりょえんぼう》だった。義経をまるで双六の駒のように幼い頃から操って利用し続けてきただなんて。そして、これからも。


——義経の姿は、この直後から忽然《こつぜん》と消えてしまった。

十四段目

義経千本桜　後編

Kamakura Genji Monogatari

「梶原景時《かじわらかげとき》から報告は聞いておる。義経《よしつね》殿が、婿《むこ》殿に無断で法皇《ほうおう》から検非違使《けびいし》の官位を貰《もら》ったと。これは鎌倉《かまくら》に対する立派な謀叛《むほん》じゃ〜っ！　いくら婿殿の妹君とはいえ、御家人《ごけにん》の一人に過ぎぬ。鎌倉の仁義を破った所業は許されぬわ！　義経に取り憑《つ》いとる疫病神《やくびょうがみ》の新宮十郎行家《しんぐうじゅうろうゆきいえ》ともども、法皇から追討の院宣《いんぜん》を頂くまでは京の包囲は解除せんぞ！」

僕同様に「これでは鎌倉に幕府を開くという坂東《ばんどう》武士の悲願は潰《つい》えてしまう」と血相を変えた舅《しゅうと》殿・北条時政《ほうじょうときまさ》は今、坂東武士たちを引き連れて京の都を包囲していた。

鎌倉は、なにごとにも動じず常に冷静な舅殿の息子・義時《よしとき》に預けてきたという。

舅殿は、源氏《げんじ》兄妹に武功を独占されることを恐れていたこともあるが、それ以上に法皇が鎌倉武士団の切り崩しを図り義経がまんまとその謀略に嵌《は》まったことに憤慨《ふんがい》していた。しかも、身内に甘い僕が妹を庇《かば》うことは目に見えていたので、自《みずか》ら京に乗り込んで武力で法皇に圧力をかけてきたのだ。

今や、京の都は関東から襲来した凶暴な坂東武士どもに完全包囲され、いつ何時炎上するかわからない。食糧の供給も封鎖されてしまった。

混乱する京のあちこちに仮住まいをしている御家人たちを、僕は徹夜で説得して回った。義経の不始末は兄である自分が必ず正しく処置するので、舅殿と一緒になって京を荒らしたり妹を討ったりしてはならない、と含むように言って聞かせ続けた。

しかし、皮肉なことに——。

「あらあら、ほっほー。佐殿《すけ》ぉ～。あんたはほんとうに恐ろしいお方だよ～っ。そうやって甘い顔をして吾輩《わがはい》たちの忠誠心を敢《あ》えて試しておいて、佐殿の言葉に乗せられて義経殿をかばい立てした者は鎌倉に背《そむ》いた罪で残らず族滅《ぞくめつ》するおつもりでしょお～？　この世渡り上手の和田《わだ》義盛《よしもり》には、佐殿のやり口はよお～くわかってますともさ～。ええ、ええ。義経殿と新宮十郎は討ちますよぉ～ッ。今こそ、鎌倉殿への忠義が問われる時でさぁ～」

ち、違う！　違うんだ、和田義盛！　考え過ぎだよ！

「この『千葉《ちば》の暴走星』千葉常胤《つねたね》は、坂東武士じゃけえ。強者《つわもの》をこそご主君と頼みますけぇの。一ノ谷《いちのたに》で自ら命を懸《か》けて平家《へいけ》を打ち破った鎌倉殿にどこまでもついていきますけぇ。裏切り者の妹君のタマを獲《と》らにゃあならんが、妹君を庇ってみせにゃ男がすたるちゅう鎌倉殿のお立場も、ようわかっておりますけぇ。殿の代わりに、この千葉が義経殿を殺《や》ってきますけぇ」

どうしてそうなるんだーっ!?　一ノ谷で武功を挙げた勇者は僕じゃない、義経なんだ！

まずい。一ノ谷の戦の功績が全て僕のものになったために、御家人たちは僕の桁外《けたはず》れの武勇（そんなものは幻なのだが）を恐れている。

その上、僕は鎌倉で「義高《よしたか》を傷つけた者は族滅する」という一世一代を懸けた恐ろしい啖呵《たんか》を切ってしまっていた。あれは源氏族滅を回避したい一心で無理をして言った言葉だったんだけど、あの時に彼らが「いつ自分が族滅されるか」と感じた恐怖が、一ノ谷での神懸かった源氏大勝利によってさらに増幅されているのだ。

もはや僕は、御家人たちの目には文字通りの人外魔王に見えているに違いない。

だから彼らは、非情な僕が言外に「義経を殺れ」と命じているのだと勘違いしている！

僕がいくら止めても、御家人たちは次々と「表立って妹を討てとは殿も言いづらいでしょう、自分が独断で殺ります」と義経を殺る役目を買って出てくる！

「鎌倉殿のお父上もそうでした。武士には、血涙《けつるい》を流してでも親兄妹を討たねばならぬ時があります。この畠山重忠《はたけやましげただ》が、兄妹の仁義を破った義経殿を殺ってきます。その後は、自分の首を刎《は》ねて哀《かな》しみをお鎮《しず》めください。族滅されようとも、自分は鎌倉殿への仁義を貫《つらぬ》きます」

御家人のうち一番話が通じる常識人の畠山重忠の説得に失敗した時点で、僕は御家人たちを翻意《ほんい》させることを諦《あきら》めた。僕が彼らに顔を見せたことは逆効果だった。畠山は別だが、誰もが僕が自分を脅《おど》していると思い込んでいる。「言わんでもわかっとるじゃろう。さっさと義経を殺ってこいっちゅうことや、ああ?」と僕が魔王の形相《ぎょうそう》で笑っているように見えているらしい。

「『族滅』だなんて言葉、軽々しく使うべきじゃなかった～！　ああ～っ！」

でも、ああでも言わないと御家人の誰かが義高を殺して、政子《まさこ》さんも大姫《おおひめ》も心に酷《ひど》い疵《きず》を刻まれただろうし。

しかしその結果、義経が……！


当の義経は、検非違使に任命されたその日に都から姿を消した。今回の騒動の元凶である行家叔父さんも同時に消えた。たぶん、行家叔父さんが「このままでは鎌倉武士団が真っ二つに。兄上に面目が立ちません」と悩む義経を言葉巧《たく》みに危険な京から連れ出して逃げたに違いない。

なんてことだ。いち早く僕の屋敷に義経を匿《かくま》えていたら、御家人たちも妹に手出しできなかったのに！　相変わらず行家叔父さんのほうが立ち回りが素早かったために……あの人は、誰も幸福にならない余計な知力と行動力の持ち主だよ！　やっぱり幽閉《ゆうへい》しておくべきだった！

しかも、僕の頼みをなんでも聞いてくれる弟の範頼《のりより》は、福原《ふくはら》に出張中だ。

政子さんは？　頼みの政子さんは今、どこに？　舅殿が鎌倉を空けたということは、やはりまだ鎌倉で留守居役を？

いよいよ窮《きゆう》した僕は、京の梶原景時の屋敷に飛び込んで、景時に泣きついた。もう気分は石《いし》橋山《ばしやま》の洞窟に隠れて震えていた時以上に最悪だ。

「景時。頼む、義経を救ってくれ！　僕がなにを言っても御家人たちは『自分が殺《や》ってきます』の一点張りなんだ！　僕が御家人たちに舐《な》められないよう虚勢を張ったり一ノ谷の功績を独占したせいで、彼らは勝手に僕を誤解して、兄妹であろうが逆らった者は殺す魔王だと思い込んでいて……ううっ……頼む、景時。義経を助けて……！　妹が死んでしまったら鎌倉幕府も武士の世も征夷大将軍《せいいたいしょうぐん》も僕には意味がないんだ！　僕が……僕がほんとうに求めていたものは……ただ、源氏の家族が仲良く共に暮らせる世界なんだ……」

「……殿。北条時政殿に義経殿の検非違使就任を報告したのは、この景時です。時政殿に、義経殿から目を離すな、あのお人は法皇や新宮十郎に謀《たばか》られるやもしれぬ、なにかあればすぐ報告せよと命じられていたために……ですが、よもや時政殿が鎌倉を留守にして上洛《じょうらく》するとは」

　梶原景時は、石橋山の洞窟ではじめて僕を見つけた時と同じあの慈愛に満ちた目で、無様に泣き崩れた僕の手を握りしめていた。

「殿をお救いするには、義経殿を切り捨てる他はありません。時政殿は、関東に都から独立した幕府を開くという野心に憑《つ》かれております。これ以上殿が義経殿を庇えば、殿は時政殿に見切りをつけられます。身内に甘すぎる、坂東武士を束ねる武家の棟梁《とうりょう》に相応《ふさわ》しくない、と」

「……そうか。武家政権の開設は、舅殿だけでなく坂東武士たち全ての願いだ……だから僕がいくら義経を庇っても……その言葉は彼らに届かないのか……」

「はい。妹君を斬れとは、殿の義経殿への想いを知っている景時には言えません。各地の関所を見張る門番たちに手心を加えさせ、義経殿にはどうにかして畿内から逃げてもらいます。ですがあくまで殿が義経殿を捕らえて処罰しようと努力しているそぶりを見せねば、最悪の場合時政殿が殿を討ちます。この京で」

「僕を!?」

「御家人たちは殿を鎮西八郎為朝《ちんぜいはちろうためとも》以上の強者と恐れておりますが、時政殿は殿の素顔をよく知っておりますから、殿に怯《おび》えておりません。それに殿を始末しても、殿と政子殿の一子《いっし》、万寿《まんじゅ》殿が源氏の棟梁を継げます。今のあなたは武家の棟梁と言っても、時政殿にとってはあくまでも武家政権に正統性を持たせるためのお飾りなのです。時政殿を心服させられねば、殿もそのお子も時政殿の傀儡《かいらい》に過ぎません」

僕は未来を見た。そう。わが子万寿も僕の死後に御家人たちと対立し、消されてしまう。

そして、僕に逆らおうとした御家人を次々と始末してきた梶原景時も、族滅される――。

「景時。君にはわかっているのだろう?　僕が舅殿の傀儡である以上、君が僕の敵になりそうな人間を消せば消すほど君の運命も極まってしまう。僕が死んだら、次は君が御家人たちに始末される。君はあらゆる御家人たちから恨みを買っていくのだから……」

「……承知の上です、殿。わたくしは石橋山で殿と出会って以来、殿を苦しめる全ての者を消し去ろう、自分の命も一族の命も全て捨てよう、と決めておりましたから」

景時の本心を、僕ははじめて聞いた。なぜ景時はあの時、僕を護《まも》ろうと決めたのだろう?

「……ただ……できれば殿にとって最大の脅威である時政殿を、こうなる前に除いてしまいたかったのですが、政子殿の父君には手出しできませんでした……わたくしにできることには、限度がございました。もしも殿の奥方が政子殿ではなく、この景時であったならば……」

「……景時」

そして梶原景時の屋敷もこの時すでに、御家人たちに包囲されていた。

「婿殿！　いつまで愚図愚図しておられるのじゃ。さ、さ。京を脱出した判官《ほうがん》義経を追いかけて討つのじゃ！　やっと法皇より義経及び新宮十郎を追討せよとの院宣を頂いてきたのじゃぞ！　坂東武士が鎌倉に幕府を開けるか否《いな》かはこの選択にかかっておる！　よもや、この北条家に逆らいはしませんでしょうなあ〜!?」

舅殿が、強悍《きょうかん》な御家人たちを引き連れて屋敷内へと乗り込んできた。

ついに後白河《ごしらかわ》法皇も、問答無用で義経追討令を要求する舅殿の迫力に屈したのか。いや、こんどはこの騒動を利用して将軍位を狙う源氏を族滅させようと目論《もくろ》んでいるのかもしれない。つまり、最初から粛清対象の僕はもちろん義経をも切り捨てたのだ。なにが「育ての父」だ！

「殿は迷っておられます、時政殿。妹を討ってよいのかと。しばし時間を！」

「梶原景時、もはや時間はない！　義経が遠国《おんごく》へ逃げ仰《おお》せたらなんとする？　はよう婿殿を説得なされよ。婿殿はすでに従兄弟《いとこ》の木曾義仲《きそよしなか》を討ったではないか。義経とて同じことじゃ！」

「同じではございません！　義経殿は、殿の妹君です！」

「さあ、さあ！　摂津《せっつ》源氏より報告があった。義経は今、摂津の海へと向かっておる！　船で九州や奥州《おうしゅう》へ逃げられれば天下に大乱を招きますぞ！　それとも、鎌倉で武家の棟梁として君臨する気概がないとこの正念場で匙《さじ》を投げられるのか、婿殿は!?　ならば引退してもらわねばなりませんなあ～？　景時！　これ以上婿殿を甘やかすのならば、そちにも退場してもらおうぞ！」

　鎌倉に武家政権を築くためには、法皇の分断策を潰《つぶ》さねばならない。今のこの国のあり方を考えれば、土地を統治する実力を持った武士自らが政権を運営するべきだという舅殿の選択が正しい。たとえ、博打《ばくち》好きな彼個人の野望が幕府開設の原動力だとしても、源平全ての武士を、まして幼い娘を双六《すごろく》の駒のように操って殺し合わさせる法皇よりはまだ……。

　だが、僕には……僕にはできない。絶対に義経を護りたい。が、この場での返答次第では僕も景時も舅殿に幽閉され、最悪の場合暗殺される……僕は今まで、源氏族滅の運命を人知れず回避するために周到な大戦略を秘密裏に進めていた。だが、舅殿がここでこれほどの博打に打って出るとは想定外だった。僕が運命に激しく逆らった分、反動が出たのだろうか？　舅殿が決起した時の対策は考えていなかった。いったいどうすればいい？

　こんな時に政子さんが、この京にいてくれれば。

※

都を落ちた義経一党は当初、河内《かわち》を経由して新宮十郎行家の本拠地・紀伊《きい》へ向かおうとした。だが、すでに陸行は不可能となっていた。結局、海路を用いて畿内から脱出するしかなく、この日の深夜にようやく摂津の大物浦《だいもつのうら》へと到着していた。

道中、一行は山伏に変装。小柄な義経は山伏の従者役になりおおせ、義経狩りの検問を通過する際には勧進帳《かんじんちょう》を詠《よ》み上げてみせた弁慶《べんけい》が義経を激しく打擲《ちょうちゃく》するという苦肉の策まで用いた。鞍馬山《くらまやま》を抜けて奥州平泉《ひらいずみ》へ向かった際にも、義経と弁慶はこの手を用いて平家の捜索を潜《くぐ》り抜けてきた。しかし、平家打倒を誓って奥州へ向かっていた希望に満ちた旅と今回は違う。誰よりも敬愛する兄を窮地に追いやってしまったことを深く嘆《なげ》く義経を打ち据える弁慶は、（どうして？　どうしてこんなことに）と涙を禁じ得なかった――。

義経たちは検問を突破できたというよりは、期せずして弁慶が流した涙が検問係を務めていた武士たちの同情を誘って見逃してもらえたようなものである。

頼朝の心情を汲《く》んだ梶原景時が、関所を構えた摂津源氏に内々に「義経一党を見かけても見逃すよう。ただし、一党の動向だけは逐一《ちくいち》報告するように」と伝えていたことも大きかった。

「義経よう。本気で九州まで船で逃げるつもりなのか？　見ろやこの海の荒れっぷりを。今出航したら、全滅するに決まってらあ！　おめーが『河内源氏と称してはいるが、鎌倉に本拠を置いた坂東源氏は摂津源氏の敵である』と声をかければ、今は頼朝に従っている摂津源氏の連中もいっちょやってみっかって気になるって。鎌倉勢と戦おうぜ？」

こちらも以仁王《もちひとおう》の令旨《りようじ》を各国の源氏に配り歩いてきて山伏姿が板に付いている新宮十郎行家が義経を唆《そそのか》すが、義経は暴風と豪雨によって真っ黒に染まっている夜の海を眺めながら「……イヤです」と小さな声で呟《つぶや》くばかりだった。

※

九郎《くろう》は、生まれてすぐに母親から引き離されました。父親の顔も名前も知らないままに。鞍馬山に幽閉されてからも、母親の常盤御前《ときわごぜん》から「牛若《うしわか》」と呼ばれていたことだけは覚えていました。だが、自分が何者なのか、なぜ鞍馬山から出られないのか、まるでわかりません。僧侶たちも九郎に常になにか遠慮し、「遮那王《しやなおう》」という仰々《ぎようぎよう》しい新たな名前を与えてはくれましたが、九郎の生い立ちについてはなにも教えてはくれませんでした。

耐え難い寂《さび》しさと無力感。自分はいったいなんのために生まれてきたのか。誰にも必要とされていないのに……家族もなく友もなく、幼い九郎は日々鞍馬山で絶望しながらひたすらに山を奔《はし》っていたのです。山中で出会う動物たちと会話できるような気になったのも、あまりにも寂しかったからかもしれません。人間は誰も、九郎とまともに口を利《き》いてくれないのですから。

そんな九郎に「遮那王よ。お前は源氏のかつての棟梁、源義朝《みなもとのよしとも》の娘だ。お前の父は平家との戦《いくさ》に敗れて殺されたのだ。お前の兄の頼朝は伊豆《いず》へ流刑《るけい》となり、お前は常盤御前から引き離されてこの鞍馬山で生涯飼い殺しにされる運命となった――このまま鞍馬山で孤独に朽《く》ちるか。それとも姫武者となって父の仇《かたき》であり母や兄をお前から奪った平家を打倒し、家族とともに過ごせる自分の人生をその手に掴むか。お前が選べる道は、二つに一つだ」と山中で教えてくれた方が。そう、天狗《てんぐ》の面を被《かぶ》った山伏さんたちでした。「鞍馬山の天狗」です。

戦に勝った平家がいかに源氏を厳しく扱ったか。そして、頼朝の兄上がどれほど家族にお優しく戦に強い英雄であるか。兄上のもとで姫武者として平家と戦えば、きっと九郎は兄上に妹として受け入れられ、家族として過ごせるはずである。そんな「生きる希望」を、天狗さんたちは九郎にはじめて与えてくださいました。今でも彼らには感謝しかありません。たとえ、法皇様の命令によって九郎を操るために現れた人たちだったのだとしても……。

それに、ほんものの兄上は、天狗さんたちから伺《うかが》っていたよりもずっとお優しく、そしてお強い人でした。自ら正体を隠してまで、九郎の身を案じてあの一ノ谷まで苦手だと仰《おつしや》る馬に乗って一緒についてきてくださった方なのです。

たとえ最初に兄上に抱いた思慕《しぼ》の想いが法皇様から植え付けられたものだったとしても、今、九郎が兄上を慕《した》うこの気持ちは虚妄《きよもう》でもなんでもありません。真実です。ほんものの兄上と共に過ごすうちに生じた、真実の想いなのです。法皇様をお恨みするつもりは、九郎にはありません。むしろ兄上と引き合わせてくださったことを感謝したいくらいです。旅の途中、弁慶や伊勢《いせ》三郎《さぶろう》や与一《よいち》や佐藤《さとう》さんたち大切な仲間とも出会えましたし。

思えば九郎は、果報者でした。

でも。だからこそ。

短慮故《ゆえ》に兄上をこのような苦しい立場に追い詰めてしまった九郎は、そして木曾義仲さんや平家の皆さんを討ってしまい彼らから家族を奪った九郎は、もう兄上のお側にはいてはならないのです……検非違使として兄上を討つくらいなら、九郎は——。

※

「北条時政殿率いる御家人衆が兄上に九郎追討を迫っている今、兄上があくまでも九郎を庇えば、兄上のお立場は……兄上をこれ以上困らせるくらいならば、九郎は死にます。いまだ九郎が生き恥を晒《さら》して生きているのは、九郎のもとを離れてくれない弁慶たち友のためです……」

「ごめんね義経ちゃん。あたしは義経ちゃんと生死を共にすると誓っているから！　義経ちゃんに絶縁されたって、この弁慶は最後までずっと一緒《ごと》だよ！　だから、元気を出して！」

「この伊勢三郎も、盗賊娘にもかかわらず姉妹の如く接してくださった姫のためならば、地の果てまで同行する所存でござる。惜しむらくは、われらにとって都は実に面妖にて理解不能な土地だったことでござるな。どうして平家を破った姫が一転して追われる立場になったのか、拙者《せつしや》にはわからぬでござる」

「『われらは父の仇・平家に勝ちたいという義経の想いを汲み、戦うために立ち上がった。木曾義仲と戦い、平家と戦い、その結果大勢の武士を討った。しかし義仲にも義高《よしたか》や巴御前《ともえごぜん》たち家族がおり、平家もまた同様である。仇敵《きゅうてき》とはいえ、源氏も平家も同じ人間であろう。これもまた、因果《いんが》というものやもしれぬ』」

弁慶。伊勢三郎。佐藤姉妹。武士でもなければ貴族でもない彼女たちは、平家に遺恨があったわけではない。ただひとえに、「父の仇を討ち、母と再会し、そして九郎がお慕いする兄上に褒《ほ》めてもらいたい」という義経の少女じみた夢を叶《かな》えてあげたいという一心でここまで来た。そして兄・頼朝は、義経が幼い頃より想像していた「理想の源氏の英雄」とは少しばかり違っていたが、義経を妹として深く愛してくれた。兄妹で平家を打ち払い、あとは母を捜すばかりとなってついに義経の悲願が叶うと思われた矢先の転落だった。法皇の真相暴露によって幼い頃より抱いていた夢から強制的に目覚めさせられた義経は、自分が戦で大勢の武士を討ち、彼らを家族から引き離してしまったことをはじめて実感し、そして激しく自分を責めていた。

義仲殿。平家の方々。九郎は……。

「なーにが因果だ。おめーら田舎《いなか》娘には政治ってのがわかってねーなあ。要は北条時政だよ、北条時政。このままじゃあ、北条が留守番していたうちに敵勢力を一掃しちまった源氏が鎌倉の権力を独占しちまう。だから北条時政の親父は、しくじったら源氏に族滅される覚悟を決めて上洛軍を興《おこ》し、源氏の結束を潰しにかかったんだよ。一か八かの賭けってやつだ。頼朝は甘い男だがもう義経と俺っちを討つしかねえ。さもなきゃ頼朝自身が北条に消されちまう」

新宮十郎行家が訳知り顔で解説するが、弁慶は「あんたが法皇様と結託して義経ちゃんを検非違使にしちゃったせいでしょっ！　理屈はよくわからないけど、あれが問題になったんだから！」と薙刀《なぎなた》で行家の首を刎《は》ねてやりたい衝動に駆られた。

「……弁慶たちはどうか残ってください。九郎は一人で出航します……絶対に兄上と戦えぬよう、九郎は九州の果てで世を捨てて隠棲《いんせい》します」

「待って、義経ちゃん！　無理だって！　いくら義経ちゃんでも、この嵐の海に出たらたちまち船が沈没して死んじゃうよっ！　完全に自殺じゃないのっ！　木曾義仲軍を打ち破り、一ノ谷で平家を撃破した英雄の義経ちゃんが、どうしてそんなことを……!?」

「……弁慶。九郎が戦場で輝けたのは、兄上がいてくれたからです。兄上に頭を撫でてもらえるから、九郎は勇気を振り絞って戦えたのです……その兄上が危機に陥《おちい》った今、九郎にできることは……兄上をお救いするためにこの世から消え去ることだけです……」

「でも！　お願い、せめて嵐がやんでからにして！」

「当分やみそうにありません。このままここに足止めされていたら、兄上の軍勢に捕捉されて戦うことになっちゃいます。だから、今すぐ出航します」

この時、雨中に、ものものしい法螺貝《ほらがい》の音が鳴り響いた。

弁慶たちは、源氏の白旗《しらはた》を掲《かか》げた大軍が、義経を追ってついに大物浦へと到着したことを知った。東から。そして西から。すでに義経一行は、源氏の追討軍に挟撃されている。

「やはり、追いつかれましたか。兄上のために戦えない九郎には、武の才も天の運もなにもないみたいですね、やっぱり。ふふっ」

弁慶にはもう、義経を引き留められない。捕まえようとしても身軽な義経は自在に逃げ回ってしまう。京でさんざん経験している。

「……素顔の九郎は、ただの子供でした。なんの力もありません。検非違使になるなど、九郎の思い上がりでした。これも、木曾義仲殿や志田三郎《しださぶろう》殿、そして平家の皆さんを討った罰なのでしょう。人の命に価値の違いなどないことを九郎は知らなかった。九郎にとっては父上や兄上の命がなによりも大事でした。ですから、戦働きをして勝ちを収めました。けれども、木曾の義高くんにとっては義仲殿の命が。平家の皆さんにとっては平家一門の家族の命が……九郎が姫武者になった時には、武士として生きることの業《ごう》の深さを理解できていなかったんです」

「ううん！　鞍馬山を飛び出して武士になる以外、殿と出会う道はなかったのだから仕方ないよ！　それにあなたは独りきりじゃないよ、義経ちゃん！　あたしは最後まで絶対に離れない！　無理矢理にでも同船するからっ！」

「無論、伊勢三郎もどこまでも姫にお供するでござる。はて？　そういえば与一氏《うじ》は里帰りをすると言って出かけたきりでござるな？　無事に故郷に帰り着いたのでござろうか」

「「ふふ。大勢の家族がいる与一まで補陀落渡海《ふだらくとかい》に付き合わせずともよかろう。われら佐藤姉妹は最後まで付き合うがな——義経が鳴らす鼓《つづみ》の音色に魅了された時より、この命は義経に預けておる」

「……みんな……ごめんなさい。そうでした、九郎は独りじゃありませんでしたね。失言でした。弁慶たちは、九郎がなにを言っても離れてくれないのでしょうね」

「もちろんだよ！」

「でしたら、みんなで出航しましょう。九郎一人では無理ですが、弁慶たちがいてくれれば、生きて九州に辿り着ける可能性も万に一つはあるかもしれません」

「あるある、あるよ！　船が沈んだら、弁慶が義経ちゃんを肩車してあげる！　それで義経ちゃんが沈みきるまでの時間を稼ぐから！　その間に、足場になる岩を探して！　得意の八艘《はっそう》飛びの要領で跳んで！」

「海上にそのような都合の良い足場があるかどうかは、夜目が利く拙者が探すでござる」

「『われら佐藤姉妹にできることは、浜手に並ぶ夜桜の蕾《つぼみ》を咲かせることくらいだな。ふふ、いざ大自然を前にすれば妖怪とはなんとも脆弱《ぜいじゃく》なものよ」」

新宮十郎行家が「ねえよ、ねえねえ。こんな嵐の中を出航して死なずに済む確率なんざ、万に一つもねえって。でももう止めても無駄かあ。じゃあなあ、義経。俺はしばらく隠れてっからよー」と逃げ支度をはじめたが、怪力の弁慶に首根っこを押さえられてしまった。

「あんた、自分だけ助かろうとしてるでしょ！　船は二艘ある！　あんたも一緒に来るのよっ！　義経ちゃんとは別の船に乗せてあげるから、故郷の紀伊へでもどこへでも逃げなさい！」

「ゲーッ!?　紀伊へなんざ行き着けるわけねーだろうがーっ！　痛い痛い、なんだこの女？怪力すぎらあ！　ギャーッ、お助けーっ！」

　義経一党は今、十中八九死ぬであろう絶望的な船旅に出ようとしていた。

※

「与一。義経が乗り込んだ船の帆を矢で射落とせ。義経の船を止めるんだ。この暴風雨の中で、できるか？　当てられるか？」

「……殿。与一にはご主君に家族として拾っていただいたご恩があるっす。この矢にご主君の運命がかかっているのならば——全身全霊を込めた一矢《いっし》で、見事に帆を落としてみせるっすよ」

　僕は間に合った。

　本来ならば、義経はこの自暴自棄とも言える嵐の中の船出の直後に海上で遭難し、仲間たちはちりぢりになってしまう。隠遁《いんとん》先に選んだ九州に辿り着けなかった義経は、弁慶とともに奥州平泉へと落ちのび、そして鎌倉の圧力を受けた藤原《ふじわら》氏に殺されてしまう。僕と絶縁したその時から、義経は天才武将としての輝きを突如として失い、そしてその光は二度と蘇《よみがえ》らない。

だが、たとえここで僕が未来を先読みして義経の出航を阻止できても、それだけでは義経は救えない。すでに舅殿が、法皇を脅して義経追討の院宣を貰ってしまっているからだ。

それに義経自身、同じ源氏の木曾義仲くんと戦って破り、彼を死なせてしまったことを深く悔いている。平家をあれほどまでに叩いて、平家一門にかつての源氏以上の悲劇と苦しみを与えてしまったことをも後悔している。戦の天才だった義経が僕に追われる立場になって以来まるで無力になってしまうのは、戦の果てに最愛の兄である僕との兄妹関係を失ったことで、戦で家族を失う者の哀《かな》しみに源氏も平家もない、戦に勝つこととは武士の悲劇を繰り返すことに他ならないと「知って」しまったからだろう。

義経は大人になった。そしてそれは、義経がもう無邪気で無垢《むく》な戦争の天才ではいられなくなったということなのだ。それは、舅殿たち御家人に担《かつ》がれて鎌倉に幕府を開こうとしている僕の複雑な立場を義経が察してしまったということでもある。

だから義経は、僕と戦うくらいならばと死への旅路に赴《おもむ》こうとしているのだ。

義経が消えれば、僕はただ一人の「源氏の棟梁」となれる。鎌倉殿として、誰にも粛清されずに生きていける。後白河法皇も、頼みの義経がいなくなればもう僕を追い落とせない。舅殿も、義経という北条家にとっての最大の脅威が除かれれば、婿の僕を鎌倉殿としてこれからも担ぎ続けるだろう。

今の義経は、そこまでわかっている。わかってしまっている。だから、戦わないのだ。だから、この世界から消えようとしているのだ。僕を生かすために。

「義経、ありがとう。そして、ごめん。こんなふがいない兄のために自分の命まで捨てようと……だが僕は、兄妹ともに生き残る未来を摑む。与一！」

※

那須《なすの》与一は、坂東武士の那須家の十一人目の子供として生まれた。上の兄十人は全員武士として育てられたが、与一は余り物の姫「余一」として那須家内に身の置き所のない立場だった。幼少時から十人もの兄がいながら、与一はあるいは義経以上に孤独だったのかもしれない。野山を駆けながらどれほど弓矢の腕を磨いても、「お前は女だ」「那須家には兄が十人もいるのに、姫武者なんていらない」と兄たちに相手にもされなかった。

そんな与一にとって、弁慶たちと共に忽然《こつぜん》と現れて「九郎はこれから借金の形に奥州へ売られて……いえいえ、武者修行に旅立つんですよー！　あなたはとっても弓がお上手ですねっ！九郎は兄上以外の殿方が苦手なので、女の子の仲間が欲しくて……一緒に奥州へ行きませんかっ⁉」と自分のような余り物に明るく声をかけてくれた義経は、闇の中に差し込んできた一本の光だったと言っていい。源氏嫡流の姫でありながら身分の分け隔てもなく、九郎は常に与一と寝食を共にし、「余一という名前はあまり良くないかもしれません。この旅を機に改名しましょう！　与一でどうでしょう！　余り物ではなく、与える側を名乗りましょうよ！　こっちのほうが与一らしいですよっ！」と輝かしい名前まで与えてくれた。

　しかし故郷に行き場のない弁慶たちとは違い、与一には故郷に十人の兄がいる。与一は、一ノ谷の合戦が終わったあと、しばらく里帰りして兄たちに自分の戦果を報告したかった。もう余り物の余一ではない、と兄たちに認めてほしかった。義経が頼朝に認めてもらえたように。

　いてもたってもいられなくなった与一が「すぐ戻ってくるっす」と急いで都を出立したため、遮那王《しゃなおう》四天王のうち与一だけが都落ちする義経一党への合流に失敗したのである。

　義経都落ちの凶報を聞いて慌てて都に戻ってきた与一は（やっぱり自分は余り物で、あれほど寵愛《ちょうあい》を受けたご主君へのご恩すら返せないっすか……いや、無二の親友と共に逃避行をすることすらできないっすか）と絶望した。

　が、絶望はすぐに希望へと変転した。

　義経の兄頼朝が、都を彷徨《さまよ》っていた与一を発見して自邸へ招き、「どうか義経を、妹を助けてくれ与一！　義経は嵐の中を強引に船出して遭難してしまうつもりらしいんだ！」と泣きながら頭を下げてきたのである。

　頼朝に仕《つか》える梶原景時も、「殿のお気持ちを汲《く》んで関所の門番たちに義経殿を見逃させてきたことが、かえって仇《あだ》となりました。どうか殿をお救いください」といつもの高慢さをかなぐり捨てて、身分の低い与一に深々と土下座をして救いを求めてきた。

頼朝と梶原景時もまた、義経一党に負けず劣らずの信頼関係で強く結ばれている。梶原景時は自分に似て感情を表に出すことが苦手なだけなのだ。

そして、頼朝の義経への愛情はこのような事態となってもまったく揺らいでいない。

「法皇が義経に兄への思慕の想いを植え付けて誘導した」という真相を知らされてなお、頼朝の妹への情愛は真実そのものだった。

「……義経も僕も、法皇に魂までは支配されていない。鞍馬山に幽閉されていた時だって、伊豆に流されていた時だって、僕たちの心はいつだって自由だった、与一。生き別れとなった兄妹が互いを想う気持ちは誰にも邪魔できるものじゃないし、操作できるものでもない。僕は、義経を取り戻したい。君の矢で、義経を縛っている因果《いんが》の糸を断ち切ってくれ」

与一は涙ぐみながら「……自分にできることなら、なんでもやるっす」と即答していた。

※

「……射るっす！　この一矢にわが魂魄《こんぱく》の全てを込めて！　ご主君に、わが親友に、再び家族を。再び希望を。那須与一の矢が与えるっす！　南無八幡大菩薩《なむはちまんだいぼさつ》！」

ドンッ。

与一が馬上から放った強弓《ごうきゅう》の矢が、暴風をも激しい雨をもものともせずに、いや、その風をむしろ味方につけて——。

勢いを増しながら大きく宙に弧を描き、義経が乗った船の帆を見事に落としていた。

「ギャーッ！　義経ちゃん、帆が落ちたーっ！　誰かに射られちゃったー！　もうダメ、船が進まないよー！」

「うむう。このような奇跡を起こせる射手《いて》は、よもや与一？　源氏軍と最後の決戦と参りますか、姫。それともあくまでも頼朝殿との戦いを避け、この暗黒の海底へと身を沈めまするか？」

「……九郎は……弁慶たちまで死なせたくはないです。できるならば、九郎一人で海へ」

「まあ待て、義経。なにやら陸の源氏軍の様子が妙だ。白旗だけではない。平家の赤旗が混じっておる」

「源氏軍から一艘の小舟がこっちへ向かってきたよ、義経ちゃん！　どうしよう？」

「……戦ってはなりません。お優しい兄上が、最後に九郎を介錯《かいしゃく》してくださるのかもしれません。せめて、せめて最後に一目だけでも、兄上に……会いたい……です」

帆を落とされて航行不能となり、海上を漂泊していた義経は、僕たちを船へと上げてくれた。

そう。義経を連れ戻すために命懸けで小舟に乗り込んだ者は、僕一人ではない。

義経に「帰ってきていいんだ」と確実に伝えるために、僕が今まで密かに打ってきた布石の成果の全てを、ここで出し切ることにした。舅殿が義経追討を迫りに京に押し寄せてきた時には「全ては水の泡となった」と絶望したが、そうはならなかったのだ。

まず福原《ふくはら》で一ノ谷の合戦の戦後処理を続けていた弟の範頼《のりより》が、駆けつけてきてくれた――平知盛《たいらのとももり》や維盛《これもり》をはじめ、一ノ谷で人質として捕らえていた多くの平家一門を引き連れて。

さらに範頼は、義経にとってもっとも重要な人物をも一緒に舟に乗せていた。

そう。

木曾義仲くんだ。

「ヨッシー！　ヨッシー一人が罪をあがなうために海に飛び込んだりしちゃダメだよ～！　だって、そんなことしたって意味ないもん！　平知盛さんたち平家一門の面々も、木曾義仲殿も、この通り生きているよ！　兄さまのご命令で、義仲殿を討ったと見せかけて実はボクのもとに匿《かくま》っていたんだ！　京に晒《さら》した義仲殿の首は、偽首《にせくび》だよ！　あの時は、後白河法皇の院宣に表立って逆らえなかったからね！　だから義仲殿にお願いして、ひとまず討ち取ったことにさせてもらっていたんだよ？」

「おう、義経。この旭《あさひ》将軍の俺をよーっ、見事に打ち破っておいてよーっ。頼朝と一戦も交えずに海に飛び込もうなんざ、そいつは日本最強の武士のやるこっちゃねえなーっ！　頼朝はよー、源氏の一族を殺すことをなによりも嫌う男ヨ！　俺のガキに手ぇ出した野郎は族滅すると鎌倉の坂東武士どもの前で啖呵を切った男の中の男だぜーっ!?　俺が見込んだ通りの英雄ヨ！　その頼朝が、血を分けたてめえの妹を殺すわけがねーだろうが。ここは頼朝の仁義を貫かせてやろうぜ、なあ?」

「よ、義仲殿!?　生きておられたのですか?　ど、どういうことなのです、兄上?」

「ごめん、義経。法皇から院宣を受けた手前、しばらく義仲くんには死んでいてもらわないとならなかったんだ。でも、彼はこうして生きている。僕たちの義兄弟として。宇治川で義経と戦った志田三郎先生《せんじょう》も無事だ。二人とも、範頼のもとで福原に隠れていたんだ。だから義経は源氏の一族を討ってはいない」

※

かつて「上総介広常《かずさのすけひろつね》を殺すな」と実行犯になるはずだった梶原景時に命令したのに、他の御家人が上総介を殺してしまった。辿《たど》る道筋は違えども、結末は同じになってしまう。それが運命というものなのだと僕は気づいた。

だから表向きは、清盛さんが見せてくれた未来から大きく外さないと決めた。木曾義仲くんを救うには、いったん戦死してもらうしかなかった。

もしも僕と範頼が義仲くんを北陸へと逃がしていれば、木曾勢と鎌倉勢は血で血を洗う源氏同士の族滅抗争に突入していただろう。それでは法皇が喜ぶだけだし、平家は易々《やすやす》と京を奪回していた。源氏は共倒れになるしかなかっただろう。

あるいは僕が見逃しても、義仲くんは北陸へ落ちのびる途上で誰かに討たれてしまい、歴史の帳尻が合ってしまうかもしれない。上総介がそうなったように。

また義仲くん自身にも、逃げるつもりはまったくなかった。

なにしろ、あの善光寺《ぜんこうじ》で僕と義仲くんは互いに約束を交わしていたのだ。もしも戦わなければならない運命に陥《おちい》ったら、その時は大勢の兵を犠牲にしたくはない、大将の二人だけで最後の決着をつけようと。

未来を義仲くんに直接教えられない以上、両者の対決はおそらく不可避。ならば、最終的に僕と義仲くんが「一騎打ち」を行う場面を作り出せばいい。御家人たちに戦を任せれば彼らは義仲くんを討ってしまうが、僕自身が戦場で義仲くんと対峙《たいじ》すれば、彼を生かすことも可能だ。生かした上で、しばし運命を成就《じょうじゅ》させようとする歴史の監視の目を欺《あざむ》くために死んだことにして隠れてもらう。

これが、僕が閃《ひらめ》いた「大戦略」の第一歩だったのだ。

万一の時には一騎打ちで決着をつけようという僕の提案を聞いた義仲くんは「そりゃあいいぜえ兄弟。俺は、俺より強い奴にしか従わねえのヨ！　互いに戦うことになったらヨーっ、戦場で俺に勝ってみな、頼朝！　俺に勝てばよーっ、なんでも言うことを聞いてやらあ！　おめーの忠実な家族になってやるヨ！」と大喜び。僕との戦に負ければ言葉通りに僕の舎弟になる、生涯なんでも言うことを聞くゼ、と誓ってくれたのだ。

だからこそ、宇治川《うじがわ》の合戦で義経の奇襲に敗れた義仲くんは、北陸へ落ちのびるという選択肢を採《と》らず、約束を守ってただ一騎で僕の前に現れたのだった。

僕は「大将、一騎打ちなんざ危なすぎやすぜ！」「手負いの義仲の始末は、儂《わし》らに任せてくだせえ御曹司《おんぞうし》！」と止める御家人たちを振り切って馬に乗り、義仲くんと二人きりで対峙した。

「頼朝、約束通り来てやったぜーっ！　最後の勝負といくかあ？　まさかよーっ、これほどの大勝利を収めていながらほんとうに約束を守るとはよーっ！」

「義仲くん。結局きみと戦うことになってしまった。ごめん。でも、男同士の約束は必ず守る。まず、義高くんの命は無事だ。巴さんたちきみの家族の命も必ず護る。最後の決着は二人きりでつけよう。これ以上源氏同士で相争う必要はない。ただ……僕はできることならば、源氏の義兄弟同士、もういちどきみと和睦《わぼく》を結びたいんだ！」

もしも互いに得物《えもの》を取って本気で一騎打ちに挑めば、僕如《ごと》きが義仲くんに勝てるわけはない。

彼が「兵を率いての合戦には負けたが、ここで頼朝を討ち取れば大逆転じゃねーかヨ」と考えるような男だったら、僕はこの一騎打ちの場で首を討たれていただろう。

しかし、やはり彼は義俠《ぎきょう》の男だった。

「ぶわはははは！　頼朝よーっ！　やっぱ、おめーは律儀《りちぎ》な男だゼ！　俺のガキを護ってくれたこと、合戦にボロ勝ちしていながら俺との一騎打ちの約束を愚直に守ったこと、感服したゼ！　おめーは、俺の上手《うわて》を行く武士の中の武士ヨ！　これからは忠実な兄弟としておめーに仕《つか》えようじゃねーか！」

義仲くんが単なる武勇一点張りの武士ではなく「義侠」を貫く男だと信じたが故に、僕は、一世一代の賭けに勝った。源氏の従兄弟を殺してしまうという運命を覆《くつがえ》したのだ。

「ありがとう、義仲くん！　でも、今ここで二人が手を結んだことが法皇に知れたら、法皇は即座に平家と和解して源氏を追い落としにかかるだろう。法皇の手前、しばらくの間死んだふりをしていてほしいんだ――」

「おう、わかったぜ！　あの大天狗がさんざん源氏と平家を引っかき回してきたんだ！　いざ都に住んでみて、政《まつりごと》なんざなにもわからねえ俺にも理解できたゼ！　俺の力が必要になった時にはいつでも呼び戻してくれや、兄弟！」

※

「頼朝には世話になったゼ。一騎打ちを前に『お前は俺よりも先に死ぬな』と泣く泣く離別してきた巴とも引き合わせてもらえてヨーッ！　死んだふり生活で退屈してたからヨー、巴を孕《はら》ませちまったヨ！　もちろん鎌倉にくれてやったガキもぴんぴんしているし、頼朝を信じた俺の眼力はほんものだったゼーッ！　どうせ今回の騒動も、あの大天狗法皇が元凶なんだろーっ？　今までの借りを返すぜ、俺が仲裁してやるヨ！」

「こたびの源氏同士の争いは、わが兄、新宮十郎行家の人間関係を引っかき回したがる性格が原因にございます。この志田三郎は、私とわが家族を『源氏は討たぬ』と助命し匿ってくださった鎌倉殿のご恩を生涯忘れません。人として、武士として。義経殿、あなたは罪人などではございません。あなたが戦場での手柄を全て鎌倉殿に譲られたことは聞いております。あなたは猛将木曾義仲殿を打ち破り、平家を一ノ谷に破った日本史上の大英雄にございます。死んではなりません。確かにこの世には醜《みにく》い謀略や野心や悪意が渦巻いております。ですが、生きるのです！　あなたには不遇の時代からあなたを愛し支えてくれたかけがえのない仲間たちと、そしてあなたが求めてやまなかった家族がおります！」

「……志田殿……宇治川では、申し訳ありませんでした。ご無事でなにより……です」

志田三郎先生は、とても新宮十郎行家叔父さんの弟とは思えない「よき師匠」と言うべき人だった。こんな人でも惑わされて鎌倉軍と戦ってしまったのだから、行家叔父さんの妙な説得力というのはほんとうに困ったものだ。そういえばこの船には行家叔父さんの姿がないようだが、どこへ逃げたんだろう？

「清盛入道が娘、姫武者の平知盛と申します。一ノ谷であなたに敗れて源氏軍に捕らわれたわれら平家一門も、福原に匿っていただいておりました。屋島にはなお、わが兄宗盛《むねもり》をはじめとする平家一門の残党が帝と三種の神器《じんぎ》を手に立て籠もっております。ですが、自分が兄を説得してみせます。頼朝殿には平家を滅亡させるおつもりはない。これからは東の源氏、西の平家が共に手を取って新たな武家政権を築こうと望まれておられると」

「……僕は清盛様の嫡孫《ちゃくそん》、平維盛です。富士川《ふじかわ》であなたの奇襲に敗れ、倶利伽羅《くりから》峠でも木曾義仲殿に敗れた僕は、何度も自害を考えました。ですが、『僕なんて戦場で居眠りして平家に捕らえられるという醜態《しゅうたい》を犯し、父も兄も殺されていながら二十年ものうのうと伊豆で流人《るにん》生活を送っていましたよ。戦なんてぜんぜんできませんし。僕の勝ち戦は全て義経のお手柄なんです。そんな僕でも、今では鎌倉殿です。平家一門はまだ滅びてはいない。生きてさえいれば必ず汚名を雪《すす》ぐ機会は訪れますよ』と頼朝殿に説得され、こうして生き恥を晒しています。こんな僕でも、源平の和睦のために働けるのならば生きてみようと」

※

平知盛は清盛の娘で、女性でありながら平家一門では出色の軍師の才能を持っていた。

平家の家督《かとく》を継いだ兄の宗盛をはじめ、都で栄華《えいが》を誇った平家の男たちは皆貴族化しており、戦の才能がなかった。それ故、すでに息子を生んでいた知盛が仕方なく姫武者となり、清盛の病没後は平家の軍事を一手に担《にな》ってきた。

もっとも、彼女は身体が弱く、遠征軍に耐えられる体力がない。平家の誰よりも軍事に通じ、縦横《じゅうおう》に戦略戦術を思い描くことはできるが、自ら総大将となって遠征軍を率いることができない。これが、知盛にとっての不運だった。

清盛が実際に「頼朝の首をわが墓へ供《そな》えよ」と遺言したかどうかは、知盛にはわからない。あまりにも突然の死だったからだ。平家一門にも「頼朝と和睦してはどうか」と進言する者もいた。だが、富士川の合戦に送り出した甥《おい》の維盛が頼朝軍に大敗したことで、平家は引っ込みがつかなくなった。頼朝に負けたまま和睦を結べば、平家は没落し源氏が天下を握ってしまう。せめて頼朝に一勝してからでなければ、和睦はできない。

知盛は「飢饉《ききん》で兵糧《ひょうろう》が不足している今、源平ともに戦どころではありません。それに、父が亡き今、平家が天下を独占できる時代はもう終わりました。源氏と和睦して共存を図るほうが平家にとってよろしいかと」と提案したが、戦は苦手なのに「平家にあらずんば人にあらず」時代の栄華を忘れられない兄・宗盛が「頼朝に一度勝つまでは無理だ、一門衆がとても納得しない」と即時和睦に消極的に反対し、結局平家はずるずると源氏との合戦を継続することになってしまった。

富士川で大勝利を収めた頼朝はその後もなぜか執拗《しつよう》に平家との和睦を訴え続け、鎌倉に居座って動かなくなったが、代わりに木曾義仲が暴れはじめ、怒濤《どとう》の勢いでたちまち北陸を制覇してしまった。

木曾義仲の荒ぶる軍勢をいなし撃破できる人材は、平家には知盛しかいない。義仲軍は精強だが、義仲という武将は良くも悪くも武辺者で恐ろしく単純である。

だが、知盛には北陸へ遠征する体力がない。結局知盛は、「このままでは僕ぁ亡きお祖父《じい》さまに合わせる顔がない」と富士川での敗戦を恥じて日々を鬱々《うつうつ》と過ごしていた甥の維盛を北陸戦線の総大将に任じた。清盛が知盛に「姫武者などやめてくれぬか」と生涯頼み続けてきたのと同様に、知盛もこの甥を愛していたのだ。細々と戦略戦術を指示してあげれば、維盛は武士としての面目を取り戻せるはずだと信じた。維盛も「ありがとうございます！　ありがとうございます！　必ずや義仲軍を破って参ります！」と泣いて知盛に感謝したのだった。

しかしその結果、北陸へ木曾義仲との決戦に乗り込んだ維盛はまたしても大敗を喫した。「どうしても家族に一目会いたくて、恥を忍んで落ちて参りました。ふがいない甥ですみません……すみません。この上は、叔母上《おばうえ》の手でこの首を取ってください。僕は敗軍の責任を取ります」と詫びる維盛を、知盛はとても殺せなかった。むしろ「自分に遠征軍を率いる体力がないことが敗戦を招いたのです、あなたの責任ではありませんよ」と維盛を庇い励ました。平家一門の家族愛はそれほどに深い。

義仲軍が京へ迫る中、宗盛と知盛が協議した結果、平家は京の都を放棄することとなった。宗盛は抵抗したが、知盛にとってこれは平家存亡をかけた起死回生の焦土《しょうど》戦術である。「帝《みかど》、三種の神器、そして法皇を連れ去ればわれらのいるところが都となります」と押し切った。

だが惜しむらくは、宗盛が後白河法皇の身柄を押さえに向かった時にはすでに、法皇は姿をくらましていたのである。平家は京を捨てると同時に、治天《ちてん》の君《きみ》を失った。

これでは、京に引き込まれた義仲軍が自壊したとしても、頼朝率いる鎌倉軍が東国中の兵糧をかき集めて上洛し法皇と合流する。このままでは平家の運命は……と知盛は焦《あせ》り、福原へと再進出し、京の奪回を試みたのだった。

だが、一ノ谷の合戦で平家は頼朝とその妹の九郎義経に大敗を喫した。鵯越《ひよどりごえ》の断崖から源氏の総大将自らが妹とともに平家の陣へと突入してくるという、信じ難い戦だった。

この大敗北の最中に、すでに屋島《やしま》へ逃げるべく乗船していた知盛の目の前で、浜辺を駆けていた彼女の息子の知章《ともあきら》が源氏の武者に取り押さえられ、首を掻き切られる寸前となった。平家凋落《ちょうらく》の原因を作った維盛に至っては戦場から逃げようともせず、「天が平家を滅ぼそうとしているのでしょう。平家の命運は尽きました。叔母上、これにておさらばです」と平家の将兵たちが次々と討たれあるいは捕らわれていく地獄のような海岸に正座して自害を図った。

知盛は（まだ平家には兄上と帝がおられる。しかし、わが子や維盛を捨てて逃げることもできない。自分はどうすれば。もはや、現世において見るべきものは全て見た。いっそ錨《いかり》を背負って海の底へ）と思い詰めた。

だが、知盛も維盛も、源氏軍に――源氏の総大将・頼朝によって命を救われた。

「平家の一門を殺すな、生かして捕らえるんだ！　丁重に扱え！」

と、歴史的な勝利を収めた戦場のまっただ中でなお、頼朝は平家一門の助命にこだわり続けていた。この男には負けた、自分の軍略の才など到底頼朝殿の将器の前にはなにほどのものでもない、このお方は亡きお父上に匹敵する英雄だ、と知盛は頭《こうべ》を垂れ、下船して捕らわれた息子と維盛のもとに向かい、自ら頼朝に投降したのだった。

しかも戦が終わった後、捕らわれた平家一門の前で、頼朝は「清盛様のご恩に背《そむ》き、成り行きとはいえ平家に反旗を翻《ひるがえ》して申し訳ありませんでした」といきなり頭を下げて詫びてきたのである。一ノ谷の合戦での奇跡的な大勝利を誇るどころか、心底平家に申し訳ないことをしたと頼朝は赦《ゆる》しを乞うてきた。

頼朝は「法皇に干渉されない武家の政権をこの国に築くために、源氏と平家は共存していかねばならないんです」と何度も知盛たち捕虜となった平家一門に訴え、知盛も維盛も、次第に頼朝の誠意を信じるようになった。

とりわけ知盛にとっては、頼朝は戦場でわが子を救ってくれた恩人である。

頼朝いわく、「僕だって捕虜となったにもかかわらず清盛さんの慈悲に救われたのですから、お互い様ですよ。まだまだこれくらいでは恩を返し切れていません」とのことだったが——。

三度もの大敗を経験してすっかり生きる気力を喪失していた維盛をも、頼朝は立ち直らせてしまった。自分なんて戦場で馬に乗ったまま居眠りして捕虜になり、二十年も伊豆に流されていたんだよ、生きていればきっと汚名を雪ぐ機会が来ますよと維盛を励まし続けてくれたのだ。

「維盛。武士にとって面子《メンツ》は命よりも大切なものらしいけれど、僕の考えは違う。命のほうが大切なんだよ。死んでしまったら面子もなにもないじゃないか。なによりも家族に会えなくなる。きみを失ったら、きみの家族が嘆《なげ》き悲しむんだよ？　僕はどれほど嗤《わら》われようとも、この持論を変えるつもりはないなあ」

知盛が、頼朝の片腕となって源平の時代を共に築こうと誓ったのは、維盛が「叔母上。僕の戦下手のために、大勢の兵士を死なせてしまいましたが……僕は、その重荷を背負いながら敢えて生きてみようと思います。いつか、あの頼朝殿のように強くなりたい。五重塔のように暴風に晒されれば頼りなく揺れながらも決して折れない、そんな男になりたいのです」と笑顔を取り戻したその夜だった。

※

範頼はほんとうによくやってくれた。さすがに、京には平家一門を匿っておく場所はなかった。法皇に知られればまた面倒なことになるし、平家討つべしと盛り上がっている御家人たちが黙ってはいないと僕は危惧《きぐ》したのだ。だから、福原に隠れていてもらった。

屋島の平家との和睦を結ぶため、三種の神器を京に戻すため、源平の争いに終止符を打ち「武家政権」を確固としたものにするため、僕は平家の力を必要としている。

土地に固執する東国の坂東武士だけに政権を委《ゆだ》ねていては、清盛さんがせっかく手をつけていた海上交易事業は発展しない。だから軍事は源氏を頂点とした坂東武士が押さえる一方で、貿易事業は海を支配できる平家一門に委ねたい。

北条家をはじめとする御家人の暴走も、義仲くんと平家を生き残らせることで防げる。外敵が全て滅びたため、御家人は内部抗争に突入するのだ。木曾勢と平家が存続すれば、彼らにもそんな余裕はなくなる。

そして――鎌倉を動くなという舅殿の命令を無視して駆けつけてきてくれた政子《まさこ》さんが、義仲くんの幼い嫡男《ちゃくなん》、義高くんを連れて義経に引き合わせてくれた。

「旦那様は義高を討った者は族滅すると誓ってくれたわ。それに上洛する際、今後は嘘の情報を撒《ま》くとも言っていた。だから、旦那様が義仲殿を討ち取ったという話は虚報だとすぐに気づいたのよ。おかげで妾《わらわ》はかわいい義高を失わずに済んだし、許婚《いいなずけ》を御家人に殺されて大姫《おおひめ》が傷つくこともなかった。そして今、その旦那様が最愛の妹のあなたを失おうとしている。だから妾も、旦那様のために義高を連れて京へ上ってきたの――鎌倉は弟の義時に委ねてきたわ」

「政子殿。そうなのですね。兄上はほんとうにお優しいお方だったのですね。九郎は兄上のご苦労もお気持ちも知らずに、ただ戦ばかりを重ねてきました……ほんとうに、九郎は兄上のもとに戻ってもよいのでしょうか？　北条時政殿がお怒りになるのではないでしょうか？」

「妾の父など気にしてはダメよ義経。父は歳を取って自らの老いに気づき、焦っているの。妾も、北条家の女として実家に尽くすか、旦那様の妻として源氏に尽くすか、板挟みの日々だった。妾がバカだったのよ。北条家に生まれたことは偶然であり妾の意志ではなかった。でも、父が押しつけてきた縁談を蹴ってまで旦那様を婿に選んだのは妾自身の意志。そうだったのよね。あの時に妾自身がすでに決めていたのよ、政子は旦那様と共に生きると――」

「……政子殿」

「義高を討った者は族滅すると旦那様が勇気を振り絞って御家人たちに宣言してくれた時、妾はそのことを思い出したの。妾と旦那様があなたの盾になるわ。この軍勢はあなたを捕らえに来た追討軍じゃないの。あなたを迎えに来たのよ。武家政権を束ねる軍事の要《かなめ》として、義経、あなたが必要なの。これからも御家人たちに睨《にら》みを利《き》かせて。あなた抜きじゃ、旦那様はろくに戦もできないヘタレなのだから。でも、あなたが隣にいてくれれば旦那様は英雄よ」

「……わかりました！　あ、兄上……ほ、ほんとうに……い、いいのでしょうか？　九郎は、なんだか全てが夢のようで」

「人生は夢だよ義経。いいんだ。いずれ、ここにいる皆は死んで土に還《かえ》る。だから、生きているこの瞬間を大切に生きればいいんだよ」

「で、でも、九郎追討をご命令された法皇様と、北条時政殿は如何《いかが》するのでしょう？」

「それは僕に任せて、義経。戦では義経におんぶに抱っこだけれど、ここから先は兄である僕の仕事さ。鎌倉源氏、木曾源氏、平家一門がこうして結束したんだ。それに、すでに京で梶原景時が工作をはじめている。彼女はほんとうに頼りになるからね。舅殿から僕を護るためならなんでもやると静かに燃えているようだし」

僕が清盛さんから見せてもらった未来を参考に設計図を描いた新たな武家政権は、こうなる。

本拠地は鎌倉。源氏の棟梁である僕が征夷大将軍となって、全ての武士を御家人として統括する。内政外交の責任者は、人望がある弟の範頼。軍事は、義経。源氏一族としては例外的に仲の良い源氏三兄弟が揺るがぬ結束を固めて、鎌倉を守る。政子さんの実家の北条家は御家人筆頭として、主《おも》に鎌倉の行政を司《つかさど》り御家人同士の抗争を防ぐ役目を担う。

無尽蔵《むじんぞう》の金を産出する奥州平泉の藤原氏は、引き続き半独立勢力として奥州に根を張ってもらう。平泉は京よりも栄えている貴重な商業国家だ。こちらには藤原秀衡《ふじわらのひでひら》が実の娘以上にかわいがっている義経がいる。義経が僕のもとにいてくれる限り、奥州と鎌倉との間で戦は起きない。

木曾義仲くんは、僕の娘・大姫と婚約している義高くんの実の父であり、僕と盃《さかずき》を交わした義兄弟として、北陸の守りを担当してもらう。義高を僕と政子さんが庇いきったこともあり、今の義仲くんと僕には実の兄弟以上の絆《きずな》がある。なにかあった時には義経とともに義仲くんに兵を率いてもらう。どれほど血の気《け》が多い坂東武士も、この最強の二人には逆らえないだろう。いずれ義高くんと大姫の正式な結婚によって、木曾源氏と鎌倉源氏はほんものの家族となる。

屋島を本拠として西国に勢力を振るう平家には、水軍と交易を担当してもらう。切れ者の平知盛さんが仕切ってくれれば問題ないだろう。源氏と平家の争いの歴史は長く、容易に和解できるとは思えないが、彼女ならばいずれ必ず屋島にいる兄を説得し、和睦を実現できるはずだ。僕が描いた「源平が東西に並立する新たな武家政権」の構想を聞いた平知盛さんは「わが父清盛入道《にゅうどう》が、死んだ弟に似ているそなたを助命した理由がわかった気がします」と納得してくれた。これで清盛さんへの恩も返せそうだ。

「死人がどんどん生き返ってきてなんだか訳がわからないけれど、よかったね義経ちゃん！　これで大好きなお兄ちゃんとまた一緒に過ごせるねっ！」

「うん。弁慶、みんな。九郎の我が儘に付き合わせてごめんなさい。みんなまで海に沈めてしまうところでした」

「ううん。それはいーんだよ！　あたしたち、ずっと友達だよっ！」

「……与一がいなかったら弁慶はずんずん船を進めて、今頃は全員海の底に沈んでいたっすよ」

「左様。この伊勢三郎、生涯与一氏《うじ》に感謝するでござる」

「『雨は小降りとなった。この嵐ではすぐに散ってしまおうが、浜手の桜並木を一斉に咲かせてみせよう。捨て置けば蕾のままで散ってしまうだろうからな。海から夜桜を眺めるというのも乙なものよ、義経』」

「ありがとう、佐藤さんたち！　この絶景は凄いです！　浜手の桜は、千本はありそうですね！　まるで、やっぱり、夢を見ているような……兄上。あ、頭を、な、撫でてください……」

「……ああ。夢じゃないよ、義経。義経も僕も今、生きている。生きて桜を見ている。来年の春も共に桜を見よう」

「はいっ！」

そして――これだけ義経を説得しても無理だった時のための、最後のダメ押し。

京で御家人たちへの対応に追われていた僕自身、こんなにすぐに見つけられるとは思っていなかった。だが、京から福原へ向かった範頼が、道中でその人を捜索し発見してくれたのだ。

そう。

戦乱の京から田舎へと避難していた義経のお母さん、常盤御前《ときわごぜん》を。

「……牛若《うしわか》……？　ほんとうに、牛若なの？　こんなに立派になって……でも、子供の頃と瞳がまるで同じ。あなたは牛若なのね？」

「……母上!?　あ、あ……母上……！　そうです。牛若です。一目お会いしとうございました……！　九郎は……幸せ者です……！」

弁慶がうわんうわんと大泣きするので、その先の義経と常盤御前の会話はほとんど聞こえなかった。範頼は目立たないというか我《が》がないけれど、もしかして凄く有能なのではないだろうか。ともかく、これで義経の幼き頃の夢は果たされた。義経は、ついに家族を取り戻した――。

清盛さん。お礼に僕は、必ずや平家を護ります。見ていてください。

「ヨッシー。ボクって、潜伏したり させたり、潜伏している人を捜し出したりするのが得意なんだー、なにしろ長い間自分を女の子だと思い込んで田舎で暮らしてきたくらいだからね～。

人生、なにが役に立つかわからないものだねー。よかったー♪」

「うーん、九郎もカバちゃんみたいにかわいいお姫様姿を試してみたくなっちゃいました。これからもよろしくお願いしますね、カバちゃん！」

「喜んで！　小柄でかわいいヨッシーなら、きっとなんでも似合うよっ！」

残る問題は後白河法皇、そして舅殿だ。僕の大計画はいよいよ、源氏族滅を回避する最終段階に入った。

あれ？　そういえば結局行家叔父さんはどこへ消えたんだろう？　まあ、いいか。

※

「ギャーッ！　どうして俺の船だけ沈没してるんだよーう？　頼朝よう、俺のことを完全に忘れてんだろー？　溺れちまう、死ぬ、お助けー！　この、薄情者～！　がぼ、ごぼ、がぼがぼがぼ……」

十五段目

征夷大将軍

Kamakura Genji Monogatari

「こ、これはなにごと？　義経《よしつね》を討たなかったばかりか、木曾義仲《きそよしなか》まで生きておるとはどういうことなのだ、頼朝《よりとも》？　この余の院宣《いんぜん》をことごとく無視しようというのか!?　ならば頼朝よ、そちへの追討令を出して京から追い払ってもよいのだぞ!?　そちもまた、清盛《きよもり》や義仲のように厄介な余を幽閉《ゆうへい》して朝廷を牛耳《ぎゅうじ》るつもりか？」

　義経とくつわを並べて京に帰還してきた僕は、後白河法皇《ごしらかわほうおう》のもとを訪れて「妹を討てという院宣は取り下げていただきます」と堂々と要求していた。

　近頃では、こうして「武家の棟梁《とうりょう》」らしい人物を演じるのも苦痛ではなくなってきた。一ノ《いちの》谷《たに》で義経とともに生死を懸《か》けた大冒険と大合戦《だいかっせん》を自《みずか》ら経験したためか、凶暴で短気な御家人《ごけにん》たちに揉《も》まれているうちに逞《たくま》しくなったのか、それとも「政子《まさこ》さんと僕の子供たちも、僕の兄妹も、みんな僕が護《まも》る。源氏《げんじ》の棟梁として」という責任感が僕を強くしたのか。

「まさか。法皇様を幽閉などすれば、僕の地位もまた謀叛人《むほんにん》として失墜《しっつい》してしまいますよ。僕は鎌倉《かまくら》に戻りますし、法皇様には京で末永く平和に暮らしていただきます。ただし、現在も逃亡中のわが叔父《おじ》の新宮十郎行家《しんぐうじゅうろうゆきいえ》を捕縛するために、そして屋島《やしま》の平家《へいけ》が所持している三種の神《じん》器《ぎ》を奪回するために、全国各地に守護と地頭《じとう》を置かせていただきます。義経や木曾義仲とは和《わ》睦《ぼく》しましたが、新宮十郎行家はなおも僕に降伏せずに逃亡生活を続けていますし、屋島の平家はまだ源氏と和睦を結んでいませんから。よろしいですね？」

「な、なんだと？　新宮十郎行家の捜索と三種の神器奪回を口実に、全国の土地をそなたの御家人たちが支配すると言うのか？　まさか鎌倉に武家政権を築くつもりか、頼朝〜っ!?」

「はい、そのつもりです」

「お、お、おのれ……！　武士如《ごと》きが貴族の上に立とうというのか？　武士には確かに武力がある。だが、そなたらは臣籍降下して皇族から武家に貶《おとし》められた者どもぞ。身分が卑《いや》しいからこそ、人を殺す武士の役目を与えられたのだ！　この国を統《す》べる資格などない！」

「そーやって俺たちの身分が卑しいと見下してヨーっ、闘犬みてえに源氏と平家をさんざん戦わせて家族同士で首を盗《と》らせ合っていたのはどこの誰だ、法皇様ヨ？　源氏と平家が互いに殺し合う仇敵《きゅうてき》関係になったのはよーっ、あんたが崇徳上皇《すとくじょうこう》と争った保元《ほげん》の乱が発端じゃねーかヨ？　しかもあんたは、頼朝の親父の義朝《よしとも》に命じて、義朝の父親を斬らせやがった！　貴族じゃあ、有り得ねえ話だよなーっ！　あんた、武士を人間だと思ってねーってこったよなーっ？」

僕を掩護《えんご》するために同席してくれた木曾義仲くんが、法皇を「あんた」呼ばわりして反論する。僕には畏《おそ》れ多くてとても言えない台詞《せりふ》だが、さすがは木曾の野人。どうせ山猿扱いされてんだ、礼儀なんか関係ねえ、俺ら源氏一族を陥《おとしい》れたケジメはきっちりつけさせてもらう！　と後白河法皇に対して一歩も引かない。文句を抜かすならこの場で斬る、と眼光鋭く御簾《みす》越しに法皇を睨《にら》んでいる。

「続く平治《へいじ》の乱では、そこまでやってあんたに尽くした源《みなもとの》義朝を平《たいらの》清盛と嚙み合わせてブッ潰《つぶ》しやがった！　まったくよう。保元の乱も平治の乱もヨ、要は貴族の権力争いに源平《げんぺい》の武士たちが駒として駆り出されただけだよなーっ！　源氏と平家には殺《や》り合う理由なんてなかったのヨ！　さすがのあんたもやり手の平清盛だけは排斥《はいせき》できなかったが、清盛が死んだ途端にまた源平に潰し合いをやらせたよなーっ！　だがよう、利口な頼朝はその手には乗らなかったぜ！　俺や義経、さらには平家とも手を携《たずさ》え、征夷大将軍《せいいたいしょうぐん》に就任して鎌倉に幕府を開き、武士による武士のための新しい国を造るって言うじゃねーかヨ！　俺ぁこの壮大な話に乗ったぜ！　自ら武力を持とうとしねえ貴族は、京の御所《ごしょ》周りを支配してりゃいーんだヨ！」

身分がどうした、法皇がなんだ。力こそが全てヨ、俺より強い奴以外には従わねぇとばかりに義仲くんは一度、法皇がかき集めた叡山《えいざん》の荒法師《あらほうし》たちと京で戦っている。その義仲くんが、平家を破った僕の義兄弟として今、法皇のもとに生きて舞い戻ってきた。

聡《さと》い後白河法皇は（京育ちで常識人の頼朝だけならまだしも、坂東武士以上に危ない狂犬の義仲が隣にいるのではとても逆らえん）と青ざめていた。

僕と義仲くんが義兄弟として手を組み、一致団結した源氏がかつての平家以上に強大な存在になることを、法皇はずっと危惧《きぐ》していた。その危惧がついに現実のものとなったのだ。

さらに、僕と和解した義経の背後には、黄金都市平泉《ひらいずみ》を築きあげた奥州藤原氏《おうしゅうふじわら》が控えている。奥州藤原氏が誇る黄金の力が、強悍《きょうかん》無比な木曾軍、そして関東に強固な地盤を築きあげた鎌倉と繋《つな》がった。そもそも法皇が義経と僕を戦わせようとしたのも、最終的には奥州と坂東武士を嚙み合わせるつもりだったからだろう。

しかしそのいずれの道も、すでに僕は封じた。清盛さんのおかげだが。

そして、法皇に政治的に勝利する最後の切り札。

「お久しぶりです。かつての新中納言《しんちゅうなごん》、平知盛《ともも り》でございます、法皇様。一ノ谷ではわが子の知章《ともあきら》を源氏に討たれるはずだったところを、頼朝殿の寛大なお心により母子《おやこ》ともに命を救われました。頼朝殿は、捕虜となったわれら平家一門を丁重に扱ってくださいました。自分や義経はわが父・清盛入道《にゅうどう》の慈悲によって命を救われた。その恩は決して忘れていない。源氏と平家の殺し合いの歴史にはわれらの代で終止符を打つべきである。共に新しき武士の世を切り開き清盛入道の遺志を果たしましょうと熱心に説得され、屋島に陣取るわが兄宗盛《むねもり》と源氏との和平交渉役を引き受けた次第です――自分が兄を説得して三種の神器を京に戻すためにも、自分を再び中納言に。そして頼朝殿を征夷大将軍に。頼朝殿には、武家の棟梁に相応《ふさわ》しき地位についていただきたいのです」

清盛さんの死後、平家は兄の平宗盛が棟梁となり、妹の平知盛が軍師として平家軍を指揮していた。その知盛が、源氏と組んだ。屋島に籠城《ろうじよう》する平宗盛も、妹には甘いという。

後白河法皇は「頼朝よ。そちはいつからそのような大きな器《うつわ》の持ち主となった？　伊豆《いず》で二十年も鬱々《うつうつ》と流人《るにん》暮らしをしていた男とは思えぬ。まるでありし日の清盛入道じゃ。源平に手を組まれてしまっては、もはや余にもどうすることもできぬ。この時が来ることを危惧していた余は武士に抗《あらが》おうと懸命に策を弄《ろう》してきたが、時代はついに武士の世へと移り変わったわ……」と呟《つぶや》き、そして、とうとう義経追討の院宣を撤回した。

「源頼朝を征夷大将軍に任じる。検非違使《けびいし》となった義経、木曾義仲、平家への追討命令は全て白紙に戻す。三種の神器の奪回と、新宮十郎行家の捕縛は必ずやり遂《と》げるがよい。とりわけ、新宮十郎行家だけは絶対に許せぬ！　思えばきゃつの軽薄な疎漏《そろう》さから、貴族の没落と武士の台頭が連鎖的に生じたのじゃ！　あのような不実不忠な者をわが手足として重用していたことが余の最大の過《あやま》ちであった！　必ずや行家を捕らえよ、頼朝！　守護でも地頭でも好きなだけ配置すればよい！」

行家叔父さんがはじめて源氏の役に立ったなあ。あの人は逃げ足だけは速いのでどうせどこかで生きているだろうけど、敢えて見つけずに全国を鎌倉が支配する体制をさっさと築いてしまおう。その仕事が終わったら叔父さんを捜し出して、伊豆のどこかでのんびり温泉にでも入ってもらおうかな。

「やったな頼朝！　俺ァ旭《あさひ》将軍。ま、田舎者の俺らしい称号ヨ。しかし、おめーは将軍の中の将軍、征夷大将軍だゼ！　おめーが武家の棟梁だ、兄弟！」

「一ノ谷で敗れていく平家を見た時に、すでに見るべきものは全て見た、かくなる上は潔《いさぎよ》く錨《いかり》を抱いて海中に身を投じようと覚悟した自分ですが……まだまだ、見なければならない未来があるようです。頼朝殿とともに、福原《ふくはら》に夢の貿易都市を築きあげてみせます、父上」

後白河法皇は、頭が切れる人物だ。「今の頼朝連合に反乱を興《おこ》しても勝てる見込みはまったくない。これ以上貴族の地位を落としてはならぬ」と潔く権力の保持を断念した。

この日、長きにわたって貴族に虐《しいた》げられ続けていた武士の時代が、はじまった。

法皇のもとを辞した僕は、義仲くんに「僕はほんとうは義仲くんが考えているような英雄じゃないんだよ。征夷大将軍の器なんかじゃない。戦術は全部義経が考えているし、御家人たちの前では魔王ぶっているけれど内心ではビクビクしてばかりの男なんだ。舅《しゅうと》殿にはバレている。君や御家人たちが抱いている僕の印象はね、幻なんだよ……」と思わず漏《も》らしていた。彼を騙《だま》しているようで気が咎《とが》めたのかもしれない。

だが義仲くんは「バッカじゃね～の？　俺だって鬼じゃねえ、人間だ。戦《いくさ》となりゃあ内心では弱気になったりもするゼ、巴《ともえ》の前ではカッコつけてイキがってみせてるだけサ！」と僕の背中をぼんぼんと叩きながら大笑いした。

「なあ兄弟。人間の本質ってのはヨ、内心でどう思っているかじゃねえ。実際になにをなしたかで、その人間の器が決まるのヨ。つまりヨ、おめーに見えているおめー自身の姿のほうが幻。

俺たちが見ているおめーこそがほんとうの源頼朝なんだゼ？　宇治川《うじがわ》の合戦でこの俺を破り、圧勝していながら律儀《りちぎ》に俺との一騎打ちの約束にも応じ、仁義を貫《つらぬ》いて俺のガキを御家人たちから護り、一ノ谷では自ら義経とともに鵯越《ひよどりごえ》の奇襲を成し遂げた。それが頼朝、おめーなんだヨ。この日《ひ》ノ本《もと》におめーほどの大将はいねーよ。だから俺はヨ、宇治川で義経に敗れた際に、最後の一騎打ちでおめーを討てば一発逆転できる機会を捨てておめーに降参したんだゼ？　この俺がおめーの器に心服したのサ。胸を張っていけや！」

そうか。巴御前《ごぜん》の存在が義仲くんを支えているのか。義仲くんには恐怖心とか一切ないのだと思っていた。でも、そうじゃないんだな。だったら、義経を護ろうと誓っている僕だって！

最後に残された「勝負」は、京に押しかけてきた北条時政《ほうじょうときまさ》との談判だった。

義経追討の院宣が取り消され、さらには木曾義仲くんが生還《かつ》したことで源氏の力は強大となった。僕の死後は源氏将軍をお飾りとして担ぎ、北条家が並み居る御家人たちを倒して鎌倉を仕切る。そんな野望を抱く舅殿が義経を消そうとやっきになっていたのは、合戦に勝ち続けている源氏の力を削《そ》ぐためだった。

「む、む、婿《むこ》殿。義仲も義経も討たず、平家とも和睦を望むとは、なんという手ぬるいことを！　この北条時政の目の黒いうちは、鎌倉を脅《おびや》かす者はことごとく排除しておかねば死んでも死に切れぬぞ！　婿殿がどのような男かは、儂《わし》はよく知っておる！　化けの皮がはがれる前に政敵を排除せねば、鎌倉は危うい！」

やはり、舅殿は僕に対する幻想を抱いていない。この人にだけは僕のハッタリ演技は一切通用しないのだ。どうすれば義経の件は不問に付《ふ》すと説得できるのだろう。困った。それに、激怒している舅殿を前にするとどうしても僕は縮こまってしまう。今、博打《ばくち》好きの舅殿が意を決して「婿殿を幽閉する」と大勝負に打って出れば、僕は無抵抗のまま捕らわれてしまうかもしれない。将軍に据える神輿《みこし》としては、舅殿の孫の万寿《まんじゅ》がいるのだ。

「さあ。義経を捕らえると言いなされ、婿殿！　婿殿は、源氏だけを特別扱いせぬと言ったではないか！　義経に公明正大な裁きを！　さもなくば将軍とは認められませぬぞ！」

だがこの時。

うおおおおおおお！

庭園の向こうから、御家人たちの大歓声が響き渡ってきた。

「さあみんな～、兄さまに声援を！　そーれっ！」

御家人たちを率いて僕を応援してくれている張本人は、弟の範頼《のりより》だった。御家人たちから絶大な人気を誇る範頼が、舅殿と対決している僕を後方支援してくれているのだ。

「佐《すけ》殿おおお～！　ついに征夷大将軍におなりあそばされましたねーっ！　この和田義盛《わだよしもり》ははじめから信じていましたよぉ～っ！　皆の衆、万歳を唱えて佐殿を讃《たた》えよ～っ！」

「うおおおおおおお！　この千葉《ちば》も涙で前が見えんけぇ！　ついに、ついに殿が将軍に！

流人の身から、真の武家の棟梁に！　奇跡じゃあ！　子々孫々まで千葉一族は源氏将軍にお仕《つか》えしますすけえ！」

「この畠山《はたけやま》も感動が止まりません。殿に逆らう者は誰であろうがわれら御家人衆が始末します」

「頼朝様、万歳！　義経様、万歳！　範頼様、万歳！」

舅殿は「む、む……」と呻《うな》って、それきり僕を責めたてられなくなっていた。

たとえ北条家といえども、これほどまでに御家人たちの支持を得ている僕に無闇な真似はもうできないと悟ったのだろう。やはり、「征夷大将軍」という地位は武士にとって大きい。大きすぎる。

それでもなお抵抗を試みる舅殿は、詰問する相手を政子さんに切り替えてきた。

「……そ、それよりも政子！　決して鎌倉を離れるなと言いつけておいたはずではないか！　義高を連れて京に来るとはなにごと!?　そなた、義経を救うために駆けつけてきおったな！　そなたは北条家の娘ではないか！」

「いいえ、父上。妾《わらわ》は北条家の娘ですが、旦那様の妻です。旦那様からいずれ万寿へと引き継がれていく源氏将軍を護るのが、妾の務め。もっとも、将軍となった旦那様が増長して『正妻以外にも嫁を娶《めと》って子供を増やそうと思うんだ』と言いだせば話は別ですけれどもね？」

あ、いや。京へ発《た》つ前夜に、政子さんには確かに「これは秘密だけれど」と清盛さんが見せてくれた未来を伝えたよ。ただし、未来を他人に直接話すことはできない。だから僕は、これから僕たち家族が辿《たど》る未来を「鎌倉源氏物語」として書いて、政子さんに読んでもらったんだ。「あくまでもこの物語は作り話であって、現実の僕たちとは無関係なんだよ」と表紙に注釈を書き添えることで、「未来を他人には教えられない」という制約を突破したんだ。利口な政子さんなら、僕の真意が伝わると信じて。

※

その昔、鎌倉に源氏の君、ありけり——。

その人は武家の棟梁たる河内《かわち》源氏の嫡男《ちゃくなん》という貴種だったが、幼き頃に罪を得て、死罪となるところを「幼き者故」と政敵の平家から慈悲をかけられて京から伊豆へと配流《はいる》された。

源氏の君は、約二十年の流人生活の後に、伊豆の南条《なんじょう》家の姫・昌子《まさこ》と熱烈な恋に落ちて共に鎌倉に移り住んで以来、「鎌倉の君」と呼ばれることになった。

はじめて自分の家族を持った鎌倉の君と南条家の昌子の間には、娘の「小姫《こひめ》」や息子の「千《せん》寿《じゅ》」「百幡《ひゃくまん》」などが次々と生まれ、幸福な家庭が築かれた。鎌倉の君は、もはや京の都に戻るつもりはない、この鎌倉で昌子と子供たちに囲まれて安らかな日々を過ごしていきたいと、毎日それだけを祈っていた。

しかし、源氏の嫡流という血筋を引く鎌倉の君のもとには、「打倒平家」を訴える坂東武士が続々と集結し、鎌倉の君は否応なしに源平の合戦に巻き込まれてしまう。

そんな中で、鎌倉の君のもとには生き別れとなっていた実の妹の八朗義恒《はちろうよしつね》や弟の河馬冠者《かばのかじゃ》もはせ参じ、昌子の実家の南条家と鎌倉御家人衆、そして源氏の兄妹が一丸となって平家を滅ぼし、鎌倉の君は征夷大将軍に。鎌倉に武家の政権「幕府」を開くという坂東武士たちの大願を成就《じょうじゅ》させたのだった。

だが、戦に関われば関わるほど、平家一門を討てば討つほど、鎌倉の君と昌子の運命は暗転していった。

まず、源氏同士での一族の争いが起こる。最愛の娘・小姫の許婚《いいなずけ》だった「木曾殿」が、誅殺《ちゅうさつ》を恐れ鎌倉から脱走して、御家人の手で殺されてしまう。この衝撃で幼い小姫の心は壊れて病《や》んでしまい、若くして両親よりも早く死んでしまうことになる。小姫の精神崩壊とその死は、とりわけ母・昌子にとっては耐え難い苦しみとなった。

平家を一ノ谷で打ち破った英雄・八朗義恒は、京の法皇から過度の寵愛《ちょうあい》を受けたために「鎌倉から独立しようとしている」とあらぬ疑いをかけられ、鎌倉を追放されて各地を流転し、慕《した》い続けた兄との再会を果たせぬままに奥州で殺されてしまう。

弟の河馬冠者も、将軍の座を狙っていると南条家ら御家人衆に疑われ、修善寺《しゅぜんじ》に幽閉されて暗殺される。

鎌倉の君は平家を滅ぼして天下を取ったが、その代償として血を分けた兄妹と娘を失い、温かかった家庭は崩壊してしまったのであった。

これら源氏一族粛清の陰に、常に昌子の父が深く関わっていたことも、昌子を苦しめる。

家族を次々と失い昌子との夫婦関係も冷え切ってしまった鎌倉の君は生きる気力を失い、落馬して不慮《ふりょ》の死を遂げてしまう。将軍となってまだ間もない時期であった。

が、鎌倉の君の苦しみは死んでもなお終わらなかった。多くの平家や源氏一族を死に至らしめた鎌倉の君の魂は、死してなお鎌倉に留まり、夫を失って尼となった昌子と源氏一族のその後の運命を見続けねばならなかったのだ。

若くして二代将軍となった長男の千寿は、父・鎌倉の君のような忍耐力を養う充分な時を得られなかった。昌子の実家・南条家ら御家人衆と対立して将軍位を奪われ、修善寺に幽閉される。そして温泉に入浴していたところを南条家の刺客《しかく》に襲撃され、殺されてしまう。

わが子を殺された昌子は、千寿の息子を引き取って養うことで、孫の命を救った。

しかし昌子は、わが子を殺した父を許すことができず、昼行灯殿《ひるあんどん》と呼ばれていた弟に相談する。だが、これが昌子と源氏一族にさらなる不幸をもたらす。

昌子の弟は日頃は優柔不断を装っていたが、実は父親に負けず劣らずの野心家だった。自らの父親を鎌倉から追放し、御家人衆を片っ端から族滅《ぞくめつ》して幕府の実権を握ってしまう。この御家人衆の激しい抗争の中で、昌子の二人目の息子で三代将軍を継いだ百幡は、昌子が命を救い養ってきた千寿の息子に暗殺されてしまった――昌子の弟は運良く百幡暗殺の現場に居合わせなかったために難を逃れたが、あるいは彼こそが事件の黒幕だったのかもしれない。千寿の息子がすぐに御家人たちに討たれてしまったので、真相は永遠に闇の中に葬られたのである。

こうして、平家を滅ぼしてから僅《わず》か三代で、源氏嫡流は断絶した。

わが子も孫も全て失った昌子は、弟とともに幕府に君臨する「尼将軍」と坂東武士たちに崇《あが》められながらも、家族の幸福とは程遠い孤独な境遇に落ちていた。この上はせめて夫の鎌倉の君が築いた幕府だけでも護っていこうと、昌子は心に誓うのだった。

そして鎌倉の君の魂は、そんな孤独な昌子を慰《なぐさ》めようにも彼女の前に現れて声をかけることもできず、ひとえに武士の因業《いんごう》の深さを嘆《なげ》き、平家を容赦なく滅ぼし自らの家族を一人として護れなかった己《おのれ》の勇気のなさと罪深さを悔いるのであった――。

次に生まれ変わる時には、武士とも戦とも無縁なただの名もなき男になりたい。そしてこんどこそ、貧しくてもいい、もういちど昌子と幸福な家庭を築いて子や孫に囲まれながら大往生《だいおうじょう》を遂げたい。その願いが叶《かな》うならば、どのような艱難辛苦《かんなんしんく》にも耐えてみせる。悔恨の涙を流しながら鎌倉の君が仏に祈ると、その願いはついに聞き遂げられた。

鎌倉の君の魂は、再び現世へと舞い戻り、人間として転生を遂げるのだった。

※

この物語を一気に読み終えた政子さんは、全てを察してくれた。

「これは真実の未来なのね？　だから義高を殺した者は族滅すると、あなたは大姫《おおひめ》と妾のために御家人たちの前で啖呵《たんか》を切ったのね。この物語のあらすじとは違ってこれから京へ行くのも、義経殿を破滅から救うためなのね？」

「……その質問には僕は答えられないんだ、ごめんね政子さん。あれ？　どうしたの、泣いているの？　それほど、僕の書いた物語は名作だったのかなあ。僕ってもしかして、紫式部《むらさきしきぶ》に匹敵する文才の持ち主？　武士を廃業して、作家になろうかなあ？」

「ち、違うわよ！　こんな下手《へた》くそな物語、本家の源氏物語と比べればぜんぜんダメよ！　とりわけ、女性の心理描写がまるでなっていないわ！　ど素人《しろうと》の作文だわ！」

「……すみません」

「でもね……わかるの。妾には伝わってくるの。この下手くそな物語を書いた人が、どれほど鎌倉殿の正妻の昌子という女性を愛して、そしてその運命を案じているかがね……どうしてかしら。目から水が溢《あふ》れて、止まらないわ。情けなくて気弱で無力で、それなのにあなたは妾の心を揺り動かしてばかりなんだから。ふふ。ほんとうに、妙な人ね」

「……政子さん。ありがとう……」

「妾に任せて。義高も、そしてあなたも、妾が護るから。源氏の運命を、覆しましょう」

この女性はなんという聡明《そうめい》な人なんだろう、と僕は感激した。この夜、政子さんは僕が未来を知っていながら他人に伝えられないことを察して、共に運命と戦う僕の無二の協力者になってくれたのだ。

「ただし。妾以外の女を妻に迎えることだけは、絶対に許さないから。次から次へと新しい女《にょ》人《にん》に手をつけ続けた光源氏《ひかるげんじ》って最低の夫だわ！　源氏嫡流の血を引く子供を増やしたいのならば、何人だって妾が産んであげる。いいわね？」

「……ええと……それは、そのう……」

「い・い・わ・ね？」

「……はい、政子さん」

※

一応、あの物語には「子供を増やしていれば源氏の族滅はなかっただろう。頼朝の父が大勢の子供をもうけていなければ、源氏嫡流はとっくに滅んでいたのだから」と書き添えておいたんだけどなあ。

大姫のために父に逆らい、夫の僕に尽くすと決断してくれた政子さんだったが、やっぱり嫉《しっ》妬《と》深さだけは不変なのだなあ。

「父上？　父上はもしや、言うことを聞かない旦那様を暗殺して源氏を族滅する野心をお持ちなのですか？」

「婿殿を？　さ、さすがに、そこまでは儂も考えてはおらぬぞ政子よ？」

いや、でも兵を率いて上洛《じょうらく》して、僕を幽閉しようとしていましたよね？

「ま、まあ、ちょっとだけ、義経を庇《かば》い立てる婿殿を温泉にでもしばらく幽閉しておこうかなあとは思っておったがの～。い、今や征夷大将軍となられた婿殿にそんな真似はできぬわい……いくら儂が勝負師でも、いい歳じゃからな」

「老いた父上にそこまでの野心がなくとも、弟の義時《よしとき》がいます。義時は、まだ若いのよ」

「義時？　あれは物静かな男で、我《が》も強くない。いるのかいないのかもはっきりせん優柔不断な奴じゃ。そんな大それた野心を抱く男には見えんが」

「いいえ。だって父上の子よ、この政子も義時も。しかも、父上は後妻に産ませた下の息子をかわいがって義時を疎《うと》んじていますよね？　今鎌倉に居残っている義時は、父上をこのまま鎌倉から追放して北条家の実権を奪うことも容易《たやす》く、源氏を族滅することすら可能な立場なのよ。権力抗争のためならば父であろうとも容赦なく倒す。それが坂東武士の生き様でしょう!?」

「……な、なんじゃと？　やめてくれ政子、胃が痛くなるわ。確かに坂東武士たちは常に生きるか死ぬかの瀬戸際《せとぎわ》。果てしなき仁義なき戦いの生涯を運命づけられておる者たちじゃ……しかし、さすがに義時と争うつもりなど儂にはないぞ……いや、まさかあの義時に限って……」

「妾が『今よ。決起しなさい』と一言告げれば、義時は躊躇《ちゅうちょ》なく鎌倉を封鎖するわよ」

政子さんの激しい言葉に、さしもの舅殿も押されていた。娘に弱いんだよね、この人。まあ政子さんだしね……それに、政子さんに養ってもらっていた流人に過ぎなかった僕がとうとう「征夷大将軍」に登り詰めた上に、武勇抜群の木曾義仲くんと義経が僕の左右に侍《はべ》っている。源氏の力は、北条家が抗えないほどに強大になった。

その上、政子さんが僕の後押しをしてくれている。もともと北条家と源氏の繋がりは、政子さん一人にかかっている。もしも政子さんが舅殿を見捨てると言えば、舅殿はその瞬間に没落するのだ。

「父上。父子《おやこ》の争いをしたくないなら、北条家はあくまでも御家人筆頭として源氏将軍を支えるべきです。万寿は父上の孫ではありませんか！　源氏と北条家はすでに一体。それとも父上は、この政子から旦那様と子供たちをことごとく取り上げるおつもりですか。それほどに権力が欲しいのですか！」

「……な、なんだか未来を見てきたかのような物言いじゃな、政子よ。わかったわい。征夷大将軍になった時点で婿殿の勝ちじゃ。儂は呂不韋《りょふい》にはなりとうない。今や儂は鎌倉幕府の御家人筆頭であり、次期将軍の祖父。充分に博打には勝った。ここいらで満足するとするわ。しかし、倅《せがれ》の義時はだいじょうぶなのか?」

「ええ。鎌倉に義経殿と範頼殿がいてくれれば、弟も分《ぶん》をわきまえるでしょう。もともとは慎重な性格ですから。父上に本性を一切明かさないくらいには」

「……なるほどのう。勝機がなくば決して野心を剝《む》き出しにせぬ男か。あれは、儂には欠けておる忍耐強さの持ち主なのじゃな」

「ええ。ですが野心を剝き出しにする機会が生涯訪れなければ、それはもう野心家ではありません、忠臣です。父上」

「そうじゃのう。婿殿が御家人の私闘を嫌い禁じようとなされるのも、仁義なき坂東武士の宿《しゅく》業《ごう》を止めるためであったか……」

「はい、舅殿。僕は、武家の相続制度を改革しようと考えています。一族同士の跡目争いも、隣人との領地争いも、幕府が定めた法に則《のっと》って公平に解決していこうと思います。舅殿には、彼ら御家人たちを調整し統制する仕事を任せたいのです。鎌倉の大御所として目を光らせてもらいます」

「……ふうむ。それは重大な任務じゃな」

政子さんに、北条家が源氏嫡流を族滅して政子さんの子供たちをことごとく死なせてしまう未来を伝えることは、ほんとうに辛《つら》い試練だった。僕が書いた「物語」が「未来」を書き表しているだなんて途方もない結論に達してくれるかどうかも賭けだった。

だが、「義高を傷つければ族滅する」という僕の柄《がら》にもないあの宣言が、政子さんの心を動かしたのだ。全ては大姫のため。そして政子さんのため。僕の想いが政子さんに伝わったのだ。

だから政子さんは、僕を救うために京に来てくれた――。

舅殿が「義経殿を追討せよとは二度と申しません、婿殿。いえ、鎌倉殿」と僕に頭を下げたことで、義経の件は手打ちとなった。


これで、全ては終わった。

京で仕事をやり遂げた。政子さんや義経を連れて久々に修善寺温泉で家族風呂に入ろう。

舅殿と政子さんに「夕餉《ゆうげ》の時間にまた」といったん挨拶《あいさつ》して退室した僕は、廊下を駆けてきた梶原景時《かじわらかげとき》と額《ひたい》から激突していた。

「か、景時!? どうしたんだ!? そんなに慌《あわ》てて……まさかまた厄介な揉《も》め事が!?」

「はあはあはあ。し、失礼致しました。と、殿! 一大事です! 義経殿が、殿が法皇様から神器の奪回をせかされたと耳にして『兄上が法皇様にお叱《しか》りを!?』と青ざめ、ただちに船で四国へ渡って屋島を奇襲すると言いだし、弁慶《べんけい》たちと出立!」

「な、なんだってえええ～っ!? 僕の話をなにもわかっていなかったのか、義経は? 大物浦《だいもつのうら》での抱擁《ほうよう》と涙はなんだったんだ～!?」

「いえ、殿の愛情はきちんと伝わっております。ですが、言葉の裏側というものがどうにも理

解できない性分なのでしょう。殿が法皇様に叱られていると本気で思い込んでおられるようで、

『もう平家との戦いは終わったはずでしたが、兄上の窮地《きゅうち》をお救いするべく九郎《くろう》は命を捨てて戦うしかありません。さようなら景時殿』と……頭が痛いです……」

「船なんてどこにあるんだよ。義経軍は解体されたままだから、兵も足りないだろう?」

「義経殿いわく、屋島から遠く離れた阿波勝浦《あわかつうら》に上陸して奇襲をかけるので兵は百で充分。しかも、この強風ならば数日かかる四国までの航路を数刻で渡り切れると……」

「嵐の中であの千本桜を眺めながら、そんな無謀な作戦を閃《ひらめ》いていたのか義経は!?」

百で充分って、生還する気がないじゃないか。またか。また、僕を置き去りにして独走してしまうのか、義経。頼むよ、待ってくれ。

「……どうもあの方は真性の戦の天才らしくて、考えていなくとも勝手に策が湧いて出てきてしまうようなのです。もっとも、殿が背中を支えていないとなにもできない御仁《ごじん》のようですが。殿と和解したことで、またしても戦の才能が蘇《よみがえ》ってしまい暴走しているのかと」

「今、義経はどこに?」

「摂津《せっつ》の渡邊津《わたなべのつ》へ馬で駆けております。一騎駆けでしたら、急げばまだ間に合いますが」

馬だ。馬をひけ、すぐに妹を追いかける、と僕は景時に命じていた。

「まったく苦労しますね殿も、九郎殿には……ふふ、笑えますね?」

景時が笑顔で駄洒落《だじゃれ》を言うなんて、天変地異でも起こるのだろうか。って、その駄洒落は僕

が得意としていた滑り芸じゃないか。

「最近、なんだかよく笑うようになったね、景時」

「それは、泣いてばかりだった殿がよく笑うようになったからじゃないですか？　義経殿が現れてから、殿はお変わりになりました」

「……そうかもしれないな。以前は人の顔色ばかり窺《うかが》っていたけれど、今の僕はいつも笑うか慌てるか戸惑っているかだ。とにかく喜怒哀楽が激しくなったよ」

「はい。そして、ご立派に成長なされました。ほんものの武家の棟梁になられました」

景時に「急いでください」と背中を押されながら、僕は馬に飛び乗って奔《はし》った。

ちょっとでも目を離すと、すぐに手の届かないところへ飛び出していってしまう義経のもとへと駆けた。

景時が大至急僕に義経出立を告げてくれたので、奇跡的に僕は険しい山道を駆けながら義経一党に追いついた。ほんとうに僅かな手勢しか率いていない。この人数で海を渡って屋島の平家本陣を奇襲しようだなんて。しかも今回は一ノ谷と違って、源氏の本隊なんて来ないというのに。

「義経！　待て！　僕が法皇に叱られたというのは誤解だ！　三種の神器は平知盛が交渉で奪回してくれるから、僕を置いて勝手に出陣するな！　海は荒れているんだ、こんどこそ溺れて死ぬぞ！」

「あっ、兄上!?　このあたりは峠越えの難所で馬が脚を滑らせやすいんですよ？　谷底に落ちたら死にます！　ど、どうか止まってください！」

そうか。だから義経一党の速度もこのあたりで落ちていたのか。それで追いつけたのか。僕は谷に落ちるのも厭《いと》わずに全速力で山道を突っ走ってきたから。

「誰が止まるか！　この兄の隣にいろ、義経！　僕の側から離れるな！」

「……兄上……ううっ……九郎は……ほんとうに、幸せ者です……って、兄上ーっ!?」

あっ。馬が谷へと落ちる以前に、馬上の僕が体勢を崩してしまった。落馬する……！

これってもしかして、僕の運命がここで成就するということか!?

鎌倉幕府を開き征夷大将軍となった源頼朝は、もはや死すべき定めだと!?

「ギャー！　殿が落馬しちゃうー!?　谷に落ちたら死ぬ、死んじゃうー！」

「『やれやれ。人間の命とは実に儚《はかな》いものよのう』」

「あああ、兄上えええええ～!?　そんなあ～!?　九郎の、九郎のせいで……」

だが。

そうだった。僕は一ノ谷の合戦に参戦したことで、苦手にしていた馬術を完全に修得していたのだった。それどころか、今ではそこいらの坂東武士たちの誰よりも馬術に長《た》けている。あの鵯越へと至る地獄の行軍と逆落としを経験して生き延びたんだから、当然かもしれなかった。

僕は馬に乗り続けていたことで鍛えられていた太股《ふともも》に全力を込めて、馬上から滑り落ちかけていた自分自身の身体を強引に止めた。身体が左側の谷へ向けて九〇度近く傾いているけれど、落馬は免《まぬか》れた。後は元の姿勢に戻るだけだ。ふぬ、ふぬぬぬぬううう……！

「うわあ、殿が踏みとどまったあああ！　すっごーい！　あの細身の身体のどこに、こんな力が!?　さっすが義経ちゃんのお兄ちゃんだわ！」

「「ふふ。見事に運命を克服したな、源頼朝よ。一ノ谷に自ら参戦したことが、そなたの運命を変えたのだな」」

佐藤《さとう》姉妹さん？　ほんとうはあなたたち、その妖怪の瞳でいろいろと未来が見えているんでしょう。僕と同様に、他人に未来を教えてはいけない規則とかあるのかな。

「ぜーっ、ぜーっ……はあ、はあ……見たか義経！　お前の兄は、武家の棟梁、征夷大将軍だぞ！　その将軍が、落馬して死ぬはずがない！」

負担をかけすぎた心臓が爆発しそうになっている。し、死ぬかと思った……。

「兄上！　やりましたねっ！　九郎は大感激です！　そうだ、一緒に馬で駆けましょう！　九郎が道中、兄上をお護り致します！　背中に抱きついていいですか？」

「……いいけど、屋島には行かないからね。お散歩したら修善寺温泉に帰るよ」

「どうしてですかー兄上ー!?　今が三種の神器を奪回する好機なんですよー！」

これが「八艘飛《はっそうと》び」か。義経は自分の馬を伊勢三郎《いせさぶろう》に預けると、ぴょん、と馬の背から高々

と飛び上がって、あっという間に僕の背中に負ぶさってきた。その小天狗《てんぐ》のような動きを、僕は目で追えなかった。人間とは思えない身軽さ。弁慶も木曾義仲くんもどうしても追いつけなかったという、義経の必殺技だ。小柄だからこそ可能になった奇跡のような体術だった。

「……背中に抱きつかれるとつくづく男の子みたいだな、義経は。範頼と義経が、男女逆に生まれていればなあ」

「どういう意味ですか兄上!?　さあ、屋島に行きますよー！」

「いや、修善寺だっ！　温泉だっ！」

「あたしたちは義経ちゃんの行くところなら、どこでもついていくからっ！　仲良く兄妹ゲンカして行く先を決めてねっ！」

こうして、源氏嫡流の族滅は回避された。残るは平家との和睦のみだ。

これからも僕は義経から目を離せないだろう。政子さんがどれだけ嫉妬しようとも、隙《すき》あらばすぐにどこかへと飛び去ってしまう困った妹だから。

だが、そんな妹に振り回され続ける人生も存外にいいものだと僕は思った。

あとがき

源平《げんぺい》ものはたいてい平家《へいけ》を滅ぼす戦争の天才・義経《よしつね》が主人公で、兄の頼朝《よりとも》は鎌倉《かまくら》に居座って目立たない上に、義経にムクムクして殺そうとする憎まれ役という話になるわけですが、この作品では敢えてそんな頼朝を主人公にしました。これは、源氏《げんじ》嫡流《ちやくりゆう》を族滅に追いやる運命のダメな兄が、未来を知って弟もとい妹の義経を救おうと奮闘するという歴史改変ものです。

・頼朝＝京育ちの貴族、常識人、小心者、戦下手、政治感覚や人の顔色を読む能力は高い
・義経＝鞍馬山《くらまやま》育ちの野人、戦争の天才、政治感覚ゼロ、良い子だけど空気読めない

という水と油のような兄妹で、スペックからしてサリエリとアマデウスのような関係の二人ですが、頼朝が奥さんの北条政子《ほうじようまさこ》の実家に頭が上がらない事実上の入り婿ということもあって、幕府の実権を握ろうとする頼朝の舅《しゆうと》・北条時政《ときまさ》や熱烈な頼朝びいきの梶原景時《かじわらかげとき》ら御家人の介入と、源氏同士を戦わせて弱体化させようとはかる「大天狗」後白河法皇《ごしらかわほうおう》の陰謀によって、二人の微妙な関係はどんどん崩壊していき、源氏将軍は三代で滅ぶ、それが正史ルートなわけです。

ですが、根が善人の頼朝はこの結末を平清盛《たいらのきよもり》から知らされて、妹を守らねば！　と一大決

意。人生が変わるわけです。

　鎌倉の御家人たちについては、三谷幸喜《みたにこうき》さんが脚本を担当する新作大河ドラマを見て頂ければ……と思ったら来年の大河だったんですね。今年は渋沢栄一《しぶさわえいいち》だったのか……「族滅」という言葉が飛び交い御家人衆ことごとく死す、それが鎌倉武士です。なにしろ元寇《げんこう》でも大暴れして元軍に「人の心がない」と言わしめたような面々で、儒教教育を受けた徳川期の武士とは違ってほとんどヤクザみたいなもの（というかもっと酷い）なので、読む際には『仁義なき戦い』のテーマソングを流してもらえれば雰囲気が出るかなと思います。たとえば、和田義盛《わだよしもり》のモデルは田中邦衛《たなかくにえ》です。背中に「正義」とか書いてそう。

　そもそも源氏じたいが、一族仲良しの平家と違って、身内同士で相争い殺し合うのがお家芸という極めて凶暴な一族です。頼朝の父は自分の父親や兄弟を殺してますし、頼朝の兄は木曾《きそ》義仲《よしなか》の父親を殺しています。頼朝と義仲が同じ源氏なのに共闘できないどころか平家そっちのけで殺し合うのは、そもそも親の代の因縁があるからなんですね。こうして一族同士で容赦なくタマを獲《と》り合ってきたからこそ、源氏は武家最強となれたわけです――源氏バンザイ。まあ、だから最後は強い源氏武将がみんな倒れて滅びるんですけどね。

　そんな中、荒ぶる父親の女好きの血も受け継ぎつつ、京で貴族同様の少年期を過ごした上に伊豆《いず》で長らく世捨て人をやっていた頼朝は、源氏は源氏でも風流な貴公子・光源氏《ひかるげんじ》タイプに育ち、なにかあれば「族滅じゃぃ！」と太刀《たち》を抜いて暴れる御家人どもや、「平家をやっつけましょう！」と迫ってくる義経に頭を痛めながらも、源氏嫡流族滅の運命を覆《くつがえ》そうと知略と気配りの限りを尽くします。

しかし、まともに馬にも乗れない頼朝（史実では将軍になったのに落馬して死にます）が、いったいどうやって——それは、本編を読んで頂ければ。

ちなみに作者は西国出身、というか神戸《こうべ》生まれなので、どうしても武辺者の源氏より海上交易で稼いでいた平家のほうに肩入れしてしまいます。平清盛は、なにしろ神戸に埋め立て式の港を築き、遷都までしてくれた大恩人ですからね。震災以来貿易港都市としての機能が衰えてどんどん衰退していく今の神戸を見るにつけ、祇園精舎《ぎおんしょうじゃ》の鐘の声、諸行無常の響きあり。沙羅《さら》双樹《そうじゅ》の花の色、盛者必衰の理《ことわり》をあらはす——という『平家物語』の一節を思い出さずにはいられません。この作品では頼朝と義経の二人の関係を主軸に置いたため、平家一門や遮那王《しゃなおう》四天王にはあまり本編でページを使えなかったのですが（書いた分もページの都合で大幅カットに……）、『義経千本桜』ネタとかも少しだけ入れてあります。

本来は佐藤《さとう》姉妹とか弁慶《べんけい》とか、遮那王四天王たちの濃ゆいエピソードも盛り込みたかったのですが、なにしろ一冊で結末まで辿り着かないといけないので割愛しました。

あ、もちろん鎌倉は好きです。もうちょっと東京に近ければ、鎌倉の山の中に小さな庵《いおり》でも建ててひっそりと隠棲したいものです。あやかし妖怪モノみたいないい感じで暮らせそうです。でも、案外と横浜《よこはま》から遠いんですよねえ。横浜駅までいったん出る折り返しルートを嫌っての根岸《ねぎし》線経由だとさらに遠くなります。大船《おおふな》止まりの根岸線が悪いよ根岸線がー。

　ともあれ、義経が史実通り男だったら、たぶん頼朝は未来を知らされても「まあ源氏だし、しゃーない」で済ませていたんじゃないかと思うんですが、妹であるという一点で「しゃーないわけがないだろうが！」と歴史を改変すると決意できたわけで、一応義経が女の子として生きている並行世界という設定には意味があるのかなあ、と思います。

　というわけで担当編集さん、イラストレーターの猫月《ねこづき》ユキさん、読者の皆さんにお礼と感謝を。去年から続く新型コロナ流行で日本も世界もたいへんですが、歴史的に見れば永遠に終わらない伝染病流行というものはないので、必ずいずれは終息するはずです。ですから、どうかご自愛ください。きつい時には小説でもアニメでもドラマでも映画でもなんでもいいのでエンタメ成分を補給して心を癒やしましょう。作者もそうしています――その割にネトフリでゾンビ映画ばかり見ている気がしますが、荒木飛呂彦《あらきひろひこ》先生いわくゾンビ映画は癒やし！　なので問題ありませんね。たぶん。

双月のエクス・リブリス
早矢塚かつや
イラスト／白谷こなか

卑怯者だと勇者パーティを追放されたので働くことを止めました
上下左右
イラスト／がおう

裏切られたSランク冒険者の俺は、愛する奴隷の彼女らと共に奴隷だけのハーレムギルドを作る
柊咲
イラスト／ナイロン

裏切られたSランク冒険者の俺は、愛する奴隷の彼女らと共に奴隷だけのハーレムギルドを作る2
柊咲
イラスト／ナイロン

女性を虜にする呪いを受け継いだ少年と呪いの効かない美少女魔術師が、重すぎる宿命とこの世界にまつわる巨大な秘密と対峙する!!

卑怯な戦法を理由に勇者パーティーから追放された武闘家が訳あって学園の教師に!?　弱小と蔑まれるエルフの王女を最強に育てる！

奴隷嫌いの少年と裏切られて奴隷堕ちした美少女が復讐のために旅立つ！　背徳の主従関係で贈るエロティックハードファンタジー!!

エレノアの復讐相手が参加する合同クエストに参加した一行。仲間殺しが多発し、ギルドが疑心暗鬼になる中、ついに犯人が動く…！

ダッシュエックス文庫

俺の家が魔力スポットだった件3
〜住んでいるだけで世界最強〜
あまうい白一
イラスト／鍋島テツヒロ

俺の家が魔力スポットだった件4
〜住んでいるだけで世界最強〜
あまうい白一
イラスト／鍋島テツヒロ

俺の家が魔力スポットだった件5
〜住んでいるだけで世界最強〜
あまうい白一
イラスト／鍋島テツヒロ

俺の家が魔力スポットだった件6
〜住んでいるだけで世界最強〜
あまうい白一
イラスト／鍋島テツヒロ

黒金の竜王アンネが隣人となり、異世界マイホーム生活は賑やかに。でも、戦闘ウサギに新たな竜王の登場で、まだまだ波乱は続く!?

今度は国を守護する四大精霊が逃げ出した!! 強い魔力に引き寄せられるという精霊たちは、当然ながらダイチの前に現れるのだが…？

盛大なプロシアの祭りも終わったある日のこと。今度は謎の歌姫が騒動を巻き起こす…!? 異世界マイホームライフ安心安定の第5巻！

リゾートへ旅行に出かけた一行。バカンスを楽しむはずが、とんでもないものを釣りあげてしまい!? 新たな竜王も登場し大騒ぎに！

ダッシュエックス文庫

自重しない元勇者の強くて楽しいニューゲーム
新木 伸
イラスト／卵の黄身

自重しない元勇者の強くて楽しいニューゲーム2
新木 伸
イラスト／卵の黄身

自重しない元勇者の強くて楽しいニューゲーム3
新木 伸
イラスト／卵の黄身

自重しない元勇者の強くて楽しいニューゲーム4
新木 伸
イラスト／卵の黄身

かつて自分が救った平和な世界に転生し、レベル1から再出発！　賢者のメイド、奴隷少女、盗賊蜘蛛娘を従え自重しない冒険開始！

人生2周目を気ままに過ごす元勇者のオリオン。山賊を蹴散らし、旅先で出会った女の子を次々〝俺の女〟に…さらにはお姫様まで!?

突然現れた美女を俺の女に！　その正体は…。大賢者の里帰りに同行し、謎だらけの素性が明らかに!?　絶好調、元勇者の2周目旅!!

今度の舞台は海！　美人海賊に巨大生物、人魚に嵐…危険がいっぱいの航海でも、出会った女は全部俺のものにしていく！　第4弾。

ダッシュエックス文庫

自重しない元勇者の強くて楽しいニューゲーム5

新木 伸
イラスト／卵の黄身

自重しない元勇者の強くて楽しいニューゲーム6

新木 伸
イラスト／卵の黄身

剣神と魔帝の息子はダテじゃない

shiryu
イラスト／葉山えいし

剣神と魔帝の息子はダテじゃない2

shiryu
イラスト／葉山えいし

ついに「暗黒大陸」に辿り着いたオリオンたち。強さが別次元の魔物に仲間たちは苦戦を強いられ、おまけに元四天王まで復活して!?

トラブルの末に辿り着いた「巨人の国」で、女巨人戦士に興味と性欲が湧いたオリオン。強く美しい女戦士の長と会おうとするが!?

剣神と魔帝の息子は、圧倒的な剣の才能と驚異的な魔力の持ち主となった！　ギルドではSS級認定されて、超規格外の冒険の予感！

仲間になった美少女たちを鍛えまくって、目指すのは直接依頼のあった王国！　国王の退位問題をSS級の冒険力でたちまち解決へ!!

この作品の感想をお寄せください。

あて先　〒101-8050　東京都千代田区一ツ橋2-5-10
集英社　ダッシュエックス文庫編集部　気付
春日みかげ先生　猫月ユキ先生

ダッシュエックス文庫

鎌倉源氏物語
俺の妹が暴走して源氏が族滅されそうなので全力で回避する

春日みかげ

2021年2月28日　第1刷発行

★定価はカバーに表示してあります

発行者　北畠輝幸
発行所　株式会社　集英社
〒101−8050　東京都千代田区一ツ橋2−5−10
03(3230)6229(編集)
03(3230)6393(販売／書店専用)　03(3230)6080(読者係)
印刷所　大日本印刷株式会社

ISBN978-4-08-631405-3 C0193